QUE LA MORT NOUS SÉPARE

Cet ouvrage a été réalisé par les Éditions Milan,
avec la collaboration de Claire Debout.
Mise en pages : Pascale Darrigrand
Création graphique : Bruno Douin

Titre original : *Until I Die*

Published by arrangement with Harper Collins Children's Books,
a division of HarperCollins Publishers.

First published in the US in 2012 by Harper Collins Children's Books,
a division of HarperCollins Publishers, Inc., New York.

Couverture : © Mark Ecob - © Johanna Basford
David Sauger / Marcus Luconi / Tohoku Color Agency /
Jeff Hunter / Getty Images
Création graphique : Bruno Douin

Pour l'édition française :

300, rue Léon-Joulin, 31101 Toulouse Cedex 9, France
Loi 49-956 du 16 juillet 1949 sur les publications
destinées à la jeunesse
ISBN : 978-2-7459-5758-0
www.editionsmilan.com

Amy Plum

QUE LA MORT NOUS SÉPARE

Traduit de l'américain par Marie Cambolieu

MILAN

Ô mon âme,
n'aspire pas à la vie immortelle,
mais épuise le champ du possible.

Pindare, Troisième Pythique
(traduction d'Aimé Puech, Ed. Les Belles Lettres, 1922)

I

Je fléchis les genoux et, d'un bond, esquivai le gourdin. Il fit voler les plots alignés derrière moi. Je me redressai aussitôt, haletante, et levai à mon tour mon arme. La sueur qui ruisselait sur mon visage m'aveugla momentanément, mais mes réflexes reprirent le dessus et me poussèrent à agir.

Un rayon de soleil qui filtrait par une lucarne illumina mon bâton tandis que je visai les jambes de mon adversaire. Celui-ci fit un écart et, d'un geste, me désarma.

Je me précipitai aussitôt vers une épée abandonnée à quelques mètres de là. Trop tard. Avant d'avoir pu l'atteindre, les bras puissants me soulevèrent de terre et me ceinturèrent. Il me maintenait à quelques centimètres du sol alors que je me débattais comme un beau diable, mue par une soudaine montée d'adrénaline.

– Ne sois pas mauvaise perdante, Kate, me dit Vincent d'un ton moqueur, avant de déposer un baiser sur mes lèvres.

Le voir torse nu sapait mon attention, si laborieusement rassemblée, et son contact suffisait à changer mes muscles contractés en guimauve. Je luttai pour rester concentrée et grommelai :

– C'est de la triche. Maintenant, lâche-moi.

De ma main libre, je parvins à lui assener un coup dans le bras.

– D'accord. Si tu promets de ne pas mordre ni donner de coups de pied.

Je surpris l'amusement dans son regard d'un bleu outremer, encadré de mèches brunes et ondulées. Il effleura ma joue, ravi, comme s'il me découvrait pour la première fois. Comme s'il avait du mal à croire que je me tenais devant lui, en chair et en os. Comme si, de nous deux, c'était lui le plus chanceux.

Je dissimulai mon sourire derrière une mine faussement sévère.

– Je ne promets rien du tout, dis-je en attachant mes cheveux. Tu as encore gagné et tu mériterais bien que je te morde.

– C'était nettement mieux, Kate !

La voix de Gaspard retentit derrière moi. Il s'avança pour me rendre mon gourdin.

– Mais ta garde manque de souplesse. Quand le bâton de Vincent heurte le tien, laisse-toi entraîner par le mouvement.

Il saisit la massue de Vincent pour illustrer son explication.

– Si tu es trop crispée, tu te laisseras trop facilement désarmer.

Il me montra la parade au ralenti.

Lorsqu'il vit que j'avais assimilé les déplacements, mon professeur se redressa.

– Bon, assez d'escrime et de lutte. Passons à quelque chose de moins fatigant ? Les étoiles de ninjas, peut-être ?

Je levai les mains en signe de refus.

– J'ai mon compte pour aujourd'hui. Merci, Gaspard.

– À ta guise.

Il détacha l'élastique de sa queue-de-cheval, rendant à sa tignasse mal domptée son aspect hirsute.

– Tu es vraiment douée, poursuivit-il tout en rangeant les armes le long du mur de l'immense gymnase. À peine quelques leçons et tu te débrouilles déjà très bien. Mais il te faut travailler ton endurance.

– Oh, je sais. Ce n'est pas en restant plongée dans les livres à longueur de journée que je vais développer mes capacités physiques.

Courbée en deux, les mains sur mes genoux, j'avais du mal à retrouver mon souffle. Vincent m'enveloppa de ses bras pour me porter en triomphe.

– Douée ? Évidemment, qu'elle est douée ! Et même hyperdouée. N'oublions pas qu'elle a éliminé à elle seule un dangereux zombie tout en me protégeant moi, pauvre revenant !

Il me conduisit vers la vaste cabine de douche en bois installée dans un recoin, qui faisait aussi office de sauna.

– Je m'attribuerais volontiers tout le mérite, répliquai-je en riant, mais puisque c'était ton esprit qui habitait mon corps, il me semble que tu y es pour quelque chose, non ?

– Tiens, dit-il en me tendant une serviette avant de déposer un baiser sur mes cheveux. Non que tu ne sois pas sexy en plein effort... souffla-t-il avec un clin d'œil.

J'eus l'impression qu'une nuée de papillons me chatouillaient le ventre... et qu'ils y avaient élu domicile de manière permanente.

– En attendant, plaisanta-t-il, je me charge de cet insupportable poète maudit. En garde, Gaspard !

Vincent tira une épée du ratelier et fit volte-face. Armé d'une hallebarde et déjà sur le qui-vive, Gaspard lui fit signe d'approcher.

– C'est avec ce coupe-papier que tu comptes me vaincre ? Il va falloir trouver mieux !

– Certes, concéda Gaspard, mais en matière d'escrime, tu pars avec quelques décennies d'avance.

– Je compte bien rattraper mon retard, conclus-je avant de refermer la porte du gymnase sur le furieux cliquetis des épées qui reprenait de plus belle.

Poussant la porte battante, je pénétrai dans la cuisine vaste et lumineuse. Une délicieuse odeur de pâtisserie sortant du four embaumait la pièce. Jeanne était penchée sur son plan de travail en pierre grise. Officiellement cuisinière et gouvernante de la maison, son rôle s'apparentait davantage à celui d'une mère poule. Suivant les traces de ses aïeules, elle veillait sur les revenants depuis de longues années. Tandis qu'elle mettait la touche finale à son gâteau au chocolat, je vis ses épaules se secouer légèrement et je posai la main sur son bras. Elle se retourna, les yeux rougis et pleins de larmes.

– Jeanne, qu'est-ce qui ne va pas ? soufflai-je, inquiète.

– Charlotte et Charles... Ils sont comme mes propres enfants, répondit-elle d'une voix brisée.

Je passai le bras autour de sa taille généreuse et posai la tête sur son épaule.

– Je m'en doute. Mais leur absence n'est que temporaire. Jean-Baptiste veut juste que Charles s'aère un peu l'esprit. Ça ne peut pas prendre plus de quelques...

Jeanne se redressa et nous échangeâmes un regard éloquent.

Ce garçon se remettrait-il vraiment un jour ? Il était si perturbé...

Moi-même, je ne savais toujours pas à quoi m'en tenir avec lui. Malgré son agressivité envers moi, je ne pouvais m'empêcher d'avoir de la peine pour Charles, surtout depuis que Charlotte m'avait expliqué ses raisons. Comme si elle devinait mes pensées, Jeanne vola à son secours.

– Tu sais, ce n'est pas sa faute. Il ne voulait pas mettre tout le monde en danger.

– Je m'en doute.

– Il est trop sensible, voilà tout, ajouta-t-elle en se penchant sur son gâteau pour le décorer avec des fleurs en sucre. Leur existence est si pénible... mourir, encore et encore pour les autres, en abandonnant ensuite leurs rescapés à leur sort, c'est dur. Et il n'a que quinze ans !

– Jeanne, objectai-je avec un sourire mélancolique, il en a presque quatre-vingts.

– Peu importe, répondit-elle avec un geste indifférent. Ceux qui se métamorphosent très jeunes ont davantage de mal à l'accepter. Ma grand-mère m'avait raconté qu'en Espagne, un des « leurs » avait tenté quelque chose de similaire. Lui aussi avait quinze ans. Comme Charles, il a demandé aux numa de l'anéantir. Mais le pauvre petit est parvenu à ses fins.

Les numa... Ce nom, celui des ennemis héréditaires des revenants, suffisait à me faire frémir. Jeanne s'en aperçut et, alors que nous étions seules dans la pièce, baissa la voix.

– Mais l'attitude inverse est encore pire. Certains revenants, même s'ils sont peu nombreux, sont si blasés par leur influence sur l'existence des hommes que leurs sauvetages ne deviennent plus qu'un moyen de survie. Ils se moquent d'épargner des vies, seule compte leur pulsion. Je préfère savoir mon Charles un peu trop fragile plutôt que de l'imaginer avec un cœur de pierre.

– Voilà pourquoi je suis certaine que cet éloignement lui sera bénéfique. Il prendra de la distance avec Paris et avec les gens qu'il a secourus.

Ou ceux qu'il n'a pas pu sauver... songeai-je en me remémorant l'accident de bateau qui avait projeté Charles dans sa spirale infernale. N'ayant pu empêcher la mort d'une fillette, il s'était renfermé sur lui-même, jusqu'à tenter de mettre un terme à son existence, mettant ses proches en péril.

– Jean-Baptiste a dit qu'ils pourraient nous rendre visite et je suis sûre que nous les reverrons très vite.

Jeanne hocha la tête, sans paraître tout à fait convaincue. J'essayai de changer de sujet.

– Quel gâteau magnifique ! m'exclamai-je en passant mon doigt sur le rebord du plat pour goûter au glaçage. Et délicieux, en plus ! Mmmh !

Jeanne m'éloigna d'un coup de spatule, soulagée de retrouver son rôle de mère poule.

– Et tu vas me le gâcher si tu continues ! À présent, va voir si Charlotte a besoin de quelque chose.

– Allons, ce n'est pas un enterrement ! C'est le réveillon. Et puis, nous fêtons le départ des jumeaux !

La voix de stentor d'Ambrose résonna dans la grande salle aux lambris gris perle, arrachant quelques éclats de rire aux invités, tous sur leur trente et un. Les dizaines de bougies, filtrant par les prismes des chandeliers, conféraient à la pièce une lumière surprenante.

Les tables, repoussées contre les murs, étaient chargées d'assortiments de mignardises toutes plus succulentes les unes que les autres. Des éclairs et des macarons multicolores qui fondaient dans la bouche encerclaient une pyramide de truffes en chocolat. Mais après un repas gargantuesque, j'étais parfaitement incapable de goûter à ces délices, ce qui m'agaçait prodigieusement. Si j'avais su qu'un festival de pâtisseries nous attendait, j'aurais fait l'impasse sur le pain et le fromage...

À l'autre bout de la pièce, Ambrose réglait son iPod, encastré dans un système hi-fi dernier cri. Je souris en entendant un air de jazz. Originaire du Mississippi, il écoutait volontiers des musiques plus contemporaines, mais avait parfois la nostalgie de sa jeunesse. Tandis que la voix rocailleuse de Louis Armstrong envoûtait les danseurs, Ambrose saisit la main de Charlotte et l'entraîna au centre de la salle. Elle avait un teint de porcelaine, des cheveux blonds et courts qui se reflétaient dans le miroir, contrastant avec la peau sombre et les mèches d'ébène de son partenaire. Quel couple étonnant... Encore aurait-il fallu qu'ils forment un couple. À ce qu'elle m'avait récemment confié, c'était le vœu le plus cher de Charlotte. Mais Ambrose, pour quelque raison incompréhensible, ne partageait pas ses sentiments. L'affection néanmoins toute fraternelle qu'il éprouvait pour elle devint évidente lorsqu'il la fit virevolter dans la salle, puis la renversa avec un large sourire.

– Qu'est-ce que tu en dis ? On les suit ? murmura une voix à mon oreille.

Jules se tenait debout derrière moi.

– ... à moins que ton carnet de bal ne soit déjà plein ? ajouta-t-il.

– Tu te trompes de siècle, cher ami. C'est dépassé tout ça.

Jules haussa les épaules et me servit son air le plus enjôleur.

– Et si j'en avais un, la première danse ne serait-elle pas réservée à mon copain ? ajoutai-je pour le taquiner.

– Pas si je le défie pour lui ravir cet honneur, plaisanta-t-il, jetant un regard à Vincent, qui nous observait de loin, amusé.

Il m'adressa un clin d'œil et reprit sa conversation avec Geneviève, une éblouissante revenante, dont j'avais un temps été jalouse avant de découvrir qu'elle était mariée.

Comme elle, quelques dizaines d'invités avaient été conviés ce soir à l'hôtel Grimod. Cette fière bâtisse, propriété de la famille de Jean-Baptiste depuis des générations, abritait depuis plusieurs décennies la petite fratrie formée par Gaspard, Jules, Ambrose, Vincent et, encore pour quelques heures, Charles et Charlotte. Après leur départ pour l'une des résidences de Jean-Baptiste, près de Cannes, deux nouveaux arrivants prendraient pension dans la vaste demeure.

– Très bien, dans l'intérêt d'une paix générale, je t'accorde cette première danse. Mais si Vincent s'interpose, tu ferais mieux de dégainer rapidement.

Jules tapota son fourreau imaginaire puis m'entraîna au milieu de la piste, dans le sillage d'Ambrose et Charlotte.

– Kate, ma chère, la lumière des chandelles te va à ravir, me souffla-t-il.

Malgré moi, je rougis, surprise par son audace tandis que, sa joue contre la mienne, il murmurait à mon oreille des compliments flatteurs. Flirter avec Jules était sans risque, car je savais que ce n'était qu'un jeu. Lorsqu'il m'arrivait de le croiser à l'extérieur, le soir, il était toujours accompagné et jamais par la même fille.

Il me serra plus fort contre lui. J'éclatai de rire et le repoussai.

– Jules, incorrigible séducteur, le grondai-je, avec l'emphase d'une héroïne de Jane Austen.

– Serviteur, madame, répliqua-t-il en s'inclinant, avant de reprendre ma main pour me faire tourner. Tu sais, Vincent n'est pas du genre jaloux.

La mine réjouie, il revint à la charge.

– Il n'a aucune raison de l'être, d'ailleurs. Vincent est non seulement le plus irrésistible de la bande – c'est du moins ce que toutes les filles me répètent –, mais c'est aussi le bras droit de Jean-Baptiste.

Il s'interrompit pour me renverser en arrière avant de me rattraper aussitôt.

– Sans compter qu'il a gagné le cœur de la jolie Kate. Vraiment, notre champion a tout pour lui.

Le compliment me fit sourire, mais la révélation m'interpella.

– Comment ça, « le bras droit de Jean-Baptiste » ?

– S'il arrivait quelque chose à notre mentor...

Il marqua un silence embarrassé, que j'interprétai sans mal : si les numa parvenaient à le détruire.

– ... Ou s'il décidait d'abandonner la tête du clan, c'est Vincent qui prendrait sa place.

– Pourquoi ne m'en a-t-il jamais parlé ? m'exclamai-je, surprise.

– Sans doute parce qu'il est modeste, encore une de ses trop nombreuses qualités.

Je réfléchis quelques instants aux implications de la situation, puis poursuivis :

– Et qu'entendais-tu par « notre champion » ?

– Quoi ? Il ne t'a donc rien raconté ?

Cette fois, c'est Jules qui parut stupéfait.

– Non.

– Eh bien, je ne vais pas dévoiler tous ses secrets. Tu devras lui poser toi-même la question.

– Donc, si je comprends bien, au cas où Jean-Baptiste se retirerait, tu serais forcé d'obéir à Vincent au doigt et à l'œil ?

le taquinai-je, avec la ferme intention d'interroger l'intéressé plus tard.

Mais Jules, d'ordinaire si nonchalant, si désinvolte, me surprit en arborant aussitôt une expression sérieuse, qui trahissait sa loyauté sans faille.

– Kate, Vincent est né pour ça. Ou plutôt il a ressuscité pour ça. Je ne lui envie pas les responsabilités qui lui incomberont un jour. Mais le moment venu, je ferai tout ce qui est en mon pouvoir pour lui faciliter la tâche. D'ailleurs, je le fais déjà, alors que je ne suis pas tenu de lui « obéir », comme tu dis.

– Je le sais, Jules, repris-je avec sincérité. Je m'en rends bien compte. Vincent a de la chance de t'avoir.

– Non, Kate. Il a de la chance de t'avoir toi.

Il me fit tournoyer une dernière fois et je réalisai alors qu'il m'avait entraînée à l'autre bout de la pièce, près de Vincent. Jules lâcha ma main avec un clin d'œil et me laissa au bras de mon petit ami.

– Toujours entière ? plaisanta Vincent, qui m'attira vers lui pour m'embrasser.

– Après cette danse torride avec Jules, je n'en suis pas certaine.

– Oh, Jules est inoffensif, lança Geneviève.

– Eh, c'est vexant, ça, répliqua Jules, qui se resservait du champagne à la table voisine. Je me considère comme extrêmement dangereux.

Il leva son verre dans notre direction puis tourna les talons avant de fondre droit sur une charmante revenante esseulée. Vincent me tendit une coupe.

– T'ai-je dit à quel point tu es ravissante ce soir ? souffla-t-il.

– Une bonne douzaine de fois, répondis-je timidement en époussetant le bas de la longue robe anthracite que Georgia m'avait aidée à dénicher.

– Ça tombe bien, le treize est mon chiffre porte-bonheur, répliqua-t-il sans me quitter des yeux. D'ailleurs, « ravissante » n'est pas le mot qui convient. Plutôt... splendide ? Non, éblouissante. Oui, c'est mieux. Kate, tu es éblouissante.

– Vincent, le repris-je avec un éclat de rire. Tu dis ça uniquement pour me faire rougir et je n'ai pas l'intention de marcher.

– Trop tard ! murmura-t-il en effleurant ma joue.

Je levai les yeux au ciel lorsque le tintement cristallin d'un verre imposa le silence. Ambrose interrompit la musique et tous se tournèrent vers Jean-Baptiste, qui se tenait, noble et solennel, devant la quarantaine de convives. À en croire les portraits qui ornaient les murs, son style vestimentaire et capillaire avait évolué au fil des siècles, mais ses manières n'avaient pas changé d'un iota.

– Mes chers revenants, soyez les bienvenus, annonça-t-il. Je vous remercie de votre présence parmi nous ce soir, dans mon humble demeure.

Cette dernière remarque déclencha quelques murmures amusés.

– Je souhaiterais porter un toast, ajouta-t-il avec un sourire, à nos deux amis sur le départ : Charles et Charlotte. Vous nous manquerez et nous espérons tous ardemment vous revoir très vite.

Il leva son verre, imité par l'assistance qui lança comme un seul homme :

– À Charles et Charlotte.

– Eh bien, soufflai-je à Vincent, c'est plutôt diplomatique, comme annonce, quand on sait que c'est lui qui les chasse.

Je jetai un regard furtif à Charles, installé sur une méridienne, dans un recoin de la pièce. Depuis le jour où il s'était imprudemment livré aux numa, un masque de détresse et de désespoir avait remplacé sa moue perpétuellement boudeuse. Gaspard s'assit près de lui, sans doute pour le réconforter. Jean-Baptiste poursuivit :

– Et même si nous aimerions tous rejoindre les jumeaux dans leur retraite méridionale, c'est à Paris que notre tâche nous attend. Comme vous le savez, depuis que notre jeune amie Kate...

Il leva son verre dans ma direction et m'adressa un signe de tête poli.

– ... nous a débarrassés du chef de nos ennemis, Lucien, le mois dernier, les numa ont observé un silence total. Nous sommes restés sur le qui-vive, pourtant ils n'ont lancé aucune expédition punitive. Pas la moindre forme de contre-attaque.

« Plus inquiétant encore, d'après nos équipes de surveillance, ils se sont volatilisés. Les numa n'ont certainement pas abandonné Paris, mais le fait de nous éviter de manière si obstinée et si méticuleuse ne leur ressemble guère et on ne peut en déduire qu'une chose : ils fomentent un plan. Ce qui signifierait donc qu'ils ont retrouvé un meneur.

La nouvelle ébranla l'assistance. Les visages se firent soudain plus graves et quelques chuchotements anxieux montèrent de part et d'autre. Au regard déterminé de Vincent, je compris qu'il était déjà au courant. *C'est son bras droit*, pensai-je avec un mélange d'admiration et d'appréhension. Il me tardait de me retrouver seule avec lui afin de le questionner.

Jean-Baptiste interrompit le brouhaha en tapotant de nouveau son verre.

– Compagnons, s'il vous plaît... commença-t-il pour obtenir le silence. Nous savons tous que Nicolas secondait Lucien. Mais vu son tempérament sanguin et son goût de la provocation, s'il avait accédé à la tête de leur bande, nous l'aurions certainement remarqué. Ce mutisme laisse à penser que quelqu'un d'autre a pris les rênes. Or, si nous ignorons à qui nous avons affaire et où et quand une prochaine attaque pourrait avoir lieu, comment préparer notre défense ?

La rumeur monta une nouvelle fois parmi les invités.

– C'EST POURQUOI, tonna Jean-Baptiste pour couvrir leurs voix, face à cette situation potentiellement critique, nous sommes heureux de solliciter le concours de celle qui connaît mieux que personne l'histoire de notre clan et celle des numa... Elle est considérée comme la plus érudite d'entre nous dans ce pays et l'une des éminentes figures de notre groupe à l'échelle mondiale. Elle se propose de nous aider à éclaircir ce mystère et à planifier notre stratégie de défense, voire, si la nécessité s'imposait, une attaque préventive. Aussi, sans plus attendre et pour ceux qui n'auraient pas eu le plaisir d'avoir déjà fait sa connaissance, je vous présente Violette de Montauban, ainsi que son compagnon, Arthur Poincaré. Leur présence honore ce lieu, où ils demeureront en l'absence de Charles et Charlotte.

Un couple que je n'avais pas encore remarqué s'avança. J'observai la jeune femme, au teint pâle de poupée qui tranchait avec sa chevelure brune, piquée de fleurs pourpres. Elle était petite, frêle comme un oisillon. Elle paraissait plus jeune que moi, mais je savais que, dans le monde des revenants, les apparences étaient trompeuses.

Les manières de son compagnon semblaient plus surannées. En s'approchant, il lui offrit son bras. Il devait avoir une vingtaine d'années et si ses cheveux blonds n'avaient pas été ramenés en catogan et son visage rasé d'aussi près, il aurait pu ressembler à Kurt Cobain. Un Kurt Cobain au sang bleu.

Ils s'inclinèrent devant Jean-Baptiste et se tournèrent vers les convives, remerciant d'un signe de tête les applaudissements qui les saluaient. Le regard de la jeune femme s'attarda sur moi, puis sur Vincent, qui se tenait tout contre moi, une main sur ma hanche. Je crus la voir plisser les yeux, avant de passer en revue le reste de l'assistance. Elle parut apercevoir une connaissance et s'approcha d'elle pour bavarder. Suivant son exemple, Jean-Baptiste se retourna vers sa voisine et entama la conversation.

Ce discours terminé, je cherchai Charlotte parmi les invités, impatiente de découvrir sa réaction et son avis sur les nouveaux venus. Cette présentation était manifestement improvisée.

Charlotte était au fond de la salle, aux côtés d'Ambrose, qui avait passé son bras autour de ses épaules. Je devinai le soutien, autant physique que moral, qu'il lui apportait. Elle ne semblait pas surprise par l'annonce, mais affichait un sourire forcé.

– Je rejoins Charlotte, soufflai-je à Vincent.

– Bonne idée, répondit-il en lui jetant un regard inquiet. Je vais m'assurer que Charles tient le coup.

Il déposa un baiser sur ma tempe, puis s'éloigna, tandis que je m'approchai de Charlotte.

– Ça te dirait de sortir prendre un peu l'air, proposai-je à mon amie.

– Absolument.

Elle me saisit la main et, lâchant Ambrose, s'appuya sur moi. Une fois encore, je me demandai comment elle supporterait cette séparation forcée, à plus de neuf heures de route de Paris et de ses proches. Je ne doutai pas de son courage. Par le passé, j'avais pu compter sur elle, moi aussi. Mais elle se trouvait contrainte d'abandonner les siens, au moment où elle avait plus que jamais besoin d'eux.

Nous prîmes nos manteaux dans le vestibule et sortîmes dans la nuit froide de décembre. Dans la cour pavée, la lune illuminait la fontaine, surmontée de la statue d'un ange, portant une jeune femme. Ce couple sculpté ne manquait jamais de me rappeler Vincent et moi. La symbolique était aussi immuable que la pierre.

Charlotte et moi nous assîmes sur le rebord du bassin, blotties l'une contre l'autre pour nous réchauffer. Passant mon bras sous le sien, je la serrai contre moi. Mon amitié pour Charlotte m'avait permis de surmonter la culpabilité que j'avais éprouvée à rompre les liens avec mes copains new-yorkais. Durant la période pénible qui avait suivi la mort de mes parents, j'avais supprimé mon compte e-mail et avais cessé tout échange.

– Est-ce que tu savais que vos... hésitai-je, cherchant un mot moins rude que « remplaçants »... enfin, que Violette et Arthur arrivaient aujourd'hui ?

– Jean-Baptiste m'a prévenue hier, dit-elle en acquiesçant. Il ne voulait pas nous donner l'impression de nous remplacer avant même notre départ, mais Violette lui a proposé son aide et il en a besoin. Quelque part, je ne peux pas m'empêcher d'être un peu vexée... Bref, tu vois... rejetée, en quelque sorte. J'ai l'impression d'être punie.

– Jean-Baptiste vous a assuré que ce n'était pas une sanction et, de toute façon, ce n'est pas toi qu'on éloigne. Charles est responsable, même involontairement, insistai-je en serrant son épaule. La réaction de Jean-Baptiste est logique : si les numa se manifestaient à nouveau, les choses pourraient devenir dangereuses pour lui. Ici, Charles est trop perturbé, indécis. D'ailleurs, Jean-Baptiste t'a bien dit que tu n'étais pas obligée de l'accompagner.

– Je ne peux pas vivre sans lui, avoua-t-elle, mélancolique.

Je hochai la tête. Je la comprenais. Car, immortalité mise à part, Charlotte et moi avions beaucoup en commun. Nous avions toutes deux affronté très jeunes le décès de nos parents. Elle n'avait plus que son frère, et moi ma sœur. Évidemment, il me restait mes grands-parents, mais ma sœur Georgia semblait être le dernier lien avec le passé. Car, depuis quelques mois, la réalité avait pris une tournure radicalement différente.

– Alors, ces nouveaux, tu les connais ? repris-je.

– Pas personnellement, mais tous les revenants en ont entendu parler. Ils font partie des doyens. À côté d'eux, Jean-Baptiste fait figure de novice. Mais comme lui, ils sont issus de familles très anciennes.

– J'avais cru le remarquer, oui, dis-je en riant. Violette a dû mourir jeune.

– À quatorze ans. Son père était marquis, paraît-il, et elle était l'une des demoiselles d'honneur d'Anne de Bretagne. Elle a sauvé la vie de la reine durant une tentative d'enlèvement.

– Attends, mais ça remonte au Moyen Âge, ça ! m'exclamai-je, tâchant de me rappeler les dates de mes cours d'histoire.

– Elle est morte au début du seizième siècle, précisa Charlotte.

– Sérieusement ? Elle a plus de cinq cents ans !

Charlotte hocha distraitement la tête.

– Et cet Arthur ?

– De la même époque. Je crois d'ailleurs qu'ils se sont connus de leur vivant. Il était un des conseillers de son père, me semble-t-il. La vieille noblesse, jusqu'à l'os. Ils habitent un château médiéval sur la Loire... Ça leur va comme un gant.

Amère, Charlotte aurait sans doute aimé les renvoyer sur-le-champ dans leur vieille forteresse.

– Pour J.-B., leur venue est inespérée. Ils ont été témoins de tant de choses qu'on dirait presque des encyclopédies vivantes. Comme Gaspard, puissance dix. Et Violette est une experte reconnue dans le monde entier en matière de revenants. Elle en sait plus que n'importe qui au sujet des numa. Ce qui fait d'elle la conseillère stratégique idéale pour J.-B., conclut Charlotte avec un haussement d'épaules.

Notre échange fut interrompu par le grincement de la porte d'entrée. En tournant la tête, nous aperçûmes le sujet de notre conversation. Cette impression de noblesse semblait la suivre partout, comme un nuage d'essence rare, flottant dans l'air figé de l'hiver.

– Bonsoir, nous lança Violette.

Sa voix était un curieux mélange de timbre juvénile et d'une assurance très adulte. Mon malaise fut dissipé lorsqu'elle nous adressa un sourire radieux, si contagieux que je ne pus m'empêcher d'y répondre.

Elle se pencha pour nous embrasser, tout en se présentant.

– Violette de Montauban.

– Oui, nous savons, rétorqua Charlotte, soudain fascinée par ses escarpins vernis.

– Tu dois être Charlotte, reprit Violette, qui fit mine de ne pas remarquer sa brusquerie. Et toi, tu es la mortelle de Vincent.

– Euh, j'ai aussi un nom, expliquai-je avec un rire étranglé. Je m'appelle Kate.

– Bien sûr, quelle idiote je fais ! Kate, enchantée.

Elle se tourna vers Charlotte, qui évitait résolument son regard.

– Je comprends que notre arrivée te soit pénible, poursuivit-elle comme si elle lisait dans ses pensées. J'ai d'abord trouvé cette précipitation quelque peu déplacée, mais lorsque nous avons proposé notre assistance, Jean-Baptiste a insisté pour qu'Arthur et moi partions séance tenante.

– « Séance tenante » ? Vous ne sortez jamais, ou quoi ? répliqua méchamment Charlotte.

– Charlotte ! la repris-je avec un coup de coude.

– Ça ne fait rien, poursuivit Violette en riant. Non, j'avoue qu'Arthur et moi ne sortons guère. Je me consacre presque entièrement à l'étude de vieux ouvrages. Et puisque nous résidons le plus souvent au château de Langeais, nous n'avons que peu de temps pour les mondanités. Et mes tournures de phrase s'en ressentent.

– Si vous évitez autant les humains, comment pouvez-vous leur venir en aide ? demanda Charlotte, qui luttait pour se dominer.

– Comme vous le savez sans doute, au fil des années, nos pulsions mortelles se résorbent. J'approchais il y a peu des soixante ans lorsque j'ai consulté Jean-Baptiste, mais j'ai depuis porté assistance à quelques enfants qui jouaient près d'une voie de chemin de fer. Quant à Arthur, il a secouru un malheureux chasseur, chargé par des sangliers. Nous voici donc, frais et dispos, prêts à affronter notre besogne. Mais j'avoue que nous n'avions pas vu autant d'animation... depuis quelques décennies.

Je frémis, non à cause du froid, mais plutôt en songeant que ce personnage juvénile avait, quelques jours plus tôt, l'apparence d'une grand-mère. Et pourtant, elle se tenait devant mes yeux, plus jeune que je ne l'étais. J'aurais dû commencer à m'y habituer, mais l'idée que les revenants retrouvent l'âge de leur toute première mort à chaque sacrifice ne cessait de me surprendre.

Violette scruta le visage de Charlotte, puis posa ses doigts longs et fins sur son bras.

– Tu préférerais peut-être que je n'occupe pas ta chambre ? Jean-Baptiste me l'a proposée, cependant je peux parfaitement m'installer ailleurs, même si tes goûts me sont infiniment plus agréables que les siens, lui qui ne jure que par les fauteuils en cuir sombre et les lustres austères.

Charlotte ne put s'empêcher d'éclater de rire et saisit la main de cette ingénue sans âge.

– Pardonne-moi. C'est un moment difficile pour Charles et moi. Ces revenants sont ma seconde famille et l'idée de les abandonner en période de trouble me tue, littéralement.

Je réprimai un sourire, que Charlotte remarqua.

– Euh, non, pas littéralement, bien sûr. Enfin, tu vois ce que je veux dire.

Violette se pencha vers elle et ouvrit les bras pour la serrer contre elle.

– Tout ira bien. Arthur et moi veillerons sur les tiens et ces tracas se dissiperont avant même que tu t'en aperçoives.

Charlotte lui rendit son étreinte, un peu gauchement, car Violette se tenait raide, comme prisonnière d'un corset. Néanmoins, elle semblait apaisée. Je ne pus m'empêcher de me demander si Charles s'en tirait aussi bien.

3

L'une des grandes fenêtres s'ouvrit derrière nous. Vincent se pencha sur le rebord, d'une élégance rare dans son costume *vintage*.

– Mesdemoiselles, il est presque minuit. Je ne sais pas vous, mais je préférerais éviter d'avoir à embrasser Gaspard quand les douze coups sonneront.

Avec un large sourire, il jeta un œil à son maître d'armes consterné, qui leva les yeux au ciel.

Charlotte, Violette et moi regagnâmes la vaste salle, où les invités égrenaient les secondes qui nous séparaient de la nouvelle année. L'excitation était palpable et je trouvais étrange que ces personnages, qui avaient sans doute vu défiler d'innombrables Saint-Sylvestre, puissent encore s'enthousiasmer. Pour les humains, ce jour était parfois synonyme de nouveau départ. Mais pour les revenants, qui réinventaient leur vie à loisir, il ne devait pas présenter de symbolique particulière.

Vincent m'attendait près de la porte. Tandis que les invités poursuivaient le décompte, il me prit dans ses bras.

– Alors, que penses-tu de notre premier réveillon ensemble ?

Il me regardait, l'air émerveillé, comme si j'étais son petit miracle personnel. J'éprouvais exactement la même chose à son égard.

– Eh bien, il y a eu tant de premières fois récemment, j'ai l'impression d'avoir troqué mon ancienne vie pour une toute nouvelle existence.

– Et... tu y as gagné ?

En guise de réponse, à la dernière seconde avant minuit, j'approchai son visage du mien. Nos lèvres se touchèrent et, tandis que nous nous embrassions, je sentis quelque chose se déclencher en moi. Quelque chose pressait et tiraillait ma poitrine, comme si mon cœur allait éclater. Avec un sourire timide, les paupières mi-closes, Vincent me souffla :

– Kate, tu es ce qui m'est arrivé de mieux.

– Eh bien, si je suis là, c'est grâce à toi.

Il me jeta un regard surpris.

– Tu m'as sauvée de moi-même, expliquai-je.

Souvent, je m'interrogeais : que serait-il advenu de moi si je ne l'avais pas rencontré, si je n'avais pas brisé la prison de chagrin dans laquelle je m'étais enfermée après l'accident qui m'avait arraché mes parents ? Je serais probablement restée pelotonnée au fond de mon lit, enfermée dans ma chambre chez mes grands-parents, si Vincent ne m'avait pas ouvert cette porte et prouvé que la vie valait à nouveau la peine d'être vécue.

– Tu t'es sauvée toute seule. J'étais simplement là pour te donner un coup de pouce.

Il me souleva de terre pour me serrer contre lui et, l'espace de quelques instants, je laissai son amour m'envelopper tout entière. Lorsque enfin, il me reposa, j'agrippai sa main et appuyai la tête contre sa poitrine pour contempler la scène autour de nous. Dans la lumière tamisée des chandelles, j'aperçus Jean-Baptiste et Gaspard, côte à côte, leurs épaules se touchant presque, qui considéraient fièrement le succès de leur réception. Gaspard se pencha pour lui souffler une remarque complice, à laquelle Jean-Baptiste répondit par un éclat de rire. La magie de la soirée semblait avoir dissipé toutes les tensions causées par son discours.

Ambrose enlaçait une Charlotte extatique, minuscule entre ses bras massifs. Jules, accoudé au bar, nous observait. Il fit mine de m'envoyer un baiser, avant de se tourner vers sa charmante compagne. Violette, aux côtés d'Arthur, avait posé la tête sur son bras pour regarder les autres invités. Je remarquai plusieurs couples parmi les revenants, qui s'enlaçaient ou s'embrassaient.

Alors, certains trouvent vraiment l'amour... songeai-je.

D'après Charlotte, Ambrose et Jules étaient des séducteurs invétérés, qui enchaînaient les histoires sans lendemain avec des mortelles. Jean-Baptiste n'encourageait pas vraiment les liens en dehors du clan et leurs « conquêtes », comme il les appelait, n'étaient d'ailleurs pas les bienvenues dans sa demeure. J'étais la seule étrangère dans la confidence des revenants et admise à l'hôtel Grimod. Il maintenait toutefois des contacts avec les autorités et employait quelques personnes, comme Jeanne, dont la famille était au service de Jean-Baptiste depuis des générations.

Puisque leur secret leur interdisait en pratique toute relation avec le monde extérieur, trouver un partenaire parmi leurs semblables restait l'unique possibilité de rencontrer l'âme sœur. Et, comme me l'avait fait remarquer Charlotte, cela limitait considérablement le choix.

Une heure plus tard, l'assemblée s'était dispersée et je prévins Vincent que j'étais prête à rentrer chez moi.

– Ambrose doit nous rejoindre, me dit-il en passant mon manteau sur mes épaules.

J'étais un peu déçue. J'aurais préféré me retrouver seule avec lui, pressée d'en savoir davantage sur ces histoires de « bras droit » et de « champion ». Les réponses devraient attendre, car je doutais qu'il aborde ces sujets devant son ami. Jules ne s'était pas trompé : Vincent n'était pas du genre à en mettre plein la vue.

– J'ai vraiment besoin de deux gardes du corps ? plaisantai-je tandis que nous franchissions la grande porte en direction de la grille.

– Trois, précisa Ambrose. Henri, un vieil ami de Gaspard, joue les fantômes pour nous ce soir.

– Oh. Ah. Euh... bonjour, Henri, ajoutai-je, un peu gauchement, le nez en l'air.

Décidément, je ne m'y ferais jamais.

J'avais découvert que les revenants, trois jours par mois, tombaient dans une léthargie profonde, proche de la mort, qu'ils appelaient « sommeil ». Le premier jour, ils présentaient l'apparence et l'inertie d'un cadavre. Mais les deux jours suivants, leurs esprits s'animaient et se déplaçaient à loisir. Ils se disaient alors « en errance ». Au cours de leurs « maraudes », ils écumaient les rues de Paris à la recherche de vies à sauver. Les revenants patrouillaient par paire, suivis d'un troisième compagnon en errance. Ce dernier pouvait pressentir quelques minutes à l'avance les évènements dans un périmètre restreint.

– Quelle protection rapprochée, remarquai-je en prenant mes deux anges gardiens par le bras. Pourtant, d'après Gaspard, j'ai progressé en escrime.

– Ambrose et Henri assurent ma sécurité autant que la tienne, objecta Vincent. Les numa pourraient décider d'attaquer cette nuit. L'offensive serait stratégique, puisqu'un grand nombre d'entre nous se trouvaient réunis dans un même lieu. Et quand bien même, vu le nombre de types louches et soûls qui traînent les soirs de premier de l'an dans la capitale, les choses risqueraient de devenir... intéressantes.

Avec un sourire en coin, il pressa le bouton d'ouverture du portail. Les spots s'allumèrent et, en levant les yeux, j'adressai un salut à la caméra de surveillance. Si quelqu'un s'amusait un jour à visionner les vidéos, il me verrait dans ma robe de soirée, digne d'une montée des marches, flanquée de deux chevaliers servants en costume. Pas mal, pensai-je, pour une fille qui n'avait jamais eu de véritable rendez-vous avant l'automne précédent.

Tel un projecteur, la lune braquait son rayon argenté sur les dernières feuilles des arbres qui bordaient les trottoirs. Nous croisâmes plusieurs couples très chics qui rentraient chez eux et donnaient un air de fête au quartier. Une délicieuse odeur de pâtisserie montait d'une boutique. Même en ce jour férié, le boulanger s'était attelé à la tâche. Blottie contre Vincent, je ne songeais plus au danger.

Quelques rues plus loin, l'attitude désinvolte de mes compagnons changea brusquement. Je me retournai, sans rien apercevoir de suspect, mais Ambrose et Vincent demeuraient sur le qui-vive.

– Qu'y a-t-il ? demandai-je, voyant l'expression de Vincent se durcir.

– Henri a un doute. Les numa nous auraient déjà attaqués, mais il remarque quelques types au comportement bizarre, répondit-il en échangeant un regard entendu avec Ambrose.

Ils pressèrent aussitôt le pas. Nous traversâmes l'avenue au pas de course – exercice nettement plus périlleux en talons hauts qu'en baskets. Nous descendîmes la petite rue qui menait à l'immeuble de mes grands-parents et je me demandai brusquement ce qui se passerait si les numa décidaient de nous prendre en chasse.

– Ils n'oseraient rien tenter en public, affirmai-je, pour me rassurer.

Mais le souvenir du soir, quelques mois auparavant, où ils avaient poignardé Ambrose devant un restaurant, demeurait très présent.

– Nous évitons de nous battre devant témoins... quand c'est possible, répondit ce dernier. Idem pour les numa. Notre secret serait vite découvert si nous sortions nos haches à tout bout de champ.

– Mais pourquoi, d'ailleurs ? Au fond, les mortels ne peuvent rien contre vous.

– Ce n'est pas seulement à la surveillance des humains que nous voulons échapper, poursuivit-il alors que je redoublais d'efforts pour les suivre. Il y a d'autres dangers, qui n'existent pas qu'entre les pages des romans. Et non, ne compte pas sur moi pour te révéler lesquels ! Entre créatures surnaturelles, nous avons notre propre code d'honneur, tu sais.

– D'après Henri, qui que soient ces types, ils viennent dans cette direction, prévint Vincent, d'un ton si grave que j'en oubliai mes questions.

Je pressai fébrilement les touches du digicode, comme si nos vies dépendaient de l'agilité de mes doigts. Derrière moi, Vincent et Ambrose, tels deux gardes du corps trop habillés plongèrent une main sous leur manteau, pour saisir l'arme qu'ils y cachaient. Je poussais le battant lorsque le rugissement d'un moteur nous parvint depuis l'avenue. Des phares illuminèrent la ruelle et nous nous retournâmes sur la voiture.

Avec la stéréo à fond, une Audi pleine à craquer pila devant nous. La portière s'ouvrit et un garçon accompagné d'une fille tentèrent laborieusement de s'extirper du siège passager, avant de s'écrouler sur le trottoir. Les quatre jeunes entassés à l'arrière poussèrent des cris enthousiastes lorsque ma sœur Georgia se redressa finalement pour leur tirer sa révérence.

– Merci Paris, bonne nuit ! lança-t-elle avec son accent de belle du Sud.

Son ami, sur lequel elle s'appuyait, se releva à son tour, épousseta son pantalon et déposa un baiser sur ses lèvres.

– Voilà, livraison à domicile. À votre service, miss Georgia, dit-il en regagnant le véhicule.

Un torrent de « Bonne année ! » et de « *Happy New Year !* » s'échappa des vitres lorsque l'Audi repartit en trombe.

Ambrose et Vincent laissèrent retomber les pans de leurs manteaux sur les armes qu'ils dissimulaient. Georgia ne parut même pas remarquer que nous étions tous trois en état d'alerte.

– Salut, Vincent ! Et Ambrose, joli garçon, tu es là aussi, roucoula-t-elle en rajustant sa mini-robe en dentelle.

Ses cheveux courts, d'un blond vénitien, étaient savamment décoiffés et ses mèches encadraient un visage diaphane, parsemé de taches de rousseur.

– Mais c'est que vous êtes charmants en smoking. Si seulement nos stripteaseurs avaient eu votre classe, la soirée n'aurait pas été un tel désastre.

Jetant un regard à sa montre, elle poussa un cri d'effroi.

– Quoi ? À peine une heure et demie du matin et je suis déjà rentrée ? Ma réputation va en prendre un sacré coup. Il faudra m'expliquer pourquoi la police a décidé de gâcher la fête, sous prétexte qu'on faisait trop de bruit. C'est le nouvel an, non ? Vraiment, c'est hallucinant. Jamais passé une soirée aussi naze.

En me voyant dissimulée dans l'ombre de la porte, elle me jeta un regard ahuri.

– Kate, mais enfin pourquoi tu te caches ?

Sans attendre ma réponse, elle adressa son sourire le plus ravageur aux deux garçons et se glissa dans l'entrée de l'immeuble, serrant affectueusement mon bras au passage.

– Est-ce que c'est moi, ou elle s'est transformée en Georgiazilla ? s'esclaffa Vincent.

– Après cinq semaines d'abstinence, elle rattrape le temps perdu, répondis-je.

Sa dernière relation désastreuse avec Lucien, l'ancien chef des numa, avait bien failli causer notre perte à tous. Georgia avait depuis renié la gent masculine et renoncé à la vie nocturne.

– Il faudra penser à l'embaucher comme garde du corps supplémentaire, s'amusa Ambrose. Elle et sa tornade de copains suffiraient à faire fuir n'importe quel individu suspect du quartier.

À ce propos...

– Et ceux qui nous suivaient ? m'enquis-je.

– La Georgia-mobile les a mis en déroute, répondit Ambrose.

– Écoute, Kate, me dit Vincent en surveillant du coin de l'œil la rue sombre. Jean-Baptiste a raison : nous ignorons quand les numa frapperont de nouveau. Et avec ces types louches à nos trousses tout à l'heure, il serait peut-être plus prudent de t'attribuer un... chaperon, de temps à autre. Jean-Baptiste m'a confié quelques projets, ajouta-t-il avec un regard à Ambrose. Et je ne serai pas toujours là pour te protéger.

– Une escorte ? m'étranglai-je.

– Eh bien quoi ? Un ange gardien, voire deux, ça n'est pas si mal, objecta Ambrose. Maintenant que tu sors avec un revenant, il va falloir t'habituer à te sentir suivie.

– Mais quand je ne suis pas avec vous, je ne vois pas pourquoi les numa voudraient s'en prendre à moi.

Flâner dans les rues de Paris avec mon copain était une chose. Être épiée dans mes moindres déplacements par des inconnus en était une autre. Je secouai la tête.

– Est-ce que je peux t'embrasser pour te souhaiter bonne nuit ou bien mon escorte a-t-elle des objections ?

Je levai les yeux vers lui et Vincent m'accorda un long et tendre baiser. Les jambes en coton, je les regardai s'éloigner dans l'ombre. Ambrose m'adressa un petit salut militaire.

– Bye-bye, Katie-Lou.

Lorsqu'ils eurent disparu, je tournai les talons et gravis l'escalier pour rejoindre ma sœur chez nos grands-parents.

Dans sa chambre, Georgia avait déjà troqué sa robe de soirée pour un large T-shirt.

– On peut savoir pourquoi tu avais besoin de deux gardes du corps ? demanda-t-elle.

– Trois, expliquai-je. Un certain Henri nous accompagnait. Vincent devient parano : il s'imagine que les méchants zombies vont m'agresser à chaque coin de rue. Depuis que leur chef a disparu, les numa font profil bas et les revenants s'attendent à une attaque-surprise.

– Moins je les vois, mieux je me porte, lança-t-elle tout en essuyant son rouge à lèvres à l'aide d'un mouchoir. Et je me félicite de ne plus fréquenter de psychopathe depuis... enfin, depuis que tu as massacré mon ex à coups d'épée.

Ma sœur avait beau jouer les désinvoltes, je décelais toujours une certaine crainte derrière ses bravades.

– Vincent a décidé de m'assigner une protection rapprochée quand il n'est pas là.

– Cool ! s'exclama Georgia en ouvrant de grands yeux.

– Cool, tu parles. Je n'ai aucune envie d'être suivie à la trace dès que je mets le pied dehors. C'est flippant.

– Eh bien, oublie qu'on te suit, considère plutôt qu'on « t'accompagne ». Au fond, qu'est-ce que ça change ? Tu es constamment avec Vincent ou un de ses copains, de toute façon.

Je la dévisageai. Sa remarque ne se voulait pas critique. Pour ma sœur, spécialiste de l'interaction sociale, il était normal, en tout cas préférable, d'être entouré vingt-quatre heures sur vingt-quatre.

– Georgia, tu oublies à qui tu parles. Tu me connais, non ? Ta sœur, l'ermite de service, qui n'est certainement pas la reine de la nuit parisienne et qui apprécie parfois un peu de solitude.

– Eh bien, tu n'as qu'à expliquer à Vincent que tu ne veux pas d'une baby-sitter. Il te vénère. Ordonne et il obéira.

Je levai les yeux au ciel. Si seulement...

– Tu le crois si je te dis qu'il a employé le mot « chaperon » ?

– Qu'est-ce qu'il est sexy quand il parle comme un papy ! Si ça continue, il va demander au nôtre la permission de te courtiser et à partir de là, ce sera la spirale infernale : le dentier, les slips kangourou...

– Beurk, arrête ! m'esclaffai-je en faisant mine de lui donner un coup.

Au même instant, son téléphone vibra dans son sac. Elle s'en saisit et se mit à pianoter.

– Au fait, dit-elle en levant les yeux, tu es fabuleuse dans cette robe, Brindille.

Je me penchai pour serrer ma sœur dans mes bras et laissai mon papillon mondain à ses textos de bonne année.

4

En ce 1er janvier, la gare de Lyon était presque déserte. Des pigeons kamikazes enchaînaient de périlleux loopings sous l'immense verrière. Notre petit groupe s'était rassemblé pour accompagner Charles et Charlotte. Ambrose empila les valises dans les compartiments à bagages tandis que les jumeaux nous embrassaient, Vincent, Jules et moi, puis, de manière un peu plus formelle, Jean-Baptiste et Gaspard.

L'annonce nasillarde indiquant le départ imminent retentit. Charles se dégagea de l'étreinte d'Ambrose et grimpa dans le wagon sans se retourner. Charlotte essuya quelques larmes.

– Vous serez bientôt de retour, lui assura Jean-Baptiste, la voix empreinte d'une émotion inhabituelle.

Elle hocha la tête sans articuler un mot, comme si elle redoutait d'éclater en sanglots.

– Et n'oublie pas les e-mails, ni le téléphone ! lui dis-je. On reste en contact, c'est promis.

Je lui envoyai un dernier baiser tandis qu'elle disparaissait derrière les vitres fumées. Vincent passa son bras autour de mes épaules et je me retournai, craignant que les jumeaux ne me voient pleurer.

Depuis mon arrivée à Paris, presque un an auparavant, Charlotte avait été ma seule amie. À vrai dire, je n'avais pas vraiment cherché à m'en faire d'autres. Six mois durant, j'avais vécu en ermite. Puis Vincent était apparu, et avec lui ses compagnons. J'avais bien conscience de préférer la compagnie de ces morts-vivants à celle de mes semblables et j'essayais de ne pas en tirer de conclusion trop parlante.

Le sifflet du départ perça l'atmosphère glaciale. Le train s'ébranla. Notre petit groupe agita la main, avant de regagner la sortie dans un silence pesant. Chacun était perdu dans ses pensées lorsque le téléphone de Vincent sonna. Il jeta un bref coup d'œil à l'écran puis répondit.

– Bonjour, Geneviève.

Après quelques instants, il se figea, livide.

– Oh, non. Non...

Son air sombre interpella les autres, qui s'arrêtèrent pour le dévisager.

– Ne bouge pas. Nous arrivons tout de suite, dit-il avant de raccrocher. Le mari de Geneviève est mort dans la nuit, annonça-t-il. Il ne s'est pas réveillé ce matin.

– A-t-elle averti... commença Jean-Baptiste.

– Le médecin a déjà constaté le décès et on est venu chercher son corps. Elle voulait nous prévenir plus tôt, mais craignait que Charlotte refuse de partir.

Jean-Baptiste parut approuver.

Geneviève habitait à l'autre bout de Paris et ne fréquentait pas assidûment l'hôtel particulier de la rue de Grenelle, mais son amitié pour Charlotte remontait à plusieurs décennies. Cette dernière souffrait parfois de vivre avec un entourage exclusivement masculin et il lui arrivait de trouver refuge chez Geneviève après une dispute avec Charles.

– Elle a besoin d'aide pour organiser la cérémonie. Kate, tu m'accompagnes ?

J'acquiesçai. Jules et Ambrose se proposèrent aussitôt, mais Gaspard fit mine d'objecter.

– Ambrose, j'espérais que tu pourrais installer Violette et Arthur dans leurs chambres. Mais évidemment...

Ambrose hésita, visiblement déchiré.

– Tu as raison. Je rentre avec toi. Embrassez Geneviève pour moi et dites-lui que je viendrai très vite.

Son casque de moto sur le bras, il donna une tape amicale à Vincent, puis quitta la gare, talonné par Gaspard et Jean-Baptiste.

Jules, Vincent et moi grimpâmes dans un taxi et, quinze minutes plus tard, nous atteignîmes le quartier de la Mouzaia, près de Belleville.

Tandis que nous descendions de voiture, je jetai des regards enthousiastes autour de moi. Bien que située dans Paris intra-muros, la rue était jalonnée de pavillons de briques, précédés de jardinets, loin des immeubles qui composent la plupart des quartiers de la capitale. Derrière une clôture en bois, Geneviève nous attendait sur le perron, cramponnée au chambranle de la porte.

Jules et Vincent s'approchèrent et elle s'effondra dans leurs bras.

– Il est mort dans son sommeil. Je lisais quand c'est arrivé... Je ne me suis rendu compte de rien, souffla-t-elle d'une voix lointaine.

Ses yeux d'un bleu si clair brillaient de larmes et de fatigue.

– Ça va aller, lui murmura Vincent, laissant Jules prendre le relais.

Nous les suivîmes jusqu'au salon spacieux et lumineux. Comme s'il manipulait du verre, Jules la déposa sur le canapé avec une infinie précaution et s'installa près d'elle. Elle se blottit contre lui en tamponnant ses yeux avec un mouchoir. Vincent et moi nous assîmes par terre, à leurs pieds.

– Que peut-on faire ? demanda doucement Vincent.

– Officiellement, rien. Philippe et moi avions réglé tout cela depuis longtemps. La maison et les comptes sont à mon nom. C'est toi qui t'es chargé des détails, lui dit-elle d'un air mélancolique.

– Un diplôme de droit est très utile pour transférer des fonds et des biens au profit d'une femme fantôme, observa-t-il avec un triste sourire.

– Philippe avait déjà tout prévu : pas d'enterrement religieux, pas d'annonce. Rien qu'une petite cérémonie intime, au Père-Lachaise.

Je me rappelai avoir visité ce célèbre cimetière et vu les tombes de Victor Hugo, d'Oscar Wilde, de Gertrude Stein et Jim Morrison. Philippe, ou plus probablement Geneviève, devait compter de solides relations pour y avoir obtenu une concession.

– J'aimerais bien une tasse de thé, remarqua-t-elle tout haut.

– Je m'en charge, dis-je en me levant, soulagée de me rendre utile.

Je trouvai la cuisine et plaçai la bouilloire sur le gaz avant de fouiller les placards à la recherche de sachets de thé et de quoi servir. Des photos accrochées aux murs attirèrent mon attention.

La première était en noir et blanc. J'y reconnus Geneviève en tenue de mariée, dans les bras d'un homme en costume, sur le seuil de leur maison. D'après la coupe de la robe et la coiffure de Geneviève, la photo devait dater de la Seconde Guerre mondiale. Tous deux riaient sur la photo, heureux et insouciants, comme n'importe quel couple de jeunes mariés.

Sur la suivante, devant un garage, le même homme, vêtu d'un polo clair taché de graisse, se penchait sur le capot d'une voiture. Il levait les pouces, armé d'une clef à molette. Il n'avait pas changé, aussi supposais je qu'elle avait été prise à la fin des années quarante, voire cinquante.

La troisième remontait aux années soixante. Geneviève, avec son carré à la Jackie Kennedy, n'avait pas pris une ride. Le visage plus marqué de son mari, ses tempes grisonnantes trahissaient sa quarantaine. Mais la différence d'âge ne choquait pas.

Les clichés suivants, en revanche, devenaient plus étranges. Les photos couleur montraient nettement l'écart qui se creusait. Je m'approchai pour lire l'inscription au bas de la plus récente : *60 ans pour le nouveau millénaire. Et mon amour pour toi durera toujours. Philippe.* Il était assis, un déambulateur près de lui. Geneviève, perchée sur le bras du fauteuil, se penchait pour l'embrasser sur la joue, tandis que lui fixait l'objectif, un sourire aux lèvres. C'était un vieillard. Et elle paraissait encore avoir vingt ans. Pourtant, ils semblaient s'aimer comme au premier jour.

Le sifflement de la bouilloire me fit bondir. Absorbée par leur histoire, j'en avais oublié le thé. Une histoire pleine d'amour et de bonheur, certes, mais qui n'en était pas moins tragique.

Au salon, Jules faisait les cent pas, le téléphone collé à l'oreille, pour communiquer la triste nouvelle à tous leurs amis. Geneviève, les yeux dans le vague, appuyait sa tête sur l'épaule de Vincent.

L'air grave, il me regarda traverser la pièce et poser le plateau sur la table basse. Je surpris son expression douloureuse et compris que nous songions tous deux à la même chose : l'histoire de Geneviève et de son époux pourrait bien devenir la nôtre.

5

Je me tenais dans le cimetière, en compagnie d'une quarantaine de morts-vivants. Avant d'être découverts par Jean-Baptiste, ou par l'un des revenants possédant « le don », certains d'entre eux avaient d'abord été enterrés ici.

Vincent m'avait appris qu'à sa métamorphose, un revenant émet une aura semblable à un faisceau, visible seulement par ceux doués de ce « sixième sens ». Si ceux qui possèdent ce don parviennent à localiser et à prendre soin du nouveau revenant, celui-ci s'éveillera au bout de trois jours. Dans le cas contraire… il redeviendra poussière.

Philippe n'avait pas accompli le sacrifice des revenants, mais Geneviève avait préféré attendre quatre jours pour le porter en terre. À genoux, dans sa robe noire, elle parsemait le cercueil de petites fleurs blanches. Vincent s'avança à ses côtés pour jeter une poignée de terre dans la tombe, avant de céder la place à un autre.

– Toi seul es mon véritable amour, souffla une voix féminine derrière moi.

En me retournant, j'aperçus Violette.

– Pardon ?

– Ces corolles blanches que Geneviève a répandues, ce sont des fleurs de mai.

Voyant mon incompréhension, elle expliqua :

– J'oublie que le langage des fleurs se perd de nos jours. Autrefois, il faisait partie de l'éducation des jeunes filles bien nées. Chaque fleur possède sa propre signification. Celle de l'épigée rampante, ou fleur de mai, veut dire « Toi seul es mon véritable amour ». Geneviève le sait et les a choisies pour cette raison.

Je hochai la tête en silence.

– Quel funeste destin, poursuivit-elle.

Son curieux mélange d'expressions désuètes et modernes me laissait perplexe. J'avais parfois l'impression de l'entendre citer Shakespeare.

– Pourquoi s'imposer un tel déchirement ? Tout cela me dépasse. Que pouvait-elle espérer, sinon de la souffrance, en se liant ainsi à un mortel ?

Elle avait parlé sans réfléchir, mais se reprit aussitôt, mortifiée.

– Oh, Kate. Pardonne-moi. Tu t'es si bien intégrée parmi nous. J'en oublie que tu n'es pas des nôtres. Mais puisque Vincent et toi êtes...

Elle chercha ses mots.

– Ensemble ? lui suggérai-je.

– Oui, bien sûr. Ensemble. Enfin, c'est tout à fait... charmant. Je t'en prie, ne prête pas attention à ce que j'ai dit.

Confuse, Violette semblait presque au bord des larmes.

– C'est sans importance, vraiment. J'ai parfois du mal à réaliser que Vincent et moi sommes si différents.

Ce qui n'était pas tout à fait exact. Le contraste entre nos existences quittait rarement mon esprit. Mais Violette n'insista pas. Après un gracieux signe de tête, elle s'avança pour jeter à son tour une poignée de terre dans la tombe.

Toute l'assistance se tourna vers Vincent qui levait la main pour réclamer le silence.

– Pardonnez-moi, mes amis, dit-il. Mais Geneviève m'a demandé de lire pour elle ce passage de Tristram Shandy, un de leurs romans favoris, à elle et à Philippe, qui les encourageait à vivre au jour le jour.

Il s'éclaircit la gorge et commença sa lecture.

– Le temps s'étiole trop vite... avec ses jours, ses heures... qui filent par-dessus nos têtes comme les nuages vaporeux d'une journée venteuse, pour ne plus jamais nous revenir – tout s'échappe – tandis que tu enroules cette mèche de tes cheveux... vois ! Déjà, elle blanchit...

Vincent leva les yeux, croisa mon regard puis, troublé, poursuivit.

– Et chaque fois que je baise ta main pour te dire adieu, chaque absence qui s'ensuit, est un prélude à cette éternelle séparation qu'il nous faudra bientôt vivre !

Mon cœur se serra, au sens littéral, car la douleur était bien réelle. Ce passage paraissait avoir été écrit pour nous deux. Les vers que Vincent déclamait comme un chant lugubre donnaient une substance à mes craintes les plus secrètes sur notre avenir.

Ce pourrait être nous, pensai-je une fois encore. Quoi qu'il arrive, le destin nous condamnait. Même si Vincent résistait à ses pulsions afin de vieillir avec moi, il serait un jour comme Geneviève : éternel adolescent, penché sur la tombe d'une vieille femme.

Ma raison l'emporta. Quelle idiote sentimentale ! Comment imaginer passer sa vie aux côtés de quelqu'un ? Je n'étais qu'une jeune fille ! Comment être certaine de ce que je voudrais dans cinq ans ? Soixante ? Pourtant, je ne pus m'empêcher d'y songer. Le tragique de la situation était tangible, palpable et aucune pensée rationnelle n'aurait pu l'atténuer.

Ce chagrin prématuré, absurde, me déchirait le cœur et je sentis les larmes monter. Il me fallait quitter cet endroit. Échapper à ce rappel constant de la mort victorieuse. Lentement, je battis en retraite, priant pour passer inaperçue.

Je m'éclipsai à grandes enjambées, jetant un bref regard par-dessus mon épaule. Personne ne m'avait remarquée. Tous étaient tournés vers Vincent, à présent caché par une forêt de vêtements noirs. Je me perdis au milieu d'un attroupement de touristes penchés sur un plan du cimetière.

– Édith Piaf, deux rangées plus loin, puis plus haut, indiquait le guide à un groupe de jeunes Américains.

Il y a encore un an, ç'aurait pu être moi, songeai-je en observant une fille souriante, insouciante. Je les suivis distraitement jusqu'à m'être complètement éloignée des funérailles de Philippe.

Sans but, je m'enfonçais entre les alignements de sépultures. Une pluie drue et glacée s'abattit soudain sur nous et je m'abritai un instant sous l'arche d'un mausolée gothique. Le monument à claire-voie me protégeait de l'averse, mais pas du vent. Au centre, sur le catafalque, deux statues gisaient côte à côte sur leur lit de marbre, les mains jointes en prière éternelle. Après quelques secondes de réflexion, je compris enfin où je me trouvais. Je m'étais arrêtée là, un jour, en compagnie de ma mère : le tombeau d'Héloïse et

Abélard. *Quelle coïncidence*, pensai-je, *de retrouver aujourd'hui l'édifice dédié à ces amants tragiques !*

Je m'assis sur une marche, ramenant mes genoux contre ma poitrine pour mieux m'envelopper dans mon manteau. Je ne m'étais pas sentie aussi seule depuis plusieurs mois. Essuyant mes larmes d'un revers de manche, je tâchai de me calmer et de voir les choses de manière rationnelle.

Je devais me focaliser sur l'instant présent. De quoi avais-je si peur ? Distraitement, je saisis un caillou au pied de la tombe et le fis rouler dans le creux de ma main jusqu'à ce qu'il soit tiède. Puis je le reposai, comme pour marquer la première de mes craintes. Vincent parviendrait peut-être à résister à sa pulsion, mais cela signifiait pour lui des décennies de souffrance morale et physique. J'étais cruelle, égoïste de lui imposer un tel sacrifice, uniquement pour échapper à mes propres faiblesses.

Je saisis un autre galet et le plaçai près du premier... Et si Vincent ne pouvait se retenir, il me faudrait supporter le spectre constant de sa mort violente, d'une fin brutale, dès qu'il donnerait sa vie pour quelqu'un.

Le front plissé, j'ajoutai une troisième pierre à mes angoisses. Même si, en dépit de tout, je parvenais à rester auprès de lui, à endurer ces traumatismes répétés, c'est moi qui mourrais un jour.

Tels des points de suspension, les trois cailloux noirs semblaient attendre la suite. À cela se greffait l'unique danger qui menaçait les revenants. Si un autre numa prenait la place de Lucien et cherchait à le venger en anéantissant Vincent, c'est moi qui serais alors seule.

Ça suffit, Kate, me dis-je. *La vieillesse, la mort sont encore bien loin, et le moment venu, je saurai y faire face. En admettant que rien ne nous sépare d'ici là...* Or cet avenir demeurait incertain, quels que fussent mes sentiments. Il fallait se montrer réaliste : les couples ordinaires avaient suffisamment de mal à s'en sortir.

Quant au reste, les projections étaient inutiles. Si je voulais me concentrer sur le présent, je devais cesser d'imaginer le futur. C'est pourtant ce que j'avais fait jusque-là et pas seulement depuis une heure.

Carpe diem, pensai-je. Pour le moment, tout se passait bien entre Vincent et moi. Même si en cet instant, j'avais simplement envie de rentrer chez moi. Cette soudaine décision suffit à me donner une impression de contrôle. Posant les mains sur la pierre glacée, je me redressai et composai un SMS pour prévenir Vincent.

Je pianotais les premières lettres lorsque je perçus un froissement de feuilles mortes non loin de moi. Tendue, je jetai un œil aux alentours, mais ne vis que la succession de tombes et caveaux. Un brusque mouvement attira mon regard. Derrière une stèle à quelques mètres de là, une silhouette enveloppée dans un large manteau de fourrure s'avança et une panique absurde m'envahit. Je ne distinguais pas son visage, mais remarquai ses mèches ondulées et grisonnantes qui se mêlaient à d'autres d'un brun sombre. Nous faisions à peu près la même taille. En moins d'une seconde, j'adoptai une posture de défense, cherchant le meilleur moyen de l'aborder, compte tenu de son gabarit.

Mais sans même me regarder, il se détourna et s'éloigna. Je poussai un long soupir de soulagement en réalisant qu'il s'agissait d'un homme. Un individu vêtu d'un curieux manteau de fourrure, qui arpentait l'allée dans la direction opposée. Il ne s'était pas approché. *Un homme et non un monstre*, pensai-je, réprouvant ma peur irrationnelle.

Il disparut derrière une rangée de sépultures et je retrouvai une attitude plus détendue. Tandis que je reprenais l'envoi de mon message, je sentis qu'on m'agrippait fermement par l'épaule.

Je me retournai en poussant un cri, et vis deux yeux bleus scruter les miens d'un air furieux.

– Kate, on peut savoir à quoi tu joues ? lâcha Vincent d'une voix rauque.

– À quoi je joue ? C'est toi qui arrives à pas de loup ! J'ai bien failli avoir une attaque, soufflai-je en posant une main sur mon cœur battant.

– Je n'arrive pas à pas de loup, répliqua-t-il froidement. J'ignorais où tu étais jusqu'à ce que Gaspard m'avertisse. Il est en errance et t'a suivie jusqu'ici. Tu réalises que tu aurais pu courir un grave danger ?

Vincent ignorait combien l'homme au manteau m'avait effrayée, mais mon angoisse se changea en colère.

– En danger ? Ici ? En plein jour ? Et menacée par quoi, au juste ? Des fans hystériques de Morrison ? Une chute dans une tombe ?

– Par les numa.

– Arrête, Vincent. Nous sommes au beau milieu d'un des sites les plus touristiques de la ville. Le Père-Lachaise, c'est presque le Disneyland des morts. On n'est pas dans un épisode de *Buffy* où les vampires surgissent de terre toutes les cinq minutes !

– Kate, nous sommes en alerte et tu le sais. Nous ignorons où se cachent les numa et ce qu'ils préparent. C'est exactement le genre d'occasion qu'ils pourraient saisir pour nous attaquer. Quelques dizaines de revenants réunis dans un même lieu... ils ne demandent que ça. Voilà pourquoi nous sommes tous venus armés, dit-il en écartant son manteau, révélant une épée et un assortiment de couteaux sanglés sur sa hanche.

Je ne sus que répondre.

– Pourquoi t'es-tu éloignée seule ?

Sa voix n'exprimait plus l'angoisse, mais le trouble. Je le fixai quelques instants sans répondre, puis me tournai vers les statues, les deux amants qui reposaient côte à côte. Vincent suivit mon regard et comprit. Il ferma les yeux, comme pour mieux chasser cette image.

– Je ne pouvais pas rester, Vincent. C'était trop dur... expliquai-je, sans parvenir à poursuivre, sous l'emprise du chagrin mêlé au froid et à la peur.

Il passa un bras autour de mes épaules et m'entraîna loin de la tombe.

– Je comprends. Tu es gelée et trempée. Allons-nous-en.

Malgré moi, je jetai un regard en arrière. L'homme au manteau avait disparu sans laisser de traces, mais depuis l'allusion de Vincent, je me demandais pourquoi cet inconnu avait suscité chez moi une réaction aussi violente. Un numa aurait-il pu me suivre à travers le cimetière ?

Pour l'instant, c'était sans importance. Je décidai de garder cela pour moi, craignant d'affoler Vincent. Blottie contre lui, je balayai le souvenir de cet intrus.

6

Avant de connaître Vincent, mes journées défilaient au gré des pages du calendrier. Mais depuis, chaque jour comptait. Il y avait eu la première rencontre entre Vincent et mes grands-parents. Notre premier ciné en amoureux (*Sacré Graal* : Vincent marqua des points, car comme moi, il connaissait les meilleures répliques du film par cœur). Notre premier réveillon.

Je savourais ce jour-là mes derniers moments de liberté avant la reprise des cours. Plus que trois semestres avant de quitter le lycée : une dernière ligne droite. Naturellement, j'avais décidé de fêter ça avec celui que j'aimais.

Je dévalai l'escalier grinçant de notre immeuble, euphorique. La journée encore neuve, telle une terre inconnue à explorer, m'attendait. Tout comme mon Parisien préféré. En franchissant la porte, je l'aperçus, installé sur une couverture, dans le square. Surprise, je secouai la tête et le rejoignis en trottinant. Un panier à pique-nique et un thermos étaient posés à ses pieds.

– Qu'est-ce que tu fabriques ? Je croyais qu'on sortait pour prendre le petit déjeuner.

– Eh bien, nous sommes dehors, non ? répondit-il, les yeux dissimulés derrière ses lunettes de soleil.

Son sourire indolent ne manquait jamais sa cible. C'est comme si j'étais retournée, secouée de l'intérieur par des mains invisibles. À chaque fois. J'aurais voulu capturer l'instant et vivre éternellement cette délicieuse sensation.

Je dus m'obliger à respirer. Il était emmitouflé dans un épais manteau, une écharpe et un bonnet en lin d'où dépassaient ses mèches ondulées. Il s'était allongé sur la couverture étendue sur l'herbe blanchie par le givre.

– Juste histoire d'être claire : tu comptes faire un pique-nique par ce froid polaire, en janvier ? lâchai-je, les poings sur les hanches, exhalant un petit nuage de buée.

Il retira ses lunettes et son regard pétillant parvint à me réchauffer instantanément.

– Je pensais qu'on aurait pu passer la journée à faire des choses inédites. Je n'avais jamais fait de pique-nique en janvier. Et toi ?

Hilare, je secouai la tête et me laissai tomber sur la couverture.

– Parfait, s'exclama-t-il. Puisque c'est une première pour nous deux, ça compte d'autant plus.

Derrière la grille du square, les passants – pour la plupart des hommes en costume ou des touristes avec leurs sacs à dos – nous regardaient comme des bêtes curieuses, éclatant parfois de rire. J'avais l'impression d'être l'attraction principale d'un cirque.

– J'espère que les spectateurs ne te gênent pas, s'esclaffa Vincent avant de prendre mon visage entre ses mains pour m'embrasser.

– Je survivrai, répondis-je, amusée.

Lorsqu'il me lâcha, je frissonnai.

– On va faire un pique-nique accéléré, promit-il en dénouant son écharpe pour l'enrouler par-dessus la mienne.

Les croissants étaient tels que je les aimais : croustillants à l'extérieur, aériens et fondants à l'intérieur, mais le café ne parvint pas à me réchauffer. Je sirotais mon jus d'orange fraîchement pressé en écoutant Vincent me donner des nouvelles des jumeaux.

– Nous parlions de descendre dans le Sud pour leur apporter quelques affaires, mais J.-B. prétend avoir besoin de moi ici, gémit Vincent en avalant sa dernière bouchée.

– Que veux-tu... c'est les inconvénients d'être son bras droit.

– Alors tu es au courant, hein ? demanda-t-il, amusé. Aurait-on commis des indiscrétions derrière mon dos ?

– C'est Jules qui a vendu la mèche. Il a aussi fait allusion à une histoire de « champion ». D'ailleurs, je meurs d'envie de connaître les détails, repris-je, impatiente, en me redressant sur mes coudes.

Vincent fit la grimace et feignit de cacher son visage dans ses mains.

– Oh non, ça ne va pas recommencer...

– Qu'est-ce que tu veux dire ? insistai-je, intriguée.

Lentement, il s'allongea sur la couverture et fixa le ciel maussade.

– Tout vient d'une ancienne prophétie. Un texte laissé par un revenant de l'époque romaine. Elle prétendait que l'un d'entre nous prendrait le commandement du clan pour mener les nôtres contre les numa et les vaincre.

– Quel rapport avec toi ?

Vincent garda les yeux rivés sur les nuages puis se tourna vers moi.

– Jean-Baptiste s'est mis dans la tête que c'était moi.

– Qu'est-ce qui lui fait dire ça ?

– Va savoir. Sans doute parce que les numa ne sont jamais parvenus à m'anéantir. Sur ce point, je crois que je suis plus résistant que d'autres de ma « génération ». Mais c'est si énigmatique... Tout le monde connaît cette prophétie, mais personne n'est vraiment capable de l'interpréter.

– Tu sembles certain qu'il ne s'agit pas de toi, répondis-je avec un rien de soulagement.

Une relation avec un revenant s'avérait suffisamment compliquée comme ça sans qu'il se mette à jouer les héros homériques en prime.

– Je crois surtout que c'est un tissu d'absurdités sans aucune importance. Ce qui doit arriver arrivera, qu'on le sache ou non à l'avance. Ce qui m'agace, c'est que Jean-Baptiste ait répandu la rumeur. Rien de plus intimidant que d'être observé, scruté par des gens qui s'attendent à voir apparaître le messie des zombies.

Je pouffai et Vincent m'ouvrit ses bras, avec ce sourire en coin auquel j'étais incapable de résister. Je l'embrassai, un long baiser qui réchauffa nos lèvres glacées, puis m'écartai, luttant pour garder mon sérieux.

– Donc, puisque tu es le Champion des revenants et que je t'ai sauvé des griffes de Lucien, je deviens Championne du Champion ?

Consterné, Vincent secoua la tête.

– Vraiment, renchéris-je, sans parvenir à dissimuler mon fou rire, moi aussi je veux un surnom qui en jette. La Triomphatrice. Plutôt cool, non ? Mais il me faudrait un masque, un costume de scène, ou quelque chose du genre.

Avec un grondement exaspéré, il me fit rouler sur la couverture, plaquant mes épaules au sol pour m'obliger à lui donner un nouveau baiser. Il toucha ma joue glacée, les yeux rieurs.

– Pour l'instant, on t'appellera la Reine des neiges, ça t'ira mieux.

Il se leva et me tendit la main pour m'aider à me redresser. Je me frictionnai, dans le vain espoir de me réchauffer.

– Pique-nique en janvier : ça, c'est fait ! déclarai-je en grelottant.

– Alors, ça fait quoi de tenter une expérience inédite ? demanda Vincent en rangeant le thermos et la couverture dans le sac.

– Ça fait que je suis gelée !

Il lâcha le tout pour m'enlacer.

– Bon d'accord, ça va déjà mieux, admis-je.

– Laissons tout ça chez moi, annonça-t-il en me reposant, avant la destination numéro 2.

– Qui est ? demandai-je en glissant mon bras sous le sien, tandis que nous nous dirigions vers l'hôtel Grimod.

– Eh bien, ça dépend. As-tu visité le musée des Invalides ?

– Celui de l'armée ? devinai-je avec une moue désappointée. Il ne m'a jamais tentée. On parle bien de machines de guerre, de tanks et autres engins du genre ?

Vincent m'observa en riant.

– C'est vrai, on y trouve des chars, des fusils et une collection particulièrement fascinante sur la Seconde Guerre mondiale. Mais pour être franc, c'est un peu déprimant. Surtout pour ceux d'entre nous qui l'ont réellement vécue. Non, je pensais zapper tout ça et t'emmener directement dans la section dédiée aux armes anciennes. Certaines sont de véritables œuvres d'art. Ça vaut bien les impressionnistes, tu sais.

– Mouais, question de goût, à mon avis.

– Je t'assure. Il y a un poignard du treizième siècle avec des incrustations d'argent et d'émaux qui mériterait une salle au Louvre à lui tout seul.

– Est-ce qu'ils ont des arbalètes ?

– S'ils ont des arbalètes ? Mais une galerie entière ! Dont celle de Catherine de Médicis, damasquinée d'or, figure-toi. Pourquoi ?

– J'adore les arbalètes. C'est tellement... classe.

Vincent manqua de s'étrangler de rire.

– Note pour plus tard : ajouter des leçons d'arbalète à ton entraînement hebdomadaire.

Il poussa la grille de l'hôtel particulier, posa le sac sur la boîte aux lettres et referma la porte.

– Tu penses pouvoir nous arranger ça, Gaspard ? demanda-t-il dans le vide.

– Oh, bonjour Gaspard, lançai-je alors.

– Il te dit de ne pas t'inquiéter : il n'a pas l'intention de s'immiscer dans notre balade en amoureux.

– Tu peux nous accompagner si tu veux, intervins-je. Mais vu tes connaissances en la matière, j'imagine que tu as visité le musée plus d'une fois.

Vincent m'offrit son bras et reprit la rue en sens inverse.

– En fait, Gaspard a collaboré aux recherches effectuées sur quelques-unes de leurs pièces les plus anciennes. L'endroit n'a plus de secret pour lui.

Il s'interrompit, attentif.

– Il dit qu'il préfère donc s'abstenir, mais propose de faire un bout de chemin avec nous.

Nous prîmes la direction des Invalides et poursuivîmes encore quelques minutes cette étrange conversation. Tout à coup, Vincent se figea.

– Qu'y a-t-il ? demandai-je.

– Gaspard a senti quelque chose. Il reste peu de temps. Dépêche-toi ! cria-t-il en saisissant ma main, pour m'entraîner le long de la ruelle vers une grande artère.

– Où allons-nous ? insistai-je, mais Vincent ne m'écoutait plus, trop occupé à interroger Gaspard.

– Combien sont-ils ? Où est le conducteur ?

L'angoisse monta lorsque nous atteignîmes le boulevard Raspail et que Vincent me lança :

– Kate, attends-moi et sois prudente... C'est un camion.

C'est là que nous l'aperçûmes, en haut du boulevard, un véhicule de livraison, qui dévalait la chaussée, au beau milieu des quatre voies. Incontrôlable, il longeait périlleusement la ligne blanche en zigzag. Je poussai un cri en réalisant qu'il n'y avait personne au volant.

Au croisement, plusieurs piétons traversaient le carrefour, parfaitement inconscients du danger. Quelques dizaines de mètres les séparaient encore du camion, mais celui-ci ne ralentissait pas. À cette vitesse, les piétons n'avaient aucune chance d'échapper à sa trajectoire.

– Oh mon Dieu, fais quelque chose ! pressai-je Vincent, saisie d'un frisson d'horreur.

Il scrutait les abords du boulevard, jaugeant la situation. L'espace d'une seconde, il hésita et me jeta un œil inquiet, sourcils froncés, comme s'il pesait le pour et le contre... Mais quel était le rapport avec moi ?

– Quoi ? lui criai-je d'une voix stridente.

Quelque chose passa dans son regard. Sa décision était prise. Il laissa tomber son manteau et se précipita en direction du camion. Le cœur battant, je hurlai pour avertir les piétons. Une femme se retourna et suivit des yeux ma main, qui désignait l'autre côté de la rue.

– Oh non ! s'écria-t-elle en poussant l'homme et l'enfant vers le trottoir.

Jamais ils ne l'atteindraient à temps. Pas plus que la jeune étudiante avec ses écouteurs qui n'avait même pas entendu mon cri.

Vincent courait à perdre haleine. Arrivé à la hauteur du camion, il bondit sur le marchepied. Le choc manqua de le déséquilibrer, mais il s'agrippa à la poignée et, se redressant, ouvrit la portière. Il saisit le volant et braqua vers la droite. Dans un crissement de pneus, le véhicule versa et bascula du côté passager. Il dérapa encore sur quelques mètres, le long du trottoir, avant de percuter un mur dans un fracas terrifiant, à un jet de pierre du passage protégé.

L'espace d'une seconde, le carrefour retint son souffle avant qu'une cacophonie de cris et de pleurs n'éclate. Le couple ainsi que leur enfant étaient affalés par terre, après s'être jetés sur le bas-côté. Des passants se précipitèrent pour les aider à se relever. Un autre s'approcha de la jeune étudiante, encore au milieu de la route, la bouche grande ouverte et le contenu de son sac répandu sur le bitume.

Peu à peu, le hurlement des sirènes couvrit le brouhaha et deux véhicules de police s'immobilisèrent au croisement du boulevard Saint-Germain, bloquant le trafic dans les deux sens. L'un des agents bondit aussitôt pour organiser la circulation pendant que son collègue se ruait vers la scène de l'accident.

Vincent s'extirpa de la cabine du camion et se laissa tomber sur la route. Allongé sur le dos, il passa précautionneusement le bras par-dessus son torse et lâcha les clés qu'il avait retirées du contact.

Alors que je me penchais sur lui, il ferma les yeux sous l'effet de la douleur et je remarquai le sang qui perlait sur son front égratigné. Je restai accroupie près de lui, hors d'haleine, avec l'impression que c'était moi qu'on avait projetée au sol.

– Vincent, est-ce que ça va ?

Je cherchai fébrilement un mouchoir dans mon sac et épongeai son front.

– Les côtes, siffla-t-il, la voix entrecoupée. Mais le chauffeur est toujours à l'intérieur.

Je saisis son visage entre mes mains et poussai un soupir de soulagement.

– Oh, Vincent, Dieu merci, murmurai-je avant de me tourner vers les policiers qui s'approchaient pour leur crier : Le conducteur est encore dans la cabine !

Prise à la gorge par l'odeur âcre du caoutchouc brûlé, je me mis à tousser et cligner des yeux. L'un des agents grimpa sur le camion, se pencha à la vitre et, tirant son talkie-walkie, prévint le Samu. Le second s'avança vers nous et questionna Vincent. Est-ce qu'il allait bien ? Pouvait-il remuer les doigts ? Les jambes ? Avait-il des difficultés à respirer ? Lorsque enfin et contre l'avis du policier, Vincent s'assit et lui assura qu'il n'avait que quelques égratignures, l'agent me demanda de lui expliquer ce qui s'était passé.

Déjà, un attroupement s'était formé autour de nous et un homme âgé répondit pour moi.

– J'ai tout vu, monsieur ! Ce camion dévalait le boulevard, sans chauffeur. Et ce garçon, poursuivit-il en désignant Vincent, est parvenu à le maîtriser, pour le faire déraper sur le côté. Sans lui, le véhicule aurait très certainement percuté les piétons au carrefour.

Il fit un geste en direction de la jeune fille aux écouteurs, assise sur le rebord du trottoir, la tête entre les genoux, soutenue par un passant qui essayait de la calmer.

Le récit enthousiasma les badauds. Le mot « héros » revint plusieurs fois. Certains sortirent leurs téléphones pour relayer l'incident. Vincent, épuisé, ferma les yeux et, voyant quelqu'un tenter de prendre une photo, remonta sa capuche. Je lui tendis la main et il se releva avec une grimace.

– Aurez-vous encore besoin de moi ? demanda-t-il au policier qui reconstituait la trajectoire du camion avec l'aide des témoins.

– Vraiment, monsieur, insista l'agent, vous ne devriez pas bouger jusqu'à l'arrivée des secours.

– Je vous assure que je vais très bien, affirma Vincent, même si son bras pressé contre son torse suggérait le contraire.

Le policier hésita.

– Nous devrons recueillir votre déposition.

– Alors, pouvons-nous attendre dans votre voiture ? demanda Vincent.

– Oui, oui, naturellement, répondit l'autre en faisant signe à son collègue de nous escorter.

Le second repoussa les curieux et nous conduisit jusqu'au véhicule de service. Je ramassai le manteau de Vincent au passage et le posai sur ses épaules.

Nous nous glissâmes sur la banquette arrière et le policier referma la portière derrière nous. Enfin, nous étions seuls. Vincent pressait toujours le mouchoir sur son front.

– Vraiment, tu es sûr que ça va ? dis-je en écartant doucement sa main pour examiner la blessure. Tu aurais peut-être besoin de points...

– Tu as un miroir ?

Je sortis mon miroir de poche de mon sac et le lui tendis. Il observa son reflet.

– Un pansement suffira.

– Et le reste ?

– J'ai pris un bon coup dans les côtes. J.-B. appellera un médecin quand nous serons rentrés. J'ai environ deux semaines à tenir avant mon prochain sommeil, puis mon corps se régénérera. Ça peut attendre. Je t'assure, Kate. Je vais bien.

Il se laissa aller contre l'appuie-tête et ferma les yeux.

Blottie contre son épaule, le bras sur sa poitrine, je me demandai ce qui aurait pu arriver si les choses s'étaient déroulées différemment.

Et si Vincent avait été moins rapide, que l'un de ces passants avait été tué ? Ou si, en essayant d'atteindre le camion, Vincent avait été percuté par le véhicule ? Au lieu d'être auprès de lui dans cette voiture de police, j'aurais pu me trouver penchée sur son corps inerte. Il était passé si près du danger... à quelques centimètres à peine.

Je fermai moi aussi les yeux et m'efforçai de ne pas songer au pire.

7

Il nous fallut patienter plus d'une heure avant de pouvoir faire notre déposition à la préfecture. Une carte retrouvée dans le portefeuille du conducteur indiquait qu'il souffrait d'épilepsie. Aussitôt contactée, son épouse avait finalement avoué qu'il avait cessé son traitement depuis quelques jours.

– Il était inconscient quand j'ai atteint le véhicule, expliqua Vincent.

– Mais était-il assis au volant ? insista l'inspecteur.

– Non, il avait basculé sur le côté et ses pieds ne touchaient plus les pédales.

Vincent effleura distraitement la série de pansements qui décoraient son front – œuvre des secouristes qui l'avaient examiné un peu plus tôt. Lorsque l'officier de police leva le nez de sa feuille, il le remarqua et referma son carnet.

– On m'a demandé de ne pas vous retenir. Je suis navré de vous avoir fait attendre aussi longtemps.

L'arrivée soudaine de l'enquêteur, ses questions évasives et sa bienveillance discrète : tout cela me fit deviner une intervention de Jean-Baptiste.

– Vous refusez obstinément qu'on vous conduise aux urgences, mais vous devriez tout de même consulter un médecin, poursuivit l'homme d'un air inquiet. Cette entaille mérite au moins quelques points de suture.

– Merci, monsieur, mais j'aimerais autant rentrer chez moi. Je suis un peu secoué et...

J'essayais de ne pas sourire en écoutant Vincent jouer les adolescents ordinaires. Le policier hocha la tête et, posant son stylo sur son carnet, se leva pour nous raccompagner. Il tendit la main à Vincent, qui grimaça en tentant de la serrer. L'homme se ravisa et lui tapota gentiment l'épaule.

– Encore toutes mes félicitations pour cet exploit, monsieur Dutertre.

Je me mordis les joues pour retenir un autre éclat de rire. Vincent était décidément un pro de la fausse identité.

– Promettez-moi de l'emmener voir un médecin, me dit le policier. Sans tarder.

J'acquiesçai et le suivis dans les couloirs labyrinthiques de la préfecture, avant de lui serrer la main une fois dans le hall.

– Allons-y, me souffla Vincent.

Au bas de l'escalier, une voiture nous attendait.

– Gaspard nous a raconté tes exploits, Vince, lui lança Ambrose tandis que le véhicule s'engageait dans la rue. Très James Bond. J'aime beaucoup.

Vincent s'effondra sur le siège arrière et posa la tête sur mon épaule.

– Alors, tu te sens comment ? La clinique ou la maison ? demanda son ami.

– Vanné. J'ai sans doute une côte cassée, mais un médecin ne pourra rien pour moi.

Génial, pensai-je. Pour moi, il avait juste « pris un coup ». Quand cesserait-il de chercher à me ménager ?

– À quand ton prochain sommeil ? demanda Ambrose.

– Dans une quinzaine de jours.

Ambrose l'observa dans le rétroviseur.

– Et ta blessure à la tête ? Ça attendra jusque-là ?

– Je vais très bien. Je t'assure.

– Dommage que nous ne gardions pas de cicatrices, répondit Ambrose avec un haussement d'épaules. Ce genre de balafres soignerait ta réputation. Un vrai piège à filles.

Je me penchai pour lui donner une tape.

– Non qu'il le cherche, se reprit-il en levant une main. C'est juste la première chose qui m'aurait traversé l'esprit, à sa place.

Je secouai la tête et éclatai de rire.

– Incorrigible. Tu es vraiment incorrigible, Ambrose.

– J'espère bien, répondit-il en me servant son sourire étincelant.

À l'hôtel Grimod, un groupe de revenants était rassemblé pour une réunion improvisée avec Violette au sujet des numa. En nous voyant arriver, tous s'avancèrent pour entendre le récit de Vincent. Entre les rafales de questions et le succulent buffet préparé par Jeanne pour le déjeuner, Vincent et moi n'eûmes pas un moment à nous avant la fin de l'après-midi.

Nous nous étions installés sur le canapé devant la cheminée de sa chambre. Vincent avait fermé les yeux. Je ne voulais pas le déranger, mais une chose m'intriguait depuis l'accident.

– Je sais que tu es fatigué, mais est-ce qu'on peut parler un peu ? demandai-je en écartant une mèche de son visage.

Vincent ouvrit un œil et m'observa d'un air méfiant.

– Je devrais avoir peur ? grinça-t-il, ne plaisantant qu'à moitié.

– Non... C'est à propos de ce matin.

Je m'interrompis lorsqu'on frappa doucement à la porte. Vincent leva les yeux au ciel.

– Quoi encore ? rugit-il.

Arthur passa la tête dans l'entrebâillement.

– Pardonnez-moi. Violette aurait quelques questions concernant Lucien et la manière dont on l'a éliminé...

– J'ai déjà tout raconté à Violette dans les moindres détails, et ce pour chaque numa que j'ai rencontré. Je demande une heure de tranquillité avec Kate, c'est tout. Puis je vous rejoindrai. S'il te plaît, Arthur, une heure.

Celui-ci acquiesça, les sourcils froncés, puis referma la porte derrière lui.

Vincent se tourna vers moi, ouvrit la bouche avant de secouer la tête.

– D'ici cinq minutes, quelqu'un d'autre va venir nous déranger, déclara-t-il en se levant. Enfile ton manteau.

– Tu es vraiment en état de ressortir ? demandai-je tandis qu'il s'habillait et tirait quelques plaids de son placard.

– On ne sort pas, on monte.

Il me prit par la main et me guida jusqu'au premier, puis me conduisit vers un escalier plus petit, à l'autre bout du couloir.

– Où sommes-nous ?

Je grimpai par une trappe dans le toit. Vincent referma le battant puis pressa un interrupteur. Une guirlande de lumignons blancs illumina une terrasse munie d'une table, de quelques chaises et de transats.

– Nous y venons surtout l'été. C'est mieux que la cour. Moins d'ombre, davantage d'air. Sans compter la vue sympathique.

La ville s'étendait devant nous dans le crépuscule. Il était à peine cinq heures, mais le ciel se parait déjà de teintes rousses et rose bonbon, nous offrant l'un de ces spectaculaires couchers de soleil hivernaux dont Paris a le secret. Autour de nous, les lumières des immeubles scintillèrent peu à peu.

– C'est féerique, soufflai-je en admirant le panorama.

Enfin, je détournai le regard. Vincent enfonça les mains dans ses poches.

– Alors, de quoi voulais-tu discuter ? reprit-il d'un air inquiet.

– Quelque chose ne va pas ?

– D'expérience, quand tu demandes à parler au lieu d'entrer directement dans le vif du sujet, c'est mauvais signe.

Avec un sourire, je pris sa main pour l'attirer vers moi.

– Très bien. Je me lance. Je me posais simplement une question... Ce matin, avant que tu te précipites pour arrêter ce camion, je t'ai vu hésiter. J'avais l'impression d'influencer ta décision.

Silencieux, Vincent paraissait attendre que je tire mes propres conclusions.

– Ton premier réflexe aurait été de te diriger vers les piétons pour les écarter du danger, c'est ça ?

– Instinctivement, oui.

Son expression demeurait neutre, insondable. Mon appréhension grandit.

– Alors, pourquoi tu ne l'as pas fait ?

– Parce qu'il y avait de fortes chances pour que je n'en sorte pas vivant. Or je t'ai promis de ne pas mourir.

Je poussai un soupir. Sans m'en rendre compte, j'avais retenu mon souffle.

– C'est bien ce que je craignais. Cette hésitation t'a fait perdre quelques secondes. Et si elles avaient été de trop ?

– Mais ça n'a pas été le cas, Kate, répondit-il, mal à l'aise.

Le prenant par le bras, je l'entraînai vers un transat où je m'assis avec lui.

– Vincent, concernant notre accord... enfin, la promesse que tu m'as faite. Je l'ai toujours regrettée, parce que... c'est trop pénible pour toi.

– Je te l'ai dit : je peux le supporter, répliqua-t-il, les sourcils froncés.

– Et je te crois. Mais là n'est pas la question. J'ai l'impression que je n'ai pas le droit de t'imposer ça.

– Tu ne m'as rien demandé. C'est moi qui l'ai suggéré !

– Je sais. Je t'en prie, suppliai-je, laisse-moi terminer.

L'air malheureux, il attendit que je vide mon sac.

– Jusque-là, je n'ai fait que penser à ce que cette promesse signifiait pour moi. Et pour toi. Mais je n'avais jamais réfléchi à ce qu'elle pourrait impliquer pour les autres, dont les vies sont en danger. Quelqu'un pourrait mourir par ma faute, Vincent. À cause de ma propre faiblesse.

Penché en avant, les paupières closes, il se massa le front d'un air las, puis se tourna pour me regarder droit dans les yeux.

– Kate, le fait d'être traumatisée par la mort n'a rien d'une faiblesse, surtout après avoir vécu la disparition de tes deux parents. Ce n'est pas non plus une faiblesse que de rechercher une relation normale, où tu n'aurais pas à voir ton copain se faire emballer dans un sac mortuaire deux fois par an. Personne ne mourra à cause de toi. Il reste possible de sauver des vies sans me sacrifier pour autant. Il faudra juste que je me montre plus prudent.

– Mais aujourd'hui, tu es allé à l'encontre de ton instinct. C'est dangereux, non ?

– Pour être franc, Kate, oui. Mais j'ai pu trouver une solution. Bien plus judicieuse, en fin de compte, car le camion aurait fini par percuter une voiture ou même quelqu'un, si je ne l'avais pas arrêté. Tu vois, dans ce cas précis, contrarier mon instinct s'est avéré payant.

Il tentait de s'en convaincre lui-même. J'hésitai.

– C'est peut-être pour ça que Jean-Baptiste ne cautionne pas les relations entre humains et revenants. Finalement, c'est bien là le problème, non ? Si tu t'inquiètes trop pour moi, cela pourrait te distraire et t'empêcher de sauver des gens...

Son visage s'assombrit.

– Tu comptes plus à mes yeux que n'importe qui d'autre et je n'ai pas à m'en excuser.

J'étais soudain glacée et la température extérieure n'y était pour rien.

– Tu sous-entends que ma vie est plus précieuse que celle des autres ? Qu'elle a davantage de valeur qu'une ou deux autres que tu aurais pu sauver si je n'existais pas ? Parce que, sincèrement, ça risque d'être lourd à porter.

Il reprit ma main.

– Kate, combien de temps dure une vie ?

– Je ne sais pas, on peut espérer quatre-vingts ou quatre-vingt-dix ans, peut-être ?

– Tu en as dix-sept. Alors...

Peu à peu, je compris où il voulait en venir.

– Alors, il ne me reste qu'une soixantaine d'années à vivre. Plus ou moins. Après ça, tu n'auras plus à te retenir, c'est ça ?

Je pris son silence pour un oui.

– Et durant ces années, les chances pour que ma promesse coûte la vie à quelqu'un sont minimes, presque inexistantes. Je n'arrêterai pas les maraudes avec les autres et si vraiment il nous fallait nous sacrifier, ils pourront le faire à ma place.

« De mon point de vue, le temps qu'il nous reste à passer ensemble est court. Après cela... j'aurai le reste de l'éternité pour rattraper le dévouement dont je n'aurai pas fait preuve. C'est ainsi que je veux que tu voies les choses.

Nous demeurâmes silencieux. Ses paroles impliquaient des réalités trop douloureuses pour les formuler à voix haute.

– Très bien, déclarai-je enfin. Mais en dépit de tout ça, tu passeras le restant de ma vie à souffrir. Je suis désolée, mais j'ai du mal à envisager ça comme une partie de plaisir. À vrai dire, je préférerais annuler notre accord.

– Non, souffla-t-il, les yeux écarquillés.

– Je n'aime pas l'idée que tu renies ta propre nature pour moi. Je ne veux pas te voir torturé. Si tu dois mourir pour les autres, si c'est ce que tu es censé faire, tu dois le faire. Et je suis forte. Je pense pouvoir le supporter.

Mais ma voix tremblante me trahit.

Une expression résolue vint remplacer sa surprise. Il s'approcha pour m'enlacer.

– Kate, je te connais. Et ces morts successives ne feront que t'éloigner de moi. Alors, s'il te plaît, ne changeons rien à ce que nous avions décidé. Pas avant de m'avoir donné la possibilité de réfléchir. Je vais imaginer une solution. Un moyen pour que les choses marchent. Laisse-moi un peu de temps.

Dans ses bras, je sentis ma détermination s'évanouir. Impuissante, je haussai les épaules.

– Vincent, si tu crois qu'il existe une réponse à nos problèmes, je t'en prie, trouve-la. Je voulais simplement te dire que je te relève de ta promesse, pas que je te quitte.

– Mais c'est bien ce que je redoute et je comprendrais parfaitement que tu le fasses si tu penses que je vais mourir, insista Vincent. Alors pas question. Notre accord est maintenu.

Le soulagement me submergea, mais je m'en sentis aussitôt coupable.

– Très bien, acceptai-je.

Il se recula pour observer mon visage, puis sourit largement en écartant une mèche de ma joue.

– Kate, je reconnais que la situation n'est pas simple, mais... tu es toujours aussi compliquée ?

J'ouvris la bouche pour répliquer, mais il secoua la tête.

– Non, ne dis rien. Évidemment que tu es compliquée. Tu ne me plairais pas autant si tu ne l'étais pas.

J'éclatai de rire et cette barrière d'angoisse, d'inquiétude s'effondra aussitôt. Je l'embrassai ; il répondit à mon baiser. Et soudain, tout me parut parfaitement évident. Il n'y avait que lui et moi. Le monde et sa myriade de problèmes insurmontables n'existaient plus. Je l'enlaçai.

– Tu... souffla-t-il.

– Oui ?

– ... me fais mal.

La mâchoire serrée, il laissa échapper une exclamation et appuya sa main contre ses côtes.

– J'avais oublié.

Nous nous regardâmes quelques instants avant d'éclater de rire. Il grimaça encore, sous l'effet de la douleur.

– Je crois que je n'ai pas conscience de ma force, plaisantai-je en me lovant contre lui, plus doucement cette fois, avant de me perdre dans l'instant.

Quelques secondes à peine parurent s'écouler. Nous étions allongés sur le matelas. Appuyée sur mes coudes, je me penchai sur lui, mes cheveux retombaient en cascade autour de son visage, délimitant les frontières de notre petit monde, notre univers secret. Il fit glisser ses mains sur mes joues et nos lèvres se touchèrent, dans un baiser qui disait tout ce que nous n'étions pas capables d'exprimer par les mots.

Vincent m'embrassait comme si c'était la dernière fois. Quant à moi, éperdue et passionnée, je lui rendais sans réserve son baiser.

Comme s'il avait senti mon cœur s'emballer, il se fit moins audacieux. Il me serra tout contre lui, si bien que mon corps recouvrait parfaitement le sien, sur chaque millimètre. Il demeura immobile pendant un long et délicieux moment, effleura encore une fois mes lèvres, puis se redressa pour s'adosser au mur et m'attira à lui. Assise sur ses genoux, je m'appuyais doucement, avec une infinie précaution, contre sa poitrine tandis que nous observions le ciel, où le reflet doré de la lune montait lentement.

Je me dégageai et me retournai. Je n'avais pas besoin de parler. Le regarder suffisait. Mais après quelques instants suspendus, il brisa le silence.

– Kate, je t'attends depuis si longtemps. Avant de poser les yeux sur toi, j'ai presque traversé le siècle sans rien ressentir pour personne. J'avais l'impression que mon cœur ne répondait plus. Je n'espérais plus rien. Et, sans prévenir, sans même que je l'imagine, tu es apparue...

Il leva la main et passa ses doigts le long de ma tempe, puis caressa mes cheveux.

– Et maintenant que tu es là, que nous sommes ensemble, je ne pourrais pas envisager de revenir à cette existence. J'ignore ce que je deviendrais si je te perdais. Je t'aime trop.

Je sentis ma gorge se nouer. Il avait prononcé les mots magiques. À voix haute. En voyant mon expression stupéfaite, le coin de ses lèvres se releva.

– Mais ça, tu le savais déjà, non ?

Et alors que mon cœur éclatait dans ma poitrine, il le redit encore une fois.

8

Ce n'est que plus tard dans la soirée que l'idée me traversa l'esprit. Lorsque j'arrivai chez moi, mes grands-parents n'étaient pas là. Un mot de ma grand-mère était accroché sur le réfrigérateur, avec ses instructions pour le dîner. Je sortis les restes qu'elle avait laissés pour moi et chipotai devant mon assiette, à mesure qu'un plan prenait forme dans ma tête.

Vincent proposait de chercher une solution à notre dilemme. Pourquoi attendre bien sagement qu'il trouve seul les réponses ? Pourquoi ne pas effectuer quelques recherches de mon côté ? Notre appartement était rempli de livres anciens. Fureter dans les ouvrages de mon grand-père était sûrement une bonne idée.

L'année précédente, j'avais aperçu une amphore dans sa boutique d'antiquités, représentant des guerriers grecs qu'il appelait des *numina*. Lorsque j'avais laissé échapper une remarque idiote sur la similarité entre *numa* et *numina*, mon grand-père avait eu une drôle de réaction, comme si le nom ne lui était pas inconnu. Et si, au cours de ses recherches, il avait croisé une référence à ces êtres, le livre qui les mentionnait se trouvait certainement dans sa bibliothèque !

D'après ce que j'avais pu découvrir chez Jean-Baptiste, l'histoire des revenants était longue et mouvementée. Gaspard consultait fréquemment leur bibliothèque à la recherche d'anecdotes singulières. Mon grand-père possédait peut-être des écrits dont Gaspard n'avait pas connaissance. Et si Vincent cherchait une alternative, c'est forcément qu'il en existait une. Et je pourrais alors glaner quelques détails.

Je savais encore si peu de chose d'eux... Vincent m'avait expliqué les conditions de leur existence et j'avais observé leurs habitudes en passant du temps avec eux. Quelques recherches infructueuses sur Internet n'avaient fait remonter que des légendes relatives aux fantômes, aux zombies ou autres morts-vivants. Des chimères sans rapport avec ceux que j'avais appris à connaître.

D'après Vincent, le terme « revenant » était employé dans presque toutes les langues, sans doute pour sa racine latine, *revenire*. C'était donc mon unique point de départ. Un mot, « revenant » ; des notions rudimentaires de leur mode de vie et un indice lié à leurs ennemis dans l'art de la Grèce antique. Rien d'autre. C'était maigre, mais si l'un des ouvrages de mon grand-père contenait une quelconque référence aux revenants, j'étais déterminée à le trouver.

J'avais à peine touché à mon repas, mais je me précipitai dans le bureau. Le moindre pan de mur était occupé par des bibliothèques, croulant sous un amas d'épais volumes. J'ignorais par où commencer. Certains étaient en anglais, d'autres en français, mais ils ne constituaient pas la moitié du fonds. Je reconnus de l'italien, de l'allemand et des caractères cyrilliques : du russe. La collection de mon grand-père était décidément impressionnante.

Sois méthodique, me dis-je. Je passai donc en revue le meuble proche de la porte, grimpant sur un tabouret pour atteindre le rayonnage le plus haut. *La Cathédrale Sainte-Sophie. Architecture de l'Antiquité. Architecture et urbanisme à l'époque romaine*... Tout était donc classé par thème. Même chose pour la seconde et la troisième étagères.

Au-dessous, je trouvai des textes consacrés aux statues funéraires chinoises. Puis des livres dédiés aux sceaux et aux boîtes à priser asiatiques. En moins de cinq minutes, j'avais déjà passé en revue une première bibliothèque. La tâche allait s'avérer plus simple que prévu.

Une heure plus tard, j'avais limité mes recherches à cinq rayonnages. Mon grand-père possédait des dizaines d'ouvrages consacrés à la céramique grecque, mais je n'avais pas l'intention de les potasser à la recherche d'un nouvel exemple d'amphore. Quand bien même serais-je parvenue à en identifier une, la légende aurait sans doute été trop imprécise pour révéler quelque chose d'utile. Je me penchai surtout sur les livres de mythologie.

Je feuilletai les pages dédiées aux divinités grecques, romaines et nordiques. Mais ces parutions, relativement récentes, ne m'apprirent rien que je ne sache déjà. Outre les figures du panthéon, les créatures mythiques ressemblaient à celles des *Chroniques de Narnia* : satyres, nymphes des bois, etc. Aucune ne s'apparentait aux revenants. Évidemment.

Puisqu'ils avaient pu rester dans l'ombre pendant si longtemps, il était logique qu'ils soient absents des ouvrages de référence. Je me concentrai donc sur les textes plus anciens.

Mon grand-père conservait les documents les plus fragiles dans des boîtes d'archives. Les uns après les autres, je déposai les cartons sur son bureau et étudiai leur contenu avec précaution. On y trouvait aussi de simples feuillets manuscrits et je scrutai les vieux parchemins à la recherche d'un mot pouvant ressembler à « revenant » ou « numa ».

Rien.

Enfin, je mis la main sur un bestiaire illustré qui décrivait les caractéristiques des créatures monstrueuses. C'est du moins ce que j'en déduisis, car j'étais incapable de déchiffrer le texte latin.

Après les griffons, les licornes et les sirènes, je finis par poser les yeux sur une illustration représentant deux hommes. Le visage du premier semblait diabolique, celui de l'autre était entouré d'un halo. La légende indiquait : *Revenants* : *Bardia – Numa*.

Incroyable ! Il n'y avait que mon grand-père pour posséder l'un des rares documents sur ces êtres si mystérieux et si secrets !

Pleine d'enthousiasme, je tentai de décrypter le court paragraphe qui accompagnait la gravure, en vain. Je regrettai soudain amèrement d'avoir arrêté le latin au collège. Tirant une feuille de papier de l'imprimante, je recopiai soigneusement l'inscription. Je rangeai ensuite le précieux fascicule dans sa boîte, empruntai le dictionnaire de latin de mon grand-père et m'enfermai dans ma chambre.

Il me fallut une bonne partie de la soirée pour me replonger dans les temps et les déclinaisons et venir à bout du texte. Enfin, je compris qu'il décrivait les revenants comme des êtres immortels, divisés en deux clans : les gardiens de la vie, ou *bardia*, et les voleurs de vie, ou *numa*. Ces deux espèces étaient soumises aux mêmes lois d'un « sommeil de mort » et d'« esprit errant ». Que ceux qu'ils sauvaient ou tuaient leur conféraient une certaine force. Et qu'ils étaient presque invincibles.

En somme, rien que je ne sache déjà, songeai-je avec un brin de déception. À l'exception du terme « bardia ». Je me demandais pourquoi, à l'inverse du mot « numa », les revenants ne l'employaient jamais.

Reprenant mes notes, je m'attelai à la traduction d'un passage en caractères minuscules, au bas de la page, de deux phrases seulement. J'achevai ma transcription, les doigts engourdis, avec un léger frisson.

Malheur à qui croisera le chemin du revenant, car il a dansé avec la mort, qu'elle le rejette ou l'accueille dans ses bras glacés.

Je jetai un regard à la pendule en entendant mes grands-parents rentrer. Minuit. Mes recherches devraient attendre. Mais je ne comptais pas en rester là.

9

Les vacances s'achevèrent et je repris le lycée. Jusque-là, mon année de première m'avait paru assez facile. Grâce à Georgia, les journées passaient plus vite. Mais comparée à ma vie avec Vincent et ses compagnons, cette réalité paraissait morne. Les cours devenaient une corvée dont je devais me débarrasser. Je ne voyais pas d'échéance plus lointaine que celle des examens.

Pour Georgia, en revanche, l'avenir était tout tracé. Elle entamerait des études de communication à la Sorbonne dès la rentrée. Elle avait un nouveau copain, Sébastien, qui, en plus d'être dépourvu de pulsion meurtrière, s'avérait fort sympathique. Naturellement, il faisait partie d'un groupe de rock montant de la scène parisienne. Georgia n'était pas du genre à fréquenter des gens ordinaires. Être un garçon branché et populaire était le dénominateur commun à toutes ses conquêtes.

Sur le trajet du retour, ce vendredi-là, ma sœur et moi arrivions à la hauteur du *Café Sainte-Lucie* quand quelqu'un cria mon nom. À l'entrée, Vincent nous fit signe de le rejoindre.

– J'espérais bien te voir passer, me murmura-t-il en prenant ma main pour me guider à travers la salle bondée jusqu'à une table autour de laquelle étaient rassemblés ses amis.

Je dis bonjour à Ambrose et Jules, pendant que Vincent tirait deux chaises d'une table voisine pour les placer entre Violette et lui. Je fis les présentations.

– Georgia, je te présente Violette et Arthur. Voici ma sœur, Georgia.

Arthur se leva avec un signe de tête et attendit que nous soyons installées pour se rasseoir.

– Laisse-moi deviner, lui lança Georgia, que la galanterie ne manquait jamais d'impressionner. Derrière ce masque d'Apollon se cache une momie, pas vrai ? Ne me dis pas... prénapoléonien, j'imagine ? Un bon copain de Louis XIV ?

Outrée, Violette posa une main tremblante sur l'épaule d'Arthur. Loin d'être aussi indigné, son compagnon esquissa une moue amusée.

– Continue à remonter le temps, s'esclaffa Ambrose. Encore deux siècles et tu y es.

Georgia siffla, impressionnée.

– Eh bien, il faut devenir gérontophile pour trouver un vrai gentleman, par les temps qui courent ? Ravie de te rencontrer, Arthur.

Le teint de porcelaine de Violette rosit ostensiblement.

– Ai-je la berlue, ou bien tous les mortels de cette ville sont au courant de notre existence ?

Vincent lui servit son sourire le plus charmeur et reprit :

– Georgia a eu le privilège de la découvrir à ses dépens. Elle était proche de Lucien.

– C'est donc toi à qui on a interdit l'accès de la maison ? s'étrangla Violette.

– C'est moi, répliqua Georgia, balayant la remarque de Violette d'un éclat de rire. Mais j'ai toujours pensé que ceux qui ne m'accueillaient pas à bras ouverts ne me méritaient pas vraiment.

Violette, médusée, paraissait ne pas comprendre un mot de ce que ma sœur lui racontait.

– Traduction : J.-B. ne veut pas me voir et je n'ai aucune envie de le fréquenter. J'ai des gens plus intéressants à côtoyer qu'un vieillard hautain et coincé, déclara Georgia avec une telle bonhomie qu'on avait du mal à la prendre au sérieux.

Ma sœur, reine de la diplomatie. Et voilà, c'est parti, pensai-je en posant une main sur son bras. Mais elle se contenta de serrer mes doigts tout en jetant un regard effronté à Violette.

Dans le silence gêné qui suivit, celle-ci se dressa d'un bond. À voix basse, pour que personne d'autre dans le café ne puisse l'entendre, elle siffla :

– As-tu la moindre idée de ce que tu nous dois, petite ingrate ?

– Eh bien, rétorqua Georgia en inspectant ses ongles, à ce que j'ai compris, vous passez votre temps à sauver les gens, mais uniquement pour vous épargner une monstrueuse – et très surnaturelle – gueule de bois.

Une seconde s'écoula, puis toute la tablée s'esclaffa. Violette saisit son manteau sur le dossier de la chaise et quitta le café. Arthur, qui tentait sans succès de dissimuler un fou rire, nous adressa une révérence et la suivit.

– Pas mal, Georgia, lâcha Jules. Mais je doute qu'après ça Violette et toi deveniez les meilleures amies du monde.

– Les snobs, ça n'a jamais été mon truc, conclut Georgia avec un sourire entendu.

– Alors, qu'est-ce que vous faisiez ?

Je changeais de sujet, espérant que ma sœur se tairait enfin. J'allais devoir présenter des excuses à Violette.

– Nous avons accompagné Geneviève à la gare, expliqua Vincent en vidant son verre de Coca. Elle est partie rejoindre les jumeaux dans le Sud. La solitude lui pesait trop.

Je hochai la tête, consciente de ce qu'elle pouvait ressentir. Après la mort de mes parents, notre maison de Brooklyn m'était devenue insupportable. Elle était chargée de souvenirs et j'avais l'impression de vivre dans un mausolée.

– À présent, c'est le retour aux affaires : nous informions Arthur et Violette des derniers évènements à Paris... du moins, jusqu'à ce que vous les mettiez en fuite, ajouta Jules avec un clin d'œil à Georgia.

L'air satisfait, ma sœur leva la main en direction du serveur.

Une demi-heure plus tard, nous quittions le café.

– Rentre avec nous, me proposa Vincent en passant son bras autour de mes épaules. Personne n'est en errance et nous organisons une petite réunion à la maison. Ta présence serait utile.

– On se retrouve plus tard, me lança Georgia.

N'étant pas la bienvenue chez Jean-Baptiste, elle n'insista pas pour nous accompagner. Après avoir embrassé chacun des garçons, elle se dirigea vers la rue du Bac.

À l'hôtel Grimod, nous nous rassemblâmes dans les appartements de Jean-Baptiste. La dernière réunion remontait à quelques mois lorsque, après notre affrontement avec Lucien, le maître des lieux avait distribué punitions et récompenses : l'exil pour Charles et Charlotte et une invitation permanente pour moi.

Les deux nouveaux pensionnaires étaient déjà installés sur un canapé, devant la cheminée, échangeant des murmures animés. Ils semblaient se disputer. Je pris une profonde inspiration et m'approchai de la jeune femme au teint de porceleine.

– Violette ?

– Oui, répondit-elle, avec un signe de tête à Arthur pour le congédier.

Celui-ci se leva et rejoignit Jean-Baptiste et Gaspard, penchés sur un plan de Paris.

– Je voulais simplement te dire que je suis navrée si Georgia t'a vexée. Elle est parfois excessive et je ne lui cherche pas d'excuse, mais je t'assure que je ne partage pas son ressentiment.

Violette réfléchit quelques instants, puis hocha solennellement la tête.

– Je n'ai pas l'intention de te juger d'après l'attitude de ta sœur. Il n'est pas dans mes habitudes de jeter la pierre à quelqu'un. Je ne t'en garderai pas rancune, déclara-t-elle de son même ton guindé.

– Est-ce que je peux m'asseoir ? demandai-je, soulagée.

– Naturellement, répondit-elle avec un sourire.

– Euh... bafouillai-je, cherchant une amorce. Alors, qu'avez-vous fait de beau, cette semaine, Arthur et toi ?

– Nous sommes partis en maraude, surtout avec Gaspard et Jean-Baptiste. Ils nous aident à nous familiariser avec le territoire parisien. Ce n'est pas notre premier séjour, mais... en cent ans, les choses changent tellement !

Conversation surréaliste, pensai-je pour la énième fois, même si je commençais à m'y faire.

– Ton château te manque ?

– Oui. Cela fait déjà quelques siècles que nous résidons à Langeais, aussi ce bouleversement nous perturbe. Bien entendu, c'est pour la bonne cause, puisque nous aidons Jean-Baptiste à soumettre le clan numa.

Elle se pencha, comme pour me faire une confidence.

– Et toi, Kate ? Est-ce que tu regrettes l'ordinaire de ton quotidien, maintenant que tu as approché les immortels ? Ne souhaites-tu jamais pouvoir reprendre une vie normale ?

– Non. Cette vie était terminée pour moi, de toute façon. C'est en tout cas l'impression que j'en avais. Mes parents sont morts l'année dernière. Quand j'ai enfin trouvé Vincent...

Mais lequel de nous avait trouvé l'autre ?

– ... j'étais comme morte, moi aussi.

– Quel étrange choix pour une jeune fille aussi jolie, pétillante, que de passer son temps en compagnie des morts.

Parfois, Violette parlait vraiment comme une vieille femme.

– Ici, je me sens acceptée, expliquai-je simplement.

Arquant un sourcil parfaitement dessiné, elle hocha la tête et serra ma main dans la sienne, d'un geste compatissant, évoquant une certaine complicité féminine, dans cette maison remplie d'éléments masculins.

– Tout le monde est là ? demanda Jean-Baptiste en se postant à sa place de prédilection, devant la cheminée. Parfait.

On effleura mon épaule. Debout derrière le fauteuil, Vincent m'adressa un clin d'œil complice, avant de braquer son regard sur le vieil homme.

– Nous avons tous remarqué l'étrange silence des numa depuis la disparition de Lucien. Ils semblent s'être volatilisés. Mais pourquoi ? Qu'attendent-ils exactement ?

– Puis-je ? intervint Gaspard en levant un doigt timide avant de reprendre : Par le passé, ils ont toujours fait preuve d'indiscipline. Lucien était leur chef, mais il n'a jamais pu empêcher les incartades et débordements individuels. Leur comportement récent pourrait indiquer qu'un nouveau leader se soit imposé – un individu capable de mener ses hommes d'une poigne de fer. Et Violette vient de confirmer nos soupçons, conclut-il d'un geste, l'invitant à parler.

– Eh bien, déclara ma voisine. Il ne s'agit pas d'une confirmation formelle. Mais des bruits circulent. Mes sources m'ont rapporté qu'un numa étranger – un Américain, pour être précise – aurait pris la direction des numa à l'échelle mondiale.

Une exclamation de surprise accueillit ses révélations.

– Je n'ai jamais entendu parler d'une chose pareille, intervint Ambrose. Notre clan a une dimension internationale, mais les numa ? Travailler en équipe n'est pas vraiment leur genre.

– Si la rumeur est fondée, concéda Violette, c'est sans précédent. D'après mes informations, ce numa aurait exercé une influence considérable de son vivant, poussant à la ruine et au suicide les malheureux mortels qui lui auraient confié leurs intérêts.

– Comment est-il mort ? demandai-je.

– Assassiné en prison, déclara-t-elle sans plus de détail.

– Alors, qu'est-ce que ça signifie pour nous ? questionna Jules qui, pour une fois, était parfaitement sérieux.

– Violette a plusieurs informateurs, reprit Jean-Baptiste, et nous espérons en apprendre davantage par ce biais. Nous pouvons aussi prendre contact avec les nôtres, à l'étranger, afin de savoir ce qu'ils ont pu découvrir de leur côté. En attendant, nous devons consolider nos défenses. Renforcer notre surveillance. Et comme je l'ai dit à certains d'entre vous, j'entends lever mon interdiction sur une possible offensive...

Derrière moi, je sentis Vincent se figer tandis que le regard de Jean-Baptiste se posait sur lui, dans un silence pesant.

– Puis-je intervenir ? demanda une voix mélodieuse à l'autre bout de la pièce.

Tout le monde se retourna sur Arthur. C'était la première fois que je le voyais ouvrir la bouche. Il s'isolait toujours dans un coin, à griffonner des notes sur un carnet. Tous parurent étonnés par sa subite prise de parole.

Il jeta un œil à Violette qui, la mâchoire serrée, le fusilla du regard. Il y avait sans doute un rapport avec la dispute que j'avais surprise.

– Je souligne peut-être une évidence, mais nous sommes en train de discuter d'informations stratégiques et confidentielles devant une personne étrangère au clan.

Quoi ? Je blêmis en sentant tous les regards se diriger vers moi. Arthur se détourna et ramena l'une de ses mèches blondes derrière son oreille, comme pour se donner une contenance.

Les mains crispées sur mes épaules, Vincent se raidit. Il foudroya Arthur du regard et je m'étonnai que ce dernier ne se soit pas déjà transformé en barbecue.

Personne ne réagit, attendant la suite. Arthur s'éclaircit la gorge et observa Violette, qui agrippait de ses doigts fins le bras du canapé. Je vis ses ongles s'enfoncer dans le cuir.

– Je vous l'accorde volontiers, continua-t-il. L'interaction entre mortels et revenants fait partie intégrante de notre histoire, mais à quelques rares exceptions près, comme celle de notre Geneviève, il s'agit de relations limitées à celles qui lient les employeurs à leurs employés. Cette jeune fille nous a certes rendu un fier service en anéantissant notre ennemi, mais je me dois de récuser sa présence aux réunions tactiques, où notre sécurité et notre survie sont en jeu.

Ses mots me firent l'effet d'une gifle. Mortifiée, je sentis les larmes monter. En un instant, Jules et Ambrose avaient bondi, prêts à en découdre. Quant à Vincent, il m'avait attirée à lui comme pour me protéger physiquement de la méfiance d'Arthur.

– Mes amis, je vous en prie, reprit celui-ci en levant les mains. Écoutez-moi. Je ne connais pas Kate aussi bien que vous, mais j'en ai assez vu et entendu pour ne pas douter de son honnêteté et de son intégrité.

Lorsqu'il osa enfin croiser mon regard, il parut navré. Tant pis. Je n'avais pas l'intention de lui pardonner.

– Je ne remets pas en question le fait qu'elle soit la bienvenue parmi nous. Simplement sa présence à cette réunion. Pour sa sécurité autant que pour la nôtre.

Le silence se changea en cacophonie. Tous s'étaient mis à parler – ou plutôt crier – en même temps. Jean-Baptiste leva une main et aboya :

– Assez !

Il observa chacun des protagonistes, comme pour mieux évaluer leurs positions avant d'arrêter son regard sur moi.

– Ma chère Kate, commença-t-il de sa voix monocorde, qui sonna creux. Tu voudras bien me pardonner si je te demande de nous laisser.

Vincent protesta, mais Jean-Baptiste l'arrêta d'un geste.

– Pour aujourd'hui seulement, jusqu'à ce que nous ayons résolu le problème avec nos invités. J'entends que chacun y trouve son compte et Violette et Arthur n'ont pas encore eu l'occasion de s'habituer à ta présence ici. Je te serais très reconnaissant d'accepter de sortir pour cette fois.

Honteuse, les yeux rougis, je lançai à Arthur mon regard le plus meurtrier, qui n'impressionnait probablement personne. Il le soutint jusqu'à ce que je me détourne. Rassemblant le peu de dignité qui me restait, je me levai, la tête haute.

– Je t'accompagne jusqu'à ma chambre, proposa Vincent, une main sur mon bras.

– Inutile, répliquai-je en me dégageant. Je t'attendrai là-bas.

J'ignorai les autres et sortis.

Plutôt que de m'enfermer dans la chambre de Vincent, je gagnai la cuisine, espérant trouver du réconfort auprès de la seule autre mortelle de la maison. Jeanne s'affairait autour de plateaux chargés de nourriture. En m'apercevant, elle reposa sa bouilloire et vint m'embrasser joyeusement.

– Kate, mon chou, comment vas-tu ? dit-elle en me prenant par les épaules pour mieux me regarder. Bon sang, mais... tu pleures ?

– On m'a exclue d'une réunion, sous prétexte que je ne suis pas des leurs.

– Quoi ? Je ne comprends pas. Ça ne ressemble guère à Jean-Baptiste, surtout après ce qui est arrivé !

– C'est Arthur qui s'est interposé, expliquai-je en m'installant à la grande table, acceptant le mouchoir qu'elle me tendait. D'après lui, je risque de tous les mettre en danger.

– Vraiment, je l'imagine mal dire une chose pareille...

Jeanne s'assit et poussa vers moi un plat chargé de madeleines au parfum de miel. Elle réfléchit quelques instants et se reprit :

– Arthur et Violette sont... comment dire ? Peut-être un peu vieux jeu. Ils viennent d'un milieu aristocratique.

Autrefois, ils méprisaient les paysans, ils ont donc tendance à faire de même avec les mortels aujourd'hui. Ce qui ne signifie pas qu'ils aient mauvais fond. Ils sont simplement... snobs.

Je ris en observant l'expression peinée de Jeanne, qui ne voyait jamais le mal nulle part. Pour qu'elle les traite de snobs, il fallait vraiment qu'ils soient d'un sectarisme sans bornes.

– Ils sont venus pour la bonne cause, Kate. Et même si ce ne sont pas les personnes les plus sympathiques qui soient, ils ont une grande expérience. Vu leur goût pour l'isolement, je doute qu'ils s'attardent ici très longtemps. Ils seront repartis avant même que tu t'en aperçoives.

Je mordis dans un gâteau et tâchai de me raisonner : mon orgueil ne devait pas compromettre la sécurité du groupe. Au fond, rien ne me donnait le droit de prendre part à leurs discussions les plus secrètes. Je n'étais pas une revenante. J'étais l'exception. Non, je n'étais pas à ma place. Mais mon humeur ne fit que s'assombrir.

– Je file, conclus-je en déposant un baiser sur la joue de Jeanne. Merci. C'est rassurant de parler avec quelqu'un qui me comprend. Ici, j'ai parfois l'impression de vivre dans un univers parallèle.

– Mais c'est presque le cas, ma chérie, répondit-elle en rajustant son tablier. Tu ne veux pas rester dîner ?

– Non. S'il te plaît, dis à Vincent que je suis rentrée et qu'il pourra m'appeler plus tard.

Avec un regard entendu, elle m'envoya un baiser, puis se remit à ses préparatifs.

Je traversai le vestibule et franchis la porte. Dans la cour, j'aperçus la fontaine. J'enjambai le bassin vide et m'approchai des statues. Un ange. Une jeune femme. Deux êtres que tout séparait, sculptés dans un même bloc de pierre. Je fis glisser mes doigts le long du bras de l'ange, aussi glacé que la peau de Vincent durant ses sommeils de mort.

10

La sonnerie de l'interphone retentit alors que je m'asseyais sur mon lit. Quelques secondes plus tard, on frappa à la porte de ma chambre.

– Katya, ma chérie. C'est Vincent. Il monte.

– Merci, Mamie, répondis-je en lui ouvrant.

J'observai ma grand-mère, en tailleur et talons hauts. Elle n'avait pas le moindre kilo superflu et ses choix vestimentaires mettaient toujours en valeur ses jambes, les plus jolies que j'aie vues sur une personne de son âge. Elle parut remarquer mon expression.

– Qu'est-ce qui ne va pas ?

– Oh, rien, répondis-je machinalement.

Mais elle ne bougerait pas tant que je n'aurais pas vidé mon sac.

– Mamie, est-ce qu'on t'a déjà délibérément rejetée ? Donné le sentiment de ne pas être à ta place quelque part ?

Ma grand-mère croisa les bras et fixa le plafond d'un air songeur.

– La famille de ton grand-père, au début. Pour eux, vieille fortune, nous étions des nouveaux riches. Ils me faisaient souvent passer pour une arriviste.

– Mais ça s'est arrangé ?

– Oui. Quand ils ont compris que je me moquais de ce qu'ils pensaient. Je crois que c'est une des raisons pour lesquelles ton grand-père est tombé amoureux. J'étais la seule fille suffisamment opiniâtre pour tenir tête à sa mère.

Je ne pus m'empêcher de sourire. Mamie me prit la main. Son parfum n'avait pas changé depuis mon enfance et il avait quelque chose de rassurant et d'immuable. Elle me connaissait depuis toujours. Elle était à la clinique pour ma naissance. *Et je ne peux même pas lui expliquer le problème*, pensai-je. J'aurais confié ma vie à ma grand-mère, mais quelle serait sa réaction si elle venait à découvrir la véritable nature de Vincent ? Me croirait-elle seulement ? Ou bien me conduirait-elle directement chez un psy ? Elle ne voulait que mon bien et, lorsqu'on voulait protéger sa petite-fille, on ne l'encourageait sans doute pas à fréquenter un revenant.

– Tous ces changements te bouleversent, l'entendis-je ajouter, avant de relever la tête vers elle. Quitter New York. Changer de lycée. Te faire de nouveaux amis... Tu dois avoir l'impression d'entrer dans l'inconnu. Dans un monde effrayant.

Elle me serra dans ses bras. *Mamie*, songeai-je, *si tu savais...*

Vincent m'attendait sur le palier. Son expression anxieuse disparut lorsqu'il comprit que je ne lui en voulais pas.

– Kate, je suis désolé, souffla-t-il en m'enlaçant.

Je fermai les yeux et me blottis quelques instants contre lui avant de le faire entrer. Ma grand-mère se hissa sur la pointe des pieds pour l'embrasser.

– Bonjour, Vincent. Comment vas-tu ?

Mes grands-parents l'adoraient, ce qui me facilitait grandement la vie. Si Georgia devait sans cesse justifier ses sorties, le nom de Vincent était un sésame qui me garantissait une liberté totale. Une autre bonne raison pour ne pas faire de remous.

Mamie sortit en refermant derrière elle les portes du salon. Celui-ci débordait d'antiquités, de bibelots et de tableaux. L'odeur qui y régnait était à mi-chemin entre celle d'une salle de musée et celle d'une tente bédouine.

Je me laissai tomber sur le canapé, près de l'un des nombreux vases garnis par ma grand-mère. Le doux parfum des frésias, des lilas peut-être, masqua momentanément celui de la pièce. Vincent s'assit sur un fauteuil face à moi.

– Kate, je ne m'excuserai jamais assez. Personne chez nous ne partage l'opinion d'Arthur.

– Je sais, lui assurai-je.

Même si Jean-Baptiste n'avait pas exactement sauté de joie à l'idée de m'accueillir, il s'était cependant toujours montré affable depuis.

– Je n'arrive pas à comprendre, poursuivit Vincent, troublé. Au fond, Arthur est un brave type. Même si Violette et lui se prennent parfois pour des héros, jusque-là, il ne s'était jamais comporté de façon aussi mesquine ou sectaire.

– Il a voulu être franc. Il estime peut-être dangereux de me mettre dans la confidence.

– Eh bien, il aurait pu en parler plus tôt, au lieu de sortir ça devant tout le monde.

Ses doigts effleurèrent ma joue et je les saisis pour les porter à mes lèvres.

– Vraiment, ça ne fait rien, dis-je en dépit de mon sentiment cuisant d'humiliation. Quel est le problème entre Arthur et Violette ? Je les vois se disputer comme un vieux couple, sans jamais un geste tendre... Ils sont ensemble ?

Vincent éclata de rire et se leva, jouant distraitement avec l'une des figurines posées sur la cheminée.

– Ils ne sont pas « ensemble », dans le sens physique du terme. Mais pour le côté « vieux couple », c'est tout à fait ça. Arthur se considère comme son protecteur. Ce sont des considérations de leur époque, bien sûr, s'empressa-t-il d'ajouter. Il était un des proches conseillers de son père et ils ont tous deux perdu la vie durant la même tentative d'enlèvement. Ils sont restés liés, mais je sais que leur relation n'est pas passionnelle. C'est une forme de dépendance mutuelle, peut-être, mais pas de l'amour.

Son air soudain penaud m'intrigua.

– Comment peux-tu en être aussi sûr ?

– Eh bien, nous nous connaissons, Violette et moi. Au fil des années, nos chemins se sont souvent croisés. Dès que Jean-Baptiste découvrait un texte inédit, qui lui paraissait particulièrement intéressant, il me chargeait de le lui apporter. Elle ne m'a pas vraiment caché ses sentiments.

– Violette était amoureuse de toi ? m'étranglai-je.

– « Amoureuse » est sans doute un terme un peu fort. Mais oui, elle m'a dit éprouver un certain intérêt. Qui n'était pas réciproque. Mais, ajouta-t-il en me jetant un regard en coin, je t'avoue y avoir pensé. Je me suis dit que c'était peut-être ma seule chance de trouver quelqu'un...

Je le regardai avec des yeux ronds.

– Vincent, elle n'a que quatorze ans ! Ça paraît un peu... je ne sais pas... malsain.

– À l'époque, elle avait une vingtaine d'années, expliqua Vincent en réprimant un sourire.

– Ah. Oui, bien sûr, dis-je, tâchant de me faire à cette étrange révélation.

– Il ne s'est rien passé, me rassura-t-il. Rien du tout. Violette a dû sentir que je n'y étais peut-être pas opposé et cela l'a sans doute encouragée. Nous nous sommes vus une ou deux fois, mais quand j'ai compris que je ne pouvais pas forcer mes sentiments, je n'ai pas été plus loin. D'ailleurs, je ne l'avais pas revue depuis. Ça doit bien faire une quarantaine d'années. J'avais suggéré à J.-B. de trouver un autre émissaire.

– Elle doit me détester, murmurai-je.

Sa remarque à l'enterrement de Philippe sur les relations entre mortels et revenants me revint et je me demandai soudain si elle n'était pas intentionnelle ; une petite pique à l'encontre de celle qui avait réussi là où elle avait échoué.

– À vrai dire, elle m'a déjà parlé de toi, répondit Vincent. Elle m'a félicité d'avoir trouvé une « si charmante jeune amie », dit-il en imitant l'intonation aiguë et surannée de Violette.

Nous éclatâmes de rire.

– Non, vraiment, elle semble beaucoup t'apprécier.

– Alors, c'est juste Arthur qui joue les mufles ? insistai-je.

– On dirait bien, même si ce n'est pas son genre. Il s'est éclipsé juste après la réunion. Sûrement pour m'éviter. Violette m'a demandé de ne pas lui en vouloir. Elle lui avait conseillé de ne pas y faire allusion, mais il y tenait. Je crois qu'elle avait l'intention d'en discuter avec lui.

– C'est gentil de sa part, remarquai-je, soudain bien mieux disposée à son égard. Enfin, c'est fini de toute façon. Je préfère oublier cette histoire.

Tournant la page sur cet épisode, je songeai tout à coup à ma soirée de recherches.

– Vincent, hier soir, j'ai découvert un document mentionnant les revenants dans la bibliothèque de mon grand-père.

Il était plutôt rare que ce soit moi qui surprenne Vincent, mais la révélation le stupéfia.

– Quoi ? Je peux le voir ?

Après m'être assurée que mon grand-père était absent, je le conduisis jusqu'à son bureau. Un coup d'œil à la pendule me rassura : il ne fermerait pas sa galerie avant une bonne demi-heure. Nous ne risquions rien.

Je sortis le bestiaire de sa boîte d'archives et le déposai sur la table de travail. Je trouvai la page qui nous intéressait. Vincent ouvrit de grands yeux.

– Kate, c'est rarissime ! Les livres faisant référence aux revenants ont presque entièrement disparu.

– Pourquoi ?

Il poursuivit son explication tout en examinant les illustrations.

– Les marchands comme ton grand-père savent que ce genre de trouvailles peut se vendre une vraie fortune auprès d'un groupe d'acheteurs anonymes. Ces collectionneurs s'arrachent tout ce qui touche aux revenants avant même que les objets soient mis sur le marché. J.-B. est l'un d'entre eux. Sa bibliothèque déborde de vieux manuscrits. Gaspard n'a pas dû en étudier la moitié.

– Mon grand-père doit sûrement beaucoup y tenir.

Alors pourquoi la reléguer au fond d'une boîte plutôt que de la vendre ? À moins qu'il en ait ignoré la valeur…

Vincent se pencha sur le bestiaire et, suivant la légende du doigt, murmurait pour lui-même.

– Tu lis le latin ?

– Oui. C'était obligatoire, tu sais, avant qu'on décide de laisser tomber les langues mortes. Tu veux que je traduise ?

– En fait, j'ai déjà tenté de le déchiffrer hier soir.

– Évidemment, s'exclama-t-il, le regard pétillant. C'est le genre de défis auxquels tu ne résistes pas.

Il le lut tout de même à voix haute. Lorsqu'il eut terminé, je ne lui fis pas remarquer qu'il avait omis les deux dernières lignes. À sa place, je n'aurais pas non plus souligné le fait que notre relation soit damnée.

– Alors, d'où vient ce terme, *bardia* ? Pourquoi ne l'ai-je jamais entendu ?

– Bonne question, répondit Vincent. J'imagine qu'il est tombé en désuétude.

Il réfléchit quelques instants et reprit d'un air amusé :

– Au fond, c'est sans doute une affaire de vanité. Nous pensons être les seuls revenants légitimes et considérons les numa comme un genre corrompu. Tu pourras interroger Gaspard, mais je crois que *bardia* nous correspond effectivement mieux : il serait dérivé d'un mot signifiant « gardien ». Il est utilisé dans les documents officiels, mais répète-le à Jules ou Ambrose et ils te regarderont avec des yeux ronds.

Il feuilleta une dernière fois le bestiaire avant de le reposer dans le carton, qu'il rangea soigneusement sur l'étagère.

– Vincent ? Au début de la réunion, Jean-Baptiste a parlé de passer à l'offensive. Et j'ai eu l'impression que tu voulais l'empêcher de dire quelque chose. Vous avez eu un curieux face-à-face avant qu'Arthur n'intervienne. Qu'est-ce que ça signifie ?

Une étrange expression obscurcit son visage.

– C’est sans importance. Je t’en parlerai le moment venu. Mais pour l’instant, concentrons-nous sur quelque chose de plus intéressant.

– Comme quoi ?

– Eh bien, comme de savoir où je vais t’emmener dîner ce soir, répondit-il en posant doucement les mains sur mes hanches pour m’attirer vers lui et m’embrasser.

Toutes les questions qui me perturbaient fondirent comme neige au soleil.

11

Je me réveillai le lendemain matin avec un mélange d'enthousiasme et d'appréhension. Une séance d'entraînement avec Vincent et Gaspard m'attendait et, même si j'aimais ça, je me sentais toujours désespérément à la traîne. Ma première leçon d'escrime, un mois plus tôt, avait tourné au désastre. En décomposant les mouvements au ralenti, ils m'avaient paru pourtant simples, mais dès que Gaspard avait accéléré la cadence, le résultat s'était avéré lamentable.

Pour moi, le combat ressemblait à de la danse. Avec mon sens du rythme peu développé, je m'étais toujours sentie particulièrement idiote au milieu d'un *dancefloor*. Et mes leçons s'en ressentaient. J'avais si peur de ma maladresse et de passer pour une gourde que mes craintes finissaient par prendre forme. Dès la quatrième séance cependant, j'étais parvenue à me laisser guider par mes propres mouvements et à me sentir à l'aise. Je sombrais dans une sorte d'hypnose. Je dérivais et les gestes me venaient naturellement. Poussé par une force supérieure, mon inconscient prenait le pas sur mon cerveau. À l'instant où je cessais de réfléchir, tout se mettait en place.

Mes hésitations étaient de moins en moins fréquentes et, depuis peu, quelques mouvements suffisaient à enclencher le processus.

Aujourd'hui, je serai en pilote automatique, me répétai-je tout en enfilant un jean et un pull avant de rejoindre la salle à manger. Mon grand-père, prêt à sortir, terminait la lecture de son journal.

– Déjà levée ? me lança-t-il en baissant la page pour mieux m'observer.

– Pourquoi mon professeur m'impose un cours à neuf heures le samedi matin, je l'ignore. Mais il ne faut pas le faire attendre, expliquai-je en me versant un verre de jus de fruits avant d'attraper un croissant.

Après quelques hésitations, j'avais confié à mes grands-parents que Vincent m'avait offert quelques leçons d'escrime pour mon anniversaire. À ma grande surprise, la nouvelle les avait ravis. J'ignorais que ce sport leur plaisait tant. Le côté séculaire du combat à l'épée parlait sans doute à leurs cœurs d'antiquaires.

Enthousiasmé, mon grand-père m'avait aussitôt acheté une combinaison et un fleuret. Je m'étais bien gardée de préciser que l'hôtel Grimod disposait d'une armurerie bien garnie et que l'escrime n'était en réalité qu'une facette de mon entraînement. Il lui aurait aussi fallu m'offrir une hache, un gourdin et une demi-douzaine d'autres armes du genre pour soutenir le rythme imposé par Gaspard.

Mon grand-père désigna un vase sur la console du couloir.

– J'ai trouvé ça sur le palier ce matin.

Des fleurs ainsi qu'un paquet-cadeau. En l'ouvrant, je découvris un livre intitulé *Le Langage des fleurs*. La page de garde portait une note manuscrite.

Pour Kate. Puisque tu maîtrises déjà deux langues, une troisième pourrait s'avérer utile. Ton premier exercice accompagne ce volume. Avec toute mon affection,
Violette de Montauban

Jetant un regard au petit bouquet, je feuilletai l'ouvrage à la recherche de la signification des roses jaunes, puis des jacinthes pourpres. Amusée, je glissai le livre dans mon sac et souhaitai une bonne journée à mon grand-père.

Dehors, je cherchai Vincent des yeux, le cœur battant, espérant le trouver comme souvent, adossé à la grille du square. C'est pourquoi je fus un peu déçue en apercevant Jules. Je tentai de dissimuler mon air dépité, mais il ne lui échappa pas.

– Moi aussi j'aurais préféré être ton copain, déclara-t-il avec un sourire roublard. Prends-le comme tu veux.

– Où est Vincent ? demandai-je en passant mon bras sous le sien pour nous diriger vers la rue de Grenelle.

– En mission, pour Jean-Baptiste, répondit-il en baissant les yeux.

Instantanément, je fus sur mes gardes. Je repensai à l'étrange et silencieuse confrontation entre Vincent et J.-B. Vincent avait éludé mes questions à ce sujet. Il se tramait donc clairement quelque chose qu'il essayait de me cacher.

– Et il s'imagine que je ne suis pas capable de me déplacer sans escorte ? demandai-je d'un air détaché.

– C'est que... depuis quelques semaines, Vincent est un peu... à cran. Tu es mortelle, donc vulnérable. Les numa peuvent attaquer à tout moment, alors il est sur les dents.

– Et tu penses qu'il exagère ? Concernant ma vulnérabilité, je veux dire...

Je le provoquais, espérant pouvoir soutirer quelques informations de Jules le joli cœur.

– Kate, tu es une vraie dure... Mais tu es faite de chair et d'os. Du genre qu'on ne pourra pas réanimer. Tu sais, je comprends sa réaction.

Je hochai la tête. Si seulement je pouvais être comme Charlotte. Ou même Violette : quatorze ans seulement et tous la considéraient comme une jeune fille de fer. Le respect, songeai-je... Difficile de leur paraître crédible lorsqu'une chose aussi insignifiante qu'une balle peut vous anéantir. À tout jamais.

– Alors, si je comprends bien, j'aurais une escorte quotidienne pour mes trajets au lycée ? insistai-je, me demandant jusqu'où irait Vincent.

– Non, s'esclaffa Jules. Violette a simplement reçu des informations hier, concernant une soudaine activité des numa. Elle craint qu'ils ne surveillent notre maison. Et comme tu devais nous rejoindre ce matin, Vincent a préféré ne pas prendre de risques. Ne t'en fais pas. Après, tu pourras te débrouiller seule, ajouta-t-il en m'envoyant un petit coup dans le bras.

Je le lui rendis, sans retenue.

– Jeune, jolie, et elle tape comme une brute, s'exclama-t-il, déclenchant un éclat de rire qui se poursuivit le reste du trajet.

Gaspard m'attendait au sous-sol, et s'échauffait avec des mouvements de tai chi. Il acheva ses étirements, me salua d'un geste gauche puis échangea quelques mots avec Jules pendant que j'enfilais mon équipement. Ma veste de protection était renforcée par un Kevlar gris et prévue pour résister aux armes les plus redoutables. Je culpabilisais un peu d'avoir remisé la combinaison blanche offerte par mon grand-père. Mais, harnachée dans ces vêtements dernier cri, je me trouvais un air redoutable. Sans compter qu'ils m'épargnaient de nombreuses égratignures et autres blessures que les revenants ne craignaient pas.

Jules émit un sifflement impressionné lorsque je m'approchai et saisis l'épée tendue par Gaspard.

– Kate, tu es vraiment... affolante, souffla-t-il.

– Je le prends comme un compliment.

Je souris, consciente que cette tenue me mettait en valeur, et regrettant presque de ne pas pouvoir la porter à l'extérieur... Je pourrais toujours me déguiser en chasseuse de vampires pour Halloween.

– J'adorerais te voir à l'œuvre, reprit-il, hilare, mais je dois filer. Je repasse te chercher dans une heure.

Il gravit quatre à quatre les marches du gymnase et referma la porte derrière lui. J'aurais été bien inspirée de le suivre, car cette séance fut sans aucun doute la pire de toutes. Distraite par les cachotteries de Vincent, j'étais également perturbée par son absence à l'entraînement. Si lui me permettait de souffler toutes les cinq minutes, je dus implorer Gaspard de m'accorder une pause.

– Temps mort, haletai-je lorsqu'il baissa son épée.

D'un pas traînant, je traversai la salle et me laissai glisser le long du mur, inclinant ma tête entre mes genoux, pour reprendre mon souffle. Lorsque je me redressai, Gaspard était penché vers moi et me tendait une bouteille d'eau.

– Merci, lui dis-je. C'est nettement plus difficile quand Vincent n'est pas là pour me tenir la main.

– C'est vraiment tout, Kate ? Tu m'as l'air déconcentrée aujourd'hui.

Je dévisageai Gaspard, l'un des plus âgés de la bande, songeant qu'il serait sans doute incapable de me mentir.

– Eh bien, je me demande où est passé Vincent. Jules semblait ne pas être au courant. Et toi ? repris-je aussi innocemment que possible, quoiqu'un peu mal à l'aise.

Gaspard me jeta un regard prudent.

– Il m'est impossible d'en parler, expliqua-t-il de son ton le plus guindé.

Parce que tu ne peux pas, ou que tu ne veux pas ? Gaspard et Jules savent quelque chose. Et Vincent qui prétendait que c'était sans importance ! Il essayait sans doute de me protéger, de m'épargner une situation à laquelle je n'aurais pas voulu faire face. Tous ces mystères ne pouvaient signifier qu'une chose : ça n'allait pas me plaire. *Mais tu as confiance en lui*, me sermonnai-je. *Alors, pourquoi un petit secret me rend-il aussi folle ?*

– C'est bon, je suis prête, dis-je en me relevant.

Gaspard écarta ses mèches et resserra sa queue-de-cheval avant de reprendre une posture de combat. Je brandis mon arme et, frustrée, je l'attaquai farouchement, imaginant me retrouver face à Lucien, revenu de l'au-delà.

– Voilà qui est mieux ! s'exclama mon professeur avec un sourire.

Nous combattîmes plus d'une demi-heure, jusqu'à ce que je me détourne pour raccrocher ma lame au râtelier.

– J'ai mon compte ! annonçai-je en levant les mains.

Des applaudissements résonnèrent en haut de l'escalier. Installée sur une marche, Violette nous observait probablement depuis un long moment.

– Splendide ! Tu es vraiment douée, Kate !

Ravie, je saisis au vol la serviette que Gaspard me lança et essuyai mon visage en sueur.

– Merci Violette. Mais venant de toi qui as des siècles d'expérience, ce n'est que de la flatterie.

Elle eut un air gêné, comme prise en défaut.

– Absolument pas. Compte tenu du peu d'entraînement que tu as reçu, tu as un talent inné.

– C'est aussi mon avis, affirma Gaspard. Violette, tu avais besoin de moi ?

– Non. Jules voulait regagner son atelier, aussi ai-je proposé de raccompagner moi-même Kate jusque chez elle. Mais prenez votre temps.

– Merci, dis-je en ôtant ma veste de protection, révélant mon débardeur *I ♥ New York*.

Sous cette épaisse matière synthétique, j'avais la sensation d'étouffer.

– Au fait, je ne t'ai pas remerciée pour le livre et les fleurs !

– Arthur s'est montré si grossier l'autre jour. J'ai senti que c'était à moi de réparer. As-tu compris la signification du bouquet ?

– Je crois, dis-je en ôtant mon pantalon pour rajuster le short gris que je portais en dessous. Les jacinthes pourpres pour le regret, et les roses jaunes, l'amitié.

– Excellent, s'exclama-t-elle. J'espérais que tu pardonnerais à Arthur son manque de délicatesse et t'exprimais mon souhait de gagner ton amitié.

Je craignais de me montrer trop empressée, mais je ne pus réprimer un large sourire. Charlotte était partie depuis une semaine à peine, mais déjà, l'absence d'une amie proche me pesait. Il me restait Georgia, bien sûr, mais elle était très prise par sa vie sociale. Quant à Vincent, il paraissait de plus en plus débordé.

– Plutôt que de me raccompagner, allons grignoter quelque chose ensemble, après ma douche.

– Oui ! s'écria-t-elle joyeusement. « Grignoter quelque chose » serait parfait. Je t'attends en haut.

Je me dirigeai presque en sautillant vers la douche, que j'expédiai en un temps record.

– Merci Gaspard, lançai-je en gravissant les marches de l'escalier.

– Tout le plaisir était pour moi.

Il s'inclina légèrement, puis entreprit d'astiquer les armes qu'il avait décrochées du mur. Avant que j'aie franchi le couloir, Arthur apparut, quittant une pièce adjacente, le nez plongé dans un livre.

– Violette ! cria-t-il avant de lever les yeux et de m'apercevoir.

D'abord neutre, son expression changea en quelques secondes. Le front plissé, il parut inquiet.

– Oui, mon ami ? Tu m'appelais ?

Violette s'approcha, le sourire aux lèvres, comme si de rien n'était. Arthur nous observa l'une après l'autre et poursuivit d'une voix monocorde :

– J'ai trouvé un passage d'Heidegger qui pourrait t'intéresser.

– Kate et moi allons déjeuner ! Tu me montreras tout cela plus tard, argua la jeune femme en me prenant par le bras.

Elle fixait Arthur comme si elle le mettait au défi d'ouvrir la bouche. Sans doute voudrait-elle qu'il s'excuse, pensai-je. Il lui adressa un regard furieux.

– Viens, Kate, allons-y, reprit Violette.

Ma sauveuse et moi-même nous éloignâmes bras dessus bras dessous, mais je ne pus m'empêcher de me retourner. Figé, Arthur fulminait.

– Ne lui prête aucune attention, me souffla Violette. Il peut être affreusement irritable. Je l'adore, mais parfois… j'aimerais qu'il… Comment dirais-tu ? Qu'il me lâche ?

J'éclatai de rire tandis que nous traversions le vestibule pour quitter la grande maison.

Installées face à face, devant notre soupe fumante, nous observions le va-et-vient sous la halle. Une odeur de volaille rôtie embaumait la salle. Le marché, quant à lui, était un régal pour les yeux. De splendides étals de poissons, de fruits, de légumes et de fleurs colorées se succédaient. Les commerçants interpellaient les badauds du samedi, vantant les mérites de leurs produits tout en présentant des assiettes de dégustation.

– Je ne crois pas être déjà venue ici, observa Violette en essuyant délicatement ses lèvres avec le coin de sa serviette.

– C'est pourtant un des plus anciens marchés de Paris, expliquai-je. Il y a quatre cents ans, un orphelinat occupait cet emplacement. Les pensionnaires étaient vêtus de rouge. Le marché a pris son nom.

– Le marché des Enfants rouges, répéta distraitement Violette, avant de le traduire en anglais.

– Tu parles anglais ? m'étonnai-je.

– Évidemment. Je l'ai appris il y a bien longtemps, même si je n'ai plus jamais eu l'occasion de le pratiquer. Mais si tu le souhaites, nous pourrions parfois converser dans ta langue maternelle. Ce serait l'occasion de m'exercer.

– Ça marche ! m'exclamai-je, enthousiaste. Et promis, j'éviterai les expressions trop modernes, repris-je avec un sourire.

– Oh, non ! insista-t-elle. Charlotte avait raison : il faut vivre avec son temps. Et qui pourrait m'apprendre les idiomes et les termes de notre époque mieux qu'une jeune Américaine du vingt et unième siècle ?

– Si vraiment tu y tiens, j'ai peut-être une idée : tu aimes les films ?

– Le cinéma ?

– Oui. C'est ma troisième passion, après les livres et les musées ! affirmai-je en terminant mon bol de soupe.

– Kate, je dois t'avouer que... balbutia-t-elle, l'air gêné. Enfin, je ne suis jamais allée au cinéma. Pour moi, c'est relativement récent et j'ai du mal à en comprendre l'intérêt. Comme toi, je préfère autant lire ou admirer des œuvres d'art.

– Mais les films en sont aussi ! Ce n'est pas un hasard si les Français l'appellent « le septième art ». As-tu prévu quelque chose cet après-midi ?

Violette secoua la tête, affolée, comme si elle réalisait peu à peu dans quoi elle s'embarquait. Fouillant dans mon sac pour trouver le *Pariscope*, je feuilletai la section cinéma, à la recherche d'un film classique digne d'une toute première expérience.

Quelques heures plus tard, sous le timide soleil de janvier, Violette et moi sortions d'un petit cinéma de quartier qui proposait *Les Enchaînés* d'Hitchcock.

– Alors ? lui demandai-je avec un regard en coin. Ça t'a plu ?

Pour une fois, c'est le sourire espiègle d'une adolescente qui se dessina sur le visage de Violette.

– Oh, Kate. C'était fantastique ! souffla-t-elle d'une voix émue en saisissant ma main. Quand est-ce qu'on recommence ?

12

Vincent m'appela dans la soirée pour s'excuser de son absence. D'après les messages qu'il m'avait déjà envoyés, je sentais bien qu'il avait quelque chose à se faire pardonner.

– Ne t'inquiète pas, répondis-je. J'ai passé la journée avec Violette.

– Ah oui ?

Il paraissait épuisé, mais je perçus néanmoins la surprise dans sa voix.

– Oui, elle devait me raccompagner chez moi, mais nous avons finalement déjeuné ensemble… Et cette alerte aux numa ? Jules disait qu'ils se cachaient peut-être dans les environs ?

– Ça n'a rien donné. Violette avait reçu de fausses informations. Elle a demandé à Jean-Baptiste de lever l'alerte ce soir. C'est le retour à la case départ : les numa restent invisibles et prêts à bondir quand on s'y attendra le moins.

– En tout cas, tu avais raison à son sujet. Elle est vraiment adorable. C'est Arthur qui semble avoir un vrai problème avec les mortels. Je vais l'éviter au maximum.

– Oui, bonne idée, répondit distraitement Vincent.

Ses mystérieuses activités l'avaient visiblement éreinté. Il paraissait étrange.

– Vincent, je vais te laisser. Tu as l'air vanné.

– Non, non, je préfère discuter un peu. Dis-moi, que fais-tu de beau, mon ange ?

– Je bouquine.

– Rien d'étonnant, s'esclaffa-t-il, pour une lectrice aussi vorace. Quelque chose que je connais ?

Je feuilletai les premières pages.

– Voyons... publié quatre ans après ta naissance, mais il a été interdit durant presque toute ta vie... enfin, de mortel. Du moins, dans sa version intégrale.

– Réfléchissons... Un roman écrit en 1928, mais censuré durant des années. Y serait-il question de cabane et de garde-chasse, par hasard ?

– Vincent, tu passes directement à la scène la plus croustillante. *L'Amant de lady Chatterley* ne se résume pas seulement à quelques galipettes dans la cabane du garde-chasse, répliquai-je, espiègle.

– Pourtant là, tout de suite, l'idée ne paraît pas si désagréable.

Mon cœur eut quelques ratés, mais je tâchai de rester détachée et répondis :

– Tu sais, j'y pense souvent... Enfin, avec toi. Pas avec le garde-chasse.

Je souris largement, me demandant comment il réagirait.

– Tes grands-parents sont chez toi ? reprit-il après une hésitation, d'une voix curieusement rauque.

– Oui.

– Tant mieux, affirma-t-il en se raclant la gorge. Sinon, j'aurais été tenté de me précipiter chez toi pour te voler ta vertu. C'est comme ça qu'on dit, dans ce genre de romans, non ?

J'éclatai de rire.

– Je n'en suis pas encore là, mais le vol de vertu devra attendre. J'ai rendez-vous avec un charmant zombie demain soir.

– Compris. Il est effectivement plus sage de changer de sujet. Donc... tu n'avais pas oublié.

À l'autre bout de la ligne, je sentais son sourire fatigué.

– Une soirée au palais Garnier avec le Bolshoi ? Dans notre loge privée ? Je crois que j'aurais du mal à l'oublier.

– Parfait. Je passerai te prendre vers dix-huit heures.

Je peinais à distinguer ses paroles. Il paraissait exténué, mais aussi en proie à une souffrance physique. Qu'avait-il bien pu faire de sa journée pour en revenir dans un état pareil ? À présent, j'étais plus inquiète qu'intriguée.

– À demain. J'ai hâte...

Je raccrochai, achevant mentalement ma phrase : ... *de découvrir ce que tu me caches*. S'il se trouvait dans le même état d'épuisement, je n'aurais aucun mal à le persuader de tout me dire.

Vincent m'attendait devant chez moi, dans son costume, ses cheveux bruns et ondulés ramenés en arrière. C'était comme une seconde version de ma soirée d'anniversaire : lui en costume ; moi dans la longue robe qu'il m'avait offerte, sous le manteau prêté par ma grand-mère. Lorsqu'il m'aperçut, son regard parut s'allumer et, une fois dans la rue, il me donna un long et langoureux baiser.

J'avais beau l'avoir vu à d'innombrables reprises, l'opéra ne manquait jamais de m'éblouir. Telle une pièce montée en marbre, sa façade illuminée dans l'atmosphère glacée de la nuit prenait des allures de palais enchanté. Nous suivîmes sur le parvis le flot des spectateurs, élégamment vêtus.

– Tu es déjà venu ? demandai-je lorsque nous pénétrâmes dans l'édifice.

– J'ai quelquefois profité des places de Gaspard ou Jean-Baptiste quand ils sont en sommeil. Ils sont abonnés.

Au centre du grand vestibule, je levai les yeux et en restai sans voix.

– Oh ! parvins-je à articuler en embrassant du regard la salle majestueuse.

L'architecture éclectique, l'abondance des décors et la richesse des détails se ressentaient dans le moindre élément : les sols, murs, piliers et plafond étaient une débauche d'or, de marbres, de mosaïques ou de cristal. Ailleurs, ç'aurait été trop. Ici, c'était féerique.

Vincent me conduisit vers le grand escalier jusqu'au deuxième étage, le long du hall circulaire ponctué de portes battantes et s'arrêta devant le numéro 19.

– J'ai préféré éviter le balcon central, m'expliqua-t-il en me tenant la porte. Un peu trop exagéré, peut-être, et il a tendance à attirer les regards. Cette loge est assez spacieuse. Il a suffi de réserver la totalité des sièges et de demander qu'on enlève les chaises.

Voyant qu'il essayait de se justifier, je secouai la tête, incrédule.

– Vincent, tu t'imagines que j'aurais remarqué la différence ? Le simple fait d'être là, c'est déjà magique. Même avec des places aveugles, j'aurais été sur un petit nuage.

Je pénétrai dans un étroit corridor feutré, habillé de tentures, surmonté d'un miroir ovale. Une méridienne était appuyée contre le mur, sous des portemanteaux, faiblement éclairés par la lumière tamisée des appliques. Le passage débouchait sur le balcon surplombant la salle. Derrière la rambarde, il n'y avait plus que deux chaises.

– Vraiment, elle est réservée rien que pour nous ? murmurai-je avec l'impression d'entrer dans un roman du dix-neuvième siècle.

– Ça te plaît ?

– Si ça me plaît ? m'exclamai-je en me jetant à son cou. C'est fantastique, incroyable !

J'éclatai de rire et, sans le lâcher, je me mis à faire des bonds comme une petite fille excitée.

Les deux premiers actes du *Prince Igor* passèrent comme un songe. D'abord déconcentrée par la proximité de Vincent, qui effleurait distraitement mon genou, je me laissai vite absorber par le spectacle. La mise en scène, les costumes, les exploits acrobatiques des danseurs... tout m'impressionnait. Lorsqu'une heure plus tard, le grand lustre se ralluma pour l'entracte, j'eus l'impression de sortir d'un rêve.

– Alors ? Qu'est-ce que tu en penses ?

– C'est envoûtant.

Satisfait, il m'offrit son bras.

– Allons nous dégourdir un peu les jambes.

Sortant de la loge, nous suivîmes quelques couples vers une salle où se succédaient des lustres dorés. Sur les plafonds couraient les créatures mythiques si souvent dépeintes par les maîtres de la Renaissance.

– Veux-tu boire quelque chose ? proposa Vincent. Une coupe de champagne ?

Voyant qu'une file se formait déjà devant le bar, je secouai la tête.

– Non, profitons de l'entracte pour explorer un peu.

Le nez en l'air, je me cramponnai à son bras.

Nous arpentâmes les salons et vestibules, admirant chaque niche, chaque recoin, plus élaborés les uns que les autres. Lorsque enfin, nous regagnâmes le hall, Vincent me demanda :

– Tu veux voir autre chose ? Il nous reste quelques minutes.

J'hésitai. Je voulais lui parler mais craignais de gâcher la soirée en abordant un sujet dont il n'avait manifestement pas envie de discuter. Mais je ne risquais rien avec une simple allusion.

– Non, allons nous asseoir.

Dans l'arrière-loge, nous nous installâmes sur la méridienne, souriant comme des enfants qui jouent aux adultes.

– Eh bien, ça nous change des pizzas-DVD chez moi, me dit Vincent. Ça ne te paraît pas bizarre ?

Ses mèches retombaient de part et d'autre de son visage. Soudain, mon cœur s'emballa.

– Non, pas bizarre. En fait, n'importe quelle sortie m'aurait plu. Peu importe ce qu'on fait, tant que je suis avec toi.

Les mots étaient à peine sortis de ma bouche que j'éclatai de rire.

– Non, mais tu m'écoutes ? Je me mets à parler comme une héroïne de comédie romantique, maintenant. Ce que je peux être nunuche, parfois.

– Un peu nunuche, c'est vrai, plaisanta Vincent. Mais je ressens exactement la même chose, depuis que nous nous sommes rencontrés.

Il se pencha et effleura ma gorge du bout des lèvres. Mes paupières se fermèrent d'elles-mêmes. *Concentre-toi*, me dis-je. *Tu as des questions plus pressantes.*

– Vincent, intervins-je soudain en me reculant pour le regarder dans les yeux. Je ne voudrais surtout pas gâcher cette magnifique soirée, mais il faut vraiment que nous parlions.

Le voyant pâlir, je me dépêchai d'en finir.

– Tu m'avais promis de ne rien me cacher. Pourtant j'ai l'impression que c'est ce que tu as fait hier, avec ces mystérieuses missions pour Jean-Baptiste. Comme si tu ne me croyais pas capable d'entendre la vérité. C'est vraiment pénible pour moi.

Voilà, j'avais vidé mon sac. À présent, impossible pour lui de se dérober ou de s'en tirer avec un baiser. Il se redressa.

– Kate, dit-il en prenant ma main qu'il posa sur ses genoux. J'ai confiance en toi et je sais que tu es forte. Ton courage ne cesse de m'étonner. C'est juste que...

Il hésita.

– Je pense que ça ne te plaira pas. Je tente une expérience. Elle ne donnera peut-être rien et j'espérais éviter de t'en parler.

– Je peux comprendre, Vincent. Je peux tout comprendre.

– Je sais, Kate, reprit-il, implorant. Crois-moi. Je déteste déjà tout ce qui, chez moi, pourrait te rebuter, et ça n'a rien d'agréable. Je redoute ta réaction, ton mépris si tu apprenais les détails. Pour le moment, je voudrais m'en tenir à une simple tentative, imaginer une liste de solutions et agir en fonction. Si vraiment ça marchait – ce qui serait surprenant –, j'aimerais pouvoir te présenter la chose de façon plus positive, afin de peser le pour et le contre, et que nous décidions ensemble si oui ou non, je dois poursuivre.

Il me regarda avec appréhension. Je m'en voulus de ne pas creuser davantage et me contentai de répondre :

– Combien de temps doit durer cette expérience ?

– Gaspard dit que nous devrions être fixés après deux cycles de sommeil. Soit un peu plus d'un mois... six semaines, exactement.

Je sondai son regard, parfaitement sincère. D'une franchise absolue. Il était déterminé à tout tenter pour que les choses puissent marcher entre nous. Je fermai les yeux et respirai un grand coup.

– Très bien, j'ai confiance en toi. Mais je t'en prie, ne prends pas de risques.

– Merci, Kate, dit-il en se laissant aller contre le mur, sans pour autant lâcher ma main.

Il fixa quelques instants le plafond avant de se tourner vers moi.

– J'avais moi aussi une question à te poser, mais sur un sujet complètement différent.

– Je n'ai rien à cacher, moi, répliquai-je d'un air amusé.

– Pourquoi as-tu rompu le contact avec tes copains de New York ?

Mon sourire s'évanouit.

– Sauf ça.

– Kate, je comprends parfaitement que mes amis soient devenus les tiens. Et je devine pourquoi tu ne fréquentes pas les autres élèves de ton lycée. Ce sont des étrangers, la plupart sont là temporairement et puisqu'aucun ne te paraît vraiment intéressant, tu préfères éviter de t'attacher à eux. Mais tes amis d'enfance, ceux avec lesquels tu as grandi ? À ta façon d'en parler... j'avais l'impression que vous étiez très proches.

– C'était le cas, répondis-je d'une voix blanche. Ils ont même essayé d'écrire à ma grand-mère quand je n'ai plus donné de nouvelles, mais je leur ai fait savoir que je n'avais plus vraiment envie de garder ce lien. Aujourd'hui, ils me détestent sûrement...

– Je suis sûr qu'ils comprennent tes raisons. C'était une période très dure pour toi. Je ne dis pas que tu t'es remise de la disparition de tes parents, c'est impossible. Mais maintenant, tu t'en sors mieux. La vie reprend son cours...

– C'est discutable, puisque je passe le plus clair de mon temps parmi des morts.

Aussitôt, je lui jetai un regard inquiet. Je n'avais pas voulu le rabrouer. Mais à son sourire, je compris qu'il ne l'avait pas mal pris.

– Admettons, tu évolues entre deux mondes. Même si tu n'as jamais eu l'impression de t'intégrer nulle part. Comment disais-tu, déjà ? « Pas tout à fait américaine et pas vraiment française » ? Ça ne t'oblige pas pour autant à rompre les liens avec tes amis, là-bas. On ne peut pas vivre uniquement dans l'instant présent.

– Et pourquoi pas ? grinçai-je, surprise par ma propre agressivité. Tu sais ce que signifie le passé pour moi, Vincent ?

– Oui, Kate. La mort, reprit-il plus doucement. C'est la même chose pour moi.

– Vincent, le moindre de mes souvenirs se rapporte à mes parents. Après avoir quitté Brooklyn, la moindre discussion avec mes amis me ramenait à cette ancienne vie. Tout me rappelait ma maison, mon quotidien. C'est douloureux, à un point que tu n'imagines même pas...

Je le regardai, honteuse, soudain consciente qu'on avait assassiné sa famille, sa fiancée sous ses propres yeux. Pourtant, lui ne paraissait pas furieux. Il se montrait même plus compatissant, plus compréhensif encore.

– Enfin si, tu l'imagines très bien, me repris-je. Cependant, je ne suis pas masochiste. Je ne trouve pas sain de s'imposer cette peine. Je ne peux plus les contacter. C'est trop dur...

Les yeux rivés sur ses mains, Vincent choisit soigneusement ses mots avant de me regarder. En silence, il suivit du doigt les contours de mon visage. Je saisis sa main et la serrai entre les miennes, comme pour me raccrocher à lui.

– Je comprends, Kate. Je t'assure. Mais je voulais simplement que tu réfléchisses à ce que je vais te dire. Ma mort, la toute première, a été annoncée par les journaux. Tous mes proches l'ont apprise et je n'ai jamais pu les revoir. Ça m'a manqué. Pendant des années, j'ai suivi à la trace le père et la sœur d'Hélène, afin de m'assurer qu'ils allaient bien. Je ne pouvais pas me montrer, bien sûr, mais je gardais l'œil sur eux.

Quand leur père a disparu, j'ai fleuri sa tombe. Et quand Brigitte, sa sœur, est morte en donnant naissance à son fils, c'est lui que j'ai observé de loin. Sa famille et lui habitent le sud de la France, à présent. Je les ai déjà approchés. Sa fille ressemble à sa grand-mère. Et si étrange que cela paraisse, le simple fait de savoir qu'ils existent me rassure. Ce lien avec le passé me réconforte.

« J'aurais donné n'importe quoi pour les revoir, eux et mes amis, même si ces attaches avaient réveillé des blessures anciennes. Je n'ai pas eu le choix. Toi, tu l'as. C'est peut-être encore trop tôt, mais j'espère que tu finiras par changer d'avis. Chaque fois que tu parles d'eux, je te vois déchirée. Mais... les retrouver pourrait te rendre plus heureuse.

Le chagrin enfla dans ma poitrine, avant d'éclater comme une bulle.

– Je suis heureuse, Vincent.

Il m'observa, dubitatif. Réalisant combien je devais paraître ridicule, je laissai échapper un éclat de rire. Je me blottis dans ses bras, plus amoureuse que jamais. Il s'inquiétait pour moi ! Pas seulement parce qu'il me voulait auprès de lui. Il désirait me voir heureuse, pour moi-même.

Le rideau se leva, mais nous n'avions pas bougé. Nous passâmes les deux derniers actes à nous embrasser, à rire, volant quelques regards au spectacle entre deux baisers.

Ce soir-là, de retour chez moi, je sortis mon ordinateur portable du tiroir de mon bureau. Avec le nouveau compte e-mail dont je me servais pour communiquer avec Charlotte, je rédigeai un message pour trois de mes plus vieux amis.

C'est Kate, écrivis-je. Je suis désolée d'avoir gardé le silence. Je ne vous oublie pas, j'ai simplement du mal à évoquer le passé. Vous n'y êtes pour rien, mais vous me le rappelez trop.

J'essuyai une larme et tapai une dernière phrase avant de l'envoyer.

S'il vous plaît, soyez patients.

13

La semaine suivante, je ne vis que très peu Vincent, toujours pris par son mystérieux projet. Dans ces cas-là, nous avions l'habitude de nous raconter nos journées au téléphone. Mais depuis quelque temps, il évitait soigneusement certains détails.

Le fait d'en avoir discuté m'aidait à mieux accepter la chose. Il m'avait en quelque sorte demandé ma bénédiction, mais je n'étais guère plus rassurée. Car cette expérience ne le laissait pas indemne. Je le trouvais amaigri, pâle, les yeux cernés. Il était si fatigué, si préoccupé, que, même lorsque nous étions ensemble, il paraissait ailleurs.

Il redoublait d'attentions, sans doute pour se faire pardonner.

– Vincent, tu as mauvaise mine, déclarai-je un matin.

– Ça passera, se contenta-t-il de répondre.

Après l'avoir regardé faiblir à vue d'œil durant près d'une semaine, j'étais à bout de nerfs. Je ne voulais pas l'obliger à m'en dire plus, mais je devais savoir. Si Jules et Gaspard ne semblaient pas disposés à vendre la mèche, rien ne m'interdisait de questionner Violette.

Depuis son baptême hitchcockien, Violette et moi avions vu quelques films, toujours à sa demande. Deux jours après notre première sortie, elle m'avait fait parvenir un bouquet accompagné du *Pariscope* et d'une note m'indiquant la page 37, où figurait une liste de longs-métrages. Je sortis mon dictionnaire des fleurs.

Les aconits bleus symbolisaient le danger et les pélargoniums annonçaient une rencontre. Énumérant les séances, je tombai sur *Les Liaisons dangereuses. C'est sans doute la première fois qu'on utilise des fleurs pour coder un titre de film*, pensai-je en riant, et je composai son numéro.

Violette pouffa durant toute la projection. Elle pointait les incohérences dans les costumes et dans les attitudes des acteurs, ce qui agaça les autres spectateurs. Je la persuadai de se taire (« C'est pourtant un divertissement populaire, s'étonna-t-elle, ce n'est pas comme l'opéra ») et elle s'en tint à quelques éclats de rire et signes de tête entendus. Après la séance, lorsque je commentai la fourberie des personnages, Violette sourit.

– Un bel exemple des intrigues de cour.

Quelques jours plus tard, un assortiment de volubilis (la nuit), d'asphodèles (la mort) et de trèfles (la vie) me donna du fil à retordre pendant plus d'une demi-heure. Lorsque enfin je compris qu'elle me proposait de voir *La Nuit des morts-vivants*, je manquai de m'étrangler de surprise en imaginant la délicate revenante devant le plus célèbre des films de zombies.

Nous avions pris l'habitude de terminer nos séances par un café. Avec elle, je n'avais pas vraiment l'impression de bavarder, plutôt d'échanger des informations. Incapable de se détendre, Violette paraissait génétiquement programmée pour afficher en toutes circonstances un sérieux et une gravité qui m'intimidèrent d'abord beaucoup. Je finis par m'y habituer et parvins à la dérider suffisamment pour qu'elle-même vienne à en rire.

Elle voulait tout savoir de Vincent et moi. Après une première hésitation, je compris que sa curiosité n'était ni malsaine ni jalouse. À l'évidence, elle l'avait oublié depuis longtemps. Elle était intriguée par ces relations si rares entre revenants et mortels et s'excusa de paraître indiscrète. Voyant que je ne m'en formalisai pas, elle me demanda tous les détails.

Notre capacité à communiquer lorsque Vincent était en errance semblait tout particulièrement la fasciner. Elle n'avait jamais rien entendu de semblable, hormis une certaine connivence entre les couples de longue date, comme Geneviève et Philippe.

– Tu sais, m'avoua-t-elle sans détour, c'est une caractéristique supposée du Champion.

– Laquelle ? demandai-je, sentant mon cœur battre plus vite.

J'oubliais parfois que Violette était une experte en matière d'histoire des revenants. Elle connaissait sûrement déjà tous les détails concernant le Champion.

Elle s'interrompit et m'observa longuement.

– Ne t'en fais pas, lui assurai-je pour la mettre à l'aise. Vincent m'a parlé de la prophétie, dont il sait peu de chose d'ailleurs. Mais quel est le rapport avec notre capacité à communiquer ?

– « Il possédera les qualités occultes de l'endurance, la persuasion, la force et la communication. » C'est ce que dit le texte.

– L'endurance ? Voilà qui explique sans doute les certitudes de Jean-Baptiste. Vincent a survécu à nombre de revenants de son époque.

– La persuasion, renchérit-elle, dont il use sans modération au moindre contentieux au sein du clan. Il joue les émissaires pour Jean-Baptiste.

Je l'ignorais. Vincent avait parlé de « missions » effectuées pour J.-B., mais je ne l'imaginais pas déployer autant de diplomatie.

– Reste la force : quelle est-elle ?

– Je ne l'ai jamais vu qu'à l'entraînement, avouai-je.

– En tout cas, cette faculté de communication n'a fait qu'enflammer les suppositions de Jean-Baptiste. Un revenant en errance capable de transmettre des pensées à une mortelle... Lorsque Vincent lui en a parlé, il m'a aussitôt avertie. Il souhaitait savoir si je disposais d'informations supplémentaires concernant la prophétie, susceptibles de confirmer la position de Vincent...

– Et que lui as-tu répondu ? demandai-je, perturbée par tant de révélations.

Au fond, je n'avais aucune envie que Vincent soit ce fameux Champion. Cela semblait dangereux.

– Qu'il pouvait s'estimer heureux d'avoir un élément aussi exceptionnel sous son toit, mais je doutais fort, en admettant l'existence de ce personnage, qu'il s'agisse de Vincent.

– Pourquoi ?

– Bon nombre de raisons, répondit-elle, l'œil pétillant de malice. La prophétie indique des caractéristiques précises et définit des lieux, des époques. Et crois-moi, le Champion n'apparaîtra ni ici ni maintenant. Pour être tout à fait franche, ce n'est qu'une légende parmi d'autres, une longue liste de prédictions ancestrales, dont la plupart ne se sont jamais réalisées. Elles se fondent sur les aberrations des oracles et des superstitions plus que hasardeuses. Mais les doyens, dont Jean-Baptiste, s'en délectent comme d'un fameux hydromel... Enfin, de bons vins, si tu préfères, se reprit-elle en voyant mon air ahuri. Il n'y a qu'à voir sa cave...

Avec un sourire amer, elle me raconta comment le vieil homme avait un jour envoyé Gaspard sur la trace d'un parchemin mythique – absolument fictif. Elle me fit tant rire que je manquai de m'étouffer avec mon café. Forte d'un demi-millénaire passé sur Terre, Violette était devenue une mine d'informations et d'anecdotes savoureuses.

Un soir, après une projection de l'un de mes classiques favoris, *Harold et Maude*, nous nous retrouvâmes au Sainte-Lucie. Devant une assiette de fromage, Violette me parla d'une époque révolue, où l'animosité entre numa et bardia était moins forte. Elle employait le terme oublié comme une expression courante.

Autrefois, les deux clans considéraient leurs tâches respectives comme complémentaires. Elles se rapportaient à la vie. Qu'il s'agisse de la préserver ou de la prendre, tout semblait curieusement connecté. C'était une simple question d'équilibre, disait Violette. En ce temps-là, la communication entre les clans n'était pas totalement rompue.

– Tu sais, me souffla-t-elle d'un air conspirateur, Arthur a conservé des liens avec nos plus vieux contacts parmi les numa et j'en suis heureuse. Mes recherches en auraient pâti.

Voyant mon effroi, elle ajouta :

– Enfin, Kate, on ne peut quand même pas exclure un pan entier de notre espèce simplement parce qu'ils sont passés de mode au cours des derniers siècles.

– Votre espèce ? Mais vous n'êtes pas vraiment semblables ! m'exclamai-je, indignée par la comparaison.

– C'est là que tu as tort. Nous sommes parfaitement similaires. Vincent t'a sans doute expliqué comment naissent les revenants et les numa.

– Je sais qu'un humain peut devenir revenant quand il se sacrifie pour un autre. Les numa, eux, se métamorphosent après avoir provoqué la mort de quelqu'un par la trahison.

– C'est exact. Mais avec un peu de recul, on s'aperçoit que bardia et numa sont identiques : ce sont des revenants. Beaucoup, comme moi, sont convaincus qu'il existe un gène du revenant, que nous sommes issus d'une mutation. Quelles que soient leurs origines, tous s'accordent sur une similitude essentielle : des humains prédestinés à cette nouvelle existence. Qu'ils deviennent bardia ou numa, tout dépend de leur passé. S'ils ne se retrouvent jamais en situation de sauver ou trahir quelqu'un, ils achèvent leur vie sans même se douter de leur singularité.

– Donc, tu veux dire qu'un mortel ne naît pas numa ou bardia ?

– À moins qu'on ne croie à la théorie de la prédestination.

Encore une fois, elle semble faire quatre fois son âge, pensai-je.

– Mais laissons de côté ces considérations théologiques. Il est question de nature humaine. Et la seule réponse qui prévale serait : qui sait ? Ce dont je suis certaine, c'est qu'autrefois, les bardia et les numa n'étaient pas les ennemis qu'ils sont devenus.

– Jean-Baptiste dit qu'ils sont beaucoup moins nombreux qu'auparavant.

Violette fit signe au serveur de nous apporter des cafés.

– C'est souvent le cas en période de conflits. La Seconde Guerre mondiale a engendré une recrudescence de revenants.

Beaucoup ont gardé rancune de ce chapitre de leur existence. Une fureur vengeresse s'est emparée des deux clans. Elle s'est apaisée, cependant, durant la décennie suivante. Une sorte de trêve s'est instaurée depuis.

– Pourquoi ? m'étonnai-je, intriguée par cette révélation.

Elle haussa les épaules.

– Je n'en ai pas la moindre idée. Comme je te l'ai expliqué, Arthur et moi vivons reclus dans notre château. Je me suis tenue à l'écart de la politique parisienne.

– Mais à ce que j'ai entendu, tu es experte concernant ce qui a trait aux revenants ou aux numa. Si quelqu'un sait, c'est bien toi.

– En effet, acquiesça-t-elle en riant. Je me flatte d'avoir une connaissance approfondie dans ce domaine. Mais je me flatte aussi de ma discrétion. Et si je garde quelque chose pour moi, c'est sans doute pour une bonne raison.

– Donc, si je te demandais ce que Vincent mijote... insistai-je avec un sourire de loup.

– Je ne vois absolument pas de quoi tu veux parler, répondit-elle sur le même ton.

Je n'aimais pas fureter dans le dos de Vincent, mais j'avais espéré que ma nouvelle amie se montrerait plus loquace. Elle posa sa petite main blanche sur la mienne.

– Ne t'inquiète pas pour Vincent, Kate. Il est capable de s'en sortir.

C'est donc dangereux, m'alarmai-je. Sans le vouloir, Violette avait trahi un détail capital. Plus que jamais, j'étais déterminée à trouver une autre solution.

Une dizaine de jours plus tôt, à l'opéra, Vincent m'avait demandé six semaines de patience, afin de déterminer la viabilité de son expérience. Si elle s'avérait concluante, il était certain de la poursuivre. J'avais donc à peine un mois pour trouver une solution. J'espérais seulement y parvenir avant qu'il ne se produise quelque chose de terrible.

En entendant la porte du bureau de mon grand-père s'ouvrir, je bondis et dissimulai aussitôt la boîte que je fouillais.

– C'est moi, me dit Georgia en refermant la porte derrière elle.

Je poussai un soupir, soulagée de ne pas avoir à m'expliquer. Papy aurait été ravi de me voir dans sa bibliothèque, mais aurait sûrement posé trop de questions.

– Alors, lequel des trésors de Papy mérite tant de cachotteries ? demanda-t-elle en jetant un œil au volume que je cachais.

Je m'écartai pour le lui montrer.

– Tu lis l'allemand maintenant ? s'exclama-t-elle en parcourant quelques pages.

– Je ne suis même pas certaine que ce soit de l'allemand, dis-je en tapotant le dictionnaire ouvert près de moi. À moins qu'il ne s'agisse d'une forme archaïque. Ou peut-être d'un dialecte bavarois...

Georgia parut surprise.

– Pour une fois qu'il fait beau, je te retrouve enfermée à déchiffrer un vieux grimoire ! Pourquoi ?

Elle tourna la page et aperçut une gravure représentant une créature diabolique : peau cramoisie, cornes et griffes.

– Encore des monstres ! J'imagine qu'il y a un lien avec le zombie canon que tu ne lâches plus d'une semelle ?

Je m'appuyai sur le bureau et hochai la tête de lassitude.

– C'est le dernier livre. J'ai épuisé toute la bibliothèque de Papy à la recherche d'un document qui mentionne les revenants et je n'en ai trouvé qu'un seul. Et encore, il ne m'a rien appris de nouveau.

– Qu'est-ce que tu cherches, exactement ? demanda Georgia, tandis que je replaçais soigneusement l'ouvrage dans sa boîte pour la ranger sur l'étagère.

– Pour tout te dire, j'aimerais découvrir le moyen pour que Vincent redevienne humain. Comme c'est impossible, je me contenterai de ce qui pourrait nous faciliter la vie.

– Je te ferais bien remarquer que tu te mets à parler comme dans un conte de fées, mais puisque ton prince charmant est un mort-vivant, tout est possible. Plus sérieusement, qu'est-ce que tu espérais trouver ?

– Vincent a dû résister à la mort durant quelques années pendant ses études de droit. Il m'expliquait qu'il avait tenté le yoga et la méditation pour apaiser ses pulsions. Gaspard avait découvert un manuscrit tibétain rédigé par des revenants, qui préconisait ce genre d'activité. Mais ça ne l'a pas aidé. J'ai pensé que je trouverais peut-être quelque chose dont Gaspard ignorait l'existence... une plante, une potion...

Georgia réfléchit, les yeux dans le vague.

– Ou bien se baigner tout nu dans la Seine un soir de pleine lune... Auquel cas, surtout préviens-moi. Je ne veux pas rater ça.

– Eh, m'offusquai-je en riant, tu as Sébastien ! Tu arriverais sans doute à le persuader de prendre un bain de minuit.

– Évidemment... Mais imagine un peu ce qu'il risquerait d'attraper. Un amoureux avec des mycoses, ça ne fait pas vraiment rêver.

Georgia s'attelait à son rôle de grande sœur. Quand nous étions enfants, si elle se trouvait incapable de m'aider, elle optait toujours pour la deuxième solution : me changer les idées.

– En parlant de nos copains, on devrait organiser une sortie à quatre. Vincent ne connaît pas Sébastien et tu passes le plus clair de ton temps avec cette Marie-Antoinette en carton, maugréa Georgia avec une grimace.

Lorsqu'elle avait pris quelqu'un en grippe, il était inutile d'essayer de la raisonner.

– Elle est vraiment gentille, tu sais, objectai-je, volant au secours de Violette.

– Elle m'a traitée de petite ingrate. Je n'aime pas qu'on me prenne de haut.

– Violette est juste un peu vieux jeu, repris-je en me remémorant les paroles de Jeanne. Elle n'a pas l'habitude de voir les revenants se mêler aux mortels.

– Et raciste en plus ! grinça Georgia en croisant les bras.

– Alors, où veux-tu emmener les garçons ? demandai-je pour changer de sujet.

– Le groupe de Seb donne un concert, dans une quinzaine de jours. Un samedi.

– Ça me semble parfait. Je suis certaine que Vincent sera disponible. Il sera en sommeil ce week-end, mais il aura sûrement récupéré d'ici là.

– Vraiment, je n'arriverai pas à m'y faire, murmura Georgia. C'est trop... bizarre.

Elle me serra dans ses bras et tourna les talons, mais s'arrêta sur le seuil de la pièce.

– Au fait, Papy a des tonnes de bouquins à la galerie. Tu devrais aller jeter un œil.

– Bon sang, j'avais complètement oublié ! m'exclamai-je.

Ma frustration se changea en petite lueur d'espoir.

– C'est qui qui a toujours des idées de génie ? me lança ma sœur avec un clin d'œil exagéré, en refermant la porte.

14

Pour une fois, le lendemain matin, je bondis hors de mon lit et me précipitai dans la salle à manger. Mon grand-père était déjà à table.

Tout en me servant mon habituel café au lait, j'affectai un air aussi détaché que possible.

– Au fait, Papy, si tu as un jour besoin que je surveille la boutique, n'hésite pas.

– Ton argent de poche ne te suffit plus, princesse ? demanda-t-il avec un regard inquiet.

J'eus un pincement au cœur. « Princesse » était le petit nom que me donnait mon père. Il sembla s'en apercevoir.

– Oh, pardon, ma chérie.

– Ça ne fait rien. Et je ne veux pas d'argent. Je pensais simplement que ça pourrait être amusant. J'apporterai mes devoirs et je travaillerai sur place.

– Eh bien, s'exclama mon grand-père, les sourcils levés, ce n'est pas ta sœur qui me le proposerait ! Mais venant d'une passionnée d'art telle que toi, je suis certain qu'il ne s'agit pas d'une politesse. Justement, ajouta-t-il avec un sourire, j'ai un rendez-vous d'affaires cet après-midi. Je dois expertiser une série de statues grecques, chez un collectionneur de l'île Saint-Louis. J'avais l'intention de fermer la boutique, mais si tu veux passer après les cours...

– Compte sur moi ! m'exclamai-je, sans le laisser achever sa phrase.

Mon grand-père semblait un peu surpris, mais l'idée n'était pas pour lui déplaire.

– Alors à tout à l'heure, conclut-il en tapotant mon bras.

Il enfila son manteau et grimpa au dernier étage pour dire au revoir à ma grand-mère, déjà au travail dans son atelier de restauration. L'air triomphant, je mordis à pleines dents dans mon croissant, d'autant plus succulent. Tirant sur un morceau de pâte moelleuse, je l'engloutis avec une gorgée de café.

Durant quinze interminables minutes, mon grand-père s'ingénia à tout m'expliquer concernant sa boutique. Lorsque enfin il franchit le seuil de la galerie et m'adressa un dernier signe, je quittai la pénombre de la salle d'exposition pour le bureau bien éclairé dans l'arrière-boutique. Les clients devaient de toute façon sonner pour entrer, aussi je m'éloignai du comptoir sans trop de scrupules.

J'écumai rapidement la collection de livres de mon grand-père. Il s'agissait, pour la plupart, de catalogues de salles des ventes ou de traités récents d'histoire de l'art et d'architecture. Maintenant que j'avais pris l'habitude de ce genre de recherches, je savais que je n'y trouverais rien sur les revenants.

Jetant un œil à l'entrée, je m'assurai qu'aucun client n'attendait devant la porte et me glissai dans le salon privé attenant. J'allumai les lampes de la petite pièce cossue et scrutai les meubles, à la recherche d'un livre intéressant. Quelques reliures anciennes étaient disposées sur une desserte, à côté d'une paire de gants et d'une loupe. J'enfilai les gants et ouvris le premier volume. C'était un document historique officiel, un registre de marchandises avec des dates correspondantes. Des tributs remis à un roi, peut-être. Je feuilletai quelques pages. La liste se poursuivait. Aucun de ces vieux textes ne présentait d'intérêt.

Je réfléchis un instant. Mon grand-père était spécialisé dans les bibelots, sculptures et ferronneries. S'il lui arrivait d'acheter des lots, il mettait les livres et manuscrits les plus précieux en dépôt chez ses amis bouquinistes. Les longs inventaires de ces acquisitions lui laissaient cependant peu de temps pour examiner les stocks, en particulier les objets qui l'intéressaient le moins. Je m'aventurai du côté de la réserve, au bout du couloir, et tournai la poignée. Fermée.

Mon grand-père ne se séparait jamais de son trousseau, mais il conservait peut-être un double quelque part dans la boutique. Dans la pièce principale, je fouillai le comptoir jusqu'à dénicher une petite clé scotchée au fond d'un tiroir. Je la décollai avec précaution et regagnai le corridor. Je poussai un soupir de soulagement quand la clé s'enfonça sans accroc dans la serrure.

À l'intérieur, je découvris quatre cartons portant la mention *Succession marquis de Campana* ainsi que la date d'achat sur le côté. Elle remontait à quatre jours. Le connaissant, il avait probablement déjà exposé les pièces les plus importantes et remisé les autres marchandises en attendant de les trier. Je tirai une première boîte du placard et l'ouvris. Elle renfermait de petits objets enveloppés dans du tissu : des figurines en métal. J'en trouvai une déballée et la replaçai aussitôt dans son enveloppe.

Le second carton était rempli de sachets transparents, contenant de vieux bijoux et des pierres gravées, destinées à être montées en bagues. Des intailles, me dis-je. J'en examinai une, représentant Hercule vêtu de la peau du lion, dans un ovale de jade. Même si j'avais en partie grandi au milieu des antiquités de mon grand-père, ces objets millénaires ne cessaient de m'émerveiller.

Je devinai le contenu du troisième avant même de l'avoir ouvert. Mon cœur se mit à accélérer quand je relevai les battants, révélant des livres anciens. Ou plutôt, des manuscrits reliés. Les plus fragiles étaient conservés dans des sacs en plastique, mais les mieux préservés étaient placés pêle-mêle dans le carton.

La bibliothèque d'un collectionneur d'art romain... voilà qui promettait d'être intéressant ! Je sortis le premier volume. Il contenait des gravures de statues antiques légendées en allemand. Je le déposai soigneusement sur le sol et en tirai un deuxième, dont la couverture de cuir brun était décorée de frises dorées. Aussi minuscule, mais plus fin encore que le livre d'heures que j'avais un jour admiré au Louvre, il s'agissait d'un manuscrit enluminé et rédigé à la main, sans doute à l'époque médiévale. Je me remémorai mes lectures au sujet de ces moines copistes, qui consacraient leur vie à illustrer ces ouvrages.

Ce n'était pas un chef-d'œuvre d'un grand musée. D'une beauté simple, des frises de feuillages dorés décoraient les marges. Au centre de la première page, des feuilles et des fruits s'entremêlaient autour de deux crânes. *L'amour immortel*, indiquait le texte, en français. Le feuillet suivant représentait deux personnages naïfs se tenant la main, un homme et une femme aux vêtements colorés. Malgré la simplicité du dessin, on remarquait l'âge avancé du personnage féminin, ses cheveux blancs. Son compagnon semblait encore adolescent.

J'examinai avec minutie et prudence l'illustration séculaire, peut-être même millénaire. Le jeune homme était d'une beauté insolente. La vieille femme, elle, légèrement voûtée. Il aurait pu s'agir de son aïeule, mais la gestuelle des personnages, main dans la main, penchés l'un vers l'autre, suggérait une intimité bien différente.

Je revins à l'inscription. *L'amour immortel.* Puis je remarquai une autre légende tracée dans des caractères minuscules, à peine lisibles. Les siècles l'avaient presque effacée et j'eus du mal à déchiffrer la graphie du vieux français.

Histoire funeste... amours.. bar... et... mortelle.

Je sentis ma gorge se nouer. Le mot tronqué pouvait-il être bardia ? Les lettres manquantes auraient pu correspondre... « Amours d'un bardia et d'une mortelle » ?

Enfin, je tenais quelque chose ! Le cœur battant, j'entendis au même instant la sonnette de la boutique. Je me redressai, grisée par ma découverte, et me précipitai dans la galerie. Une silhouette familière se dressait derrière la porte, si grande qu'elle touchait presque le linteau. Il posa ses mains contre la vitre et s'approcha pour tenter de distinguer quelque chose. Je pressai le bouton d'ouverture sous le comptoir.

– Vincent ! m'exclamai-je, l'air un rien coupable. Comment as-tu deviné que je serais là ?

Les mains dans les poches, il me regarda d'un air moqueur. Il déposa un baiser sur mes lèvres et se redressa pour observer la boutique d'un œil curieux.

– J'ai mes sources, déclara-t-il avant de poursuivre d'une voix d'outre-tombe : je sais toujouuurs où te trouver.

– Non, mais sérieusement ?

– Vois-tu, il existe un truc très pratique appelé le SMS. Et tu m'en as justement envoyé un cet après-midi pour m'avertir que tu garderais la galerie de ton grand-père après les cours, expliqua-t-il en se retenant d'éclater de rire.

– Oh, c'est vrai, bredouillai-je en secouant la tête.

Tous ces mystères finissaient par me perturber. Et surtout me rendre paranoïaque.

– Alors, qu'est-ce que tu fais ici ? reprit-il. C'est la première fois que je te vois au travail – si je fais exception de tes devoirs pour le lycée.

J'étais prête à tout lui dire et à lui montrer le manuscrit médiéval, mais quelque chose me retint. Étrangement, je ne voulais pas le mettre au courant. Du moins, pas tout de suite. Pas avant d'en avoir compris le sens. C'était sans doute vaniteux de ma part, mais je mourais d'envie de voir son air stupéfait lorsque je lui servirais l'énigme et sa clé sur un plateau.

– Oh, je m'ennuyais un peu, esquivai-je. J'ai voulu tenter quelque chose de nouveau.

– Tu t'ennuyais ? s'exclama Vincent. La semaine dernière, Violette et toi avez fait pas moins de quatre séances de ciné. Et puis, nous nous sommes vus... moins que je l'aurais voulu, c'est sûr.

Une expression coupable traversa son visage, mais il se reprit aussitôt.

– Alors, qu'est-ce que tu fais de beau ce soir ? demandai-je.

– Oh, la routine...

Je sentais bien qu'il éludait. Il poussa un soupir, puis me regarda dans les yeux.

– Kate, tu sais très bien ce que je fais.

– Pas vraiment, non, rétorquai-je sans parvenir à cacher mon amertume.

– Tu veux que j'arrête tout ? proposa-t-il en m'attirant à lui. Tu n'as qu'à demander.

– Non, balbutiai-je, et il m'enveloppa dans ses bras.

– Je t'aime, Kate, murmura-t-il à mon oreille.

Fermant les yeux, je me blottis contre lui.

– C'est toujours d'accord pour demain soir ?

– Tu veux parler de la soirée pizza-DVD dans notre petite salle de projection privée ? Je ne manquerais ça pour rien au monde !

– Autant finir en beauté. Tu risquerais de m'oublier quand je passerai en sommeil.

– Ben voyons, sifflai-je en le poussant vers la sortie. Allez, file ! Mon grand-père sera de retour d'une minute à l'autre. Il va s'imaginer que je néglige mon travail !

– Tu sais qu'il m'adore.

– Il n'est pas le seul, dis-je en tirant le battant, faisant mine de le mettre dehors.

En refermant, je lui envoyai un baiser. Vincent éclata de rire et se dirigea vers notre quartier.

Je regagnai l'arrière-boutique, glissai le manuscrit dans mon sac puis rangeai soigneusement les cartons à leur place dans la réserve. J'entendis alors la porte de la galerie s'ouvrir et mon grand-père appeler.

– Je suis dans le bureau ! criai-je d'une voix tremblante.

Comment remettre la clé dans le tiroir sans qu'il s'en aperçoive ? Je sortis, l'air de rien, lui servis un sourire radieux et lui demandai comment s'était déroulé son rendez-vous.

– De la marchandise fabuleuse, princesse ! Un autre acheteur est sur l'affaire, je ne suis donc pas certain de remporter l'enchère.

Il passa dans l'arrière-boutique pour suspendre son manteau. Saisissant un morceau de Scotch, je le posai sur la clé et collai le tout au fond du tiroir. Je le refermais précipitamment lorsqu'il reparut.

– Alors, tu as eu du monde pendant mon absence ? demanda-t-il en s'approchant.

– Voyons. Le président de la République est passé, puis Brigitte Bardot. Et Vanessa Paradis et Johnny Depp ont craqué pour une statue à quelques millions d'euros. La routine, quoi.

Il pouffa en inscrivant quelques notes dans son agenda. Je l'embrassai et sortis, luttant pour ne pas partir en courant.

15

De retour chez moi, j'abandonnai mes livres de cours sur une chaise et m'allongeai sur mon lit pour feuilleter le manuscrit. Je progressai d'abord lentement, car entre la graphie et la syntaxe, le texte médiéval me donnait du mal. Mais peu à peu, je fus happée par le récit et ses personnages : Goderic, le revenant, et Else, la jeune femme qu'il avait épousée quelques mois avant sa mort.

Else le veillait encore lorsqu'il s'était animé, le jour où l'on devait le porter en terre. Son épouse l'avait soigné pendant qu'il s'éveillait à l'immortalité. Un voyant, percevant son aura, avait retrouvé Goderic pour lui apprendre sa nouvelle destinée. Else et son compagnon devinrent nomades. Ils se déplacèrent régulièrement après chacun de ses sacrifices, afin de ne pas attirer les soupçons. À mesure qu'elle prenait de l'âge, leur histoire changeait : ils prétendaient être mère et fils. Enfin, de longues années plus tard, Else tomba malade. Goderic fit venir un guérisseur, qui reconnut à son aura qu'il était revenant.

Goderic supplia le mage de lui fournir le moyen de résister à ses pulsions mortelles, de le laisser vieillir avec sa bien-aimée. Le guérisseur ne put l'y aider, mais lui parla d'un autre sorcier, plus puissant et versé dans le domaine de l'immortalité.

La suite regorgeait de termes que je ne compris pas. Les phrases étaient tournées dans un style particulier, presque comme une prière, un oracle, mais je tentais néanmoins d'en percer le sens au mot à mot. Toujours au sujet de ce guérisseur, l'homme dit à Goderic : de sa famille viendra celui qui verra le vainqueur. Le clan du Prophète vainqueur détient la clé de votre fardeau. Il demeure dans une contrée lointaine, parmi les A… et, sous le signe du cordeau, il vend les reliques aux pèlerins.

Après le A majuscule, une épaisse ligne noire dissimulait les caractères. Le souffle court, j'observai les lettres raturées. Un terme essentiel. Impossible de savoir parmi qui vivait ce guérisseur. On l'avait volontairement rendu illisible. Sans doute afin qu'on ne le retrouve pas.

Je poursuivis ma lecture, espérant que le mystérieux mot réapparaîtrait plus loin, en vain. Goderic et son épouse se mirent alors en route vers le nord, mais cette dernière, victime d'une nouvelle affection, mourut dans les bras du jeune homme. Ivre de chagrin, il regagna la ville pour se livrer à un numa qui le « libéra des tourments de l'existence ».

Lorsque j'achevai enfin le récit, il était près de deux heures du matin.

Y avait-il seulement un soupçon de vérité dans toute cette histoire ? Je l'ignorais. Mais s'il existait une personne capable de nous aider, Vincent et moi, je ne m'arrêterais pas avant de l'avoir trouvée. Pour cela, il me fallait mettre la main sur un deuxième exemplaire du livre. Une version dont le texte n'aurait pas été raturé. Et je savais exactement où le chercher.

Je n'avais dormi que quelques heures, mais j'avais déjà les yeux grands ouverts lorsque mon réveil sonna. Je comptais croiser ma grand-mère en me levant, avant qu'elle ait disparu dans son atelier. Mais en pénétrant dans la cuisine, je compris que j'arrivais trop tard. Un bol et une assiette étaient posés sur l'égouttoir et son tablier de travail n'était plus suspendu à son crochet.

Je me préparai à la hâte une grande tartine, l'enveloppai dans une serviette et grimpai l'escalier jusqu'au dernier étage.

L'atelier de ma grand-mère était un univers à part. Un monde peuplé de personnages en deux dimensions, où l'odeur de la peinture à l'huile se mêlait à celle de la térébenthine. Sous le regard bienveillant de leur mère, quelques enfants bien sages y jouaient avec leur petit chien, un ruban rouge autour du cou. Sous la brume d'un paysage mélancolique, un troupeau passait paisiblement. Des saints minuscules se rassemblaient aux pieds d'un Christ disproportionné et ensanglanté sur sa croix. On trouvait de tout dans le monde de ma grand-mère. Rien d'étonnant à ce que j'y aie passé une partie de mon enfance.

Elle appliquait un solvant sur une toile représentant des ruines romaines.

– Bonjour, Mamie ! lui dis-je avant de me laisser tomber sur un tabouret.

Je la regardai travailler tout en dévorant ma tartine.

Elle passa ses derniers et méticuleux coups de pinceau avant de se tourner vers moi, le sourire radieux.

– Tu es debout de bonne heure, Katya !

Elle fit mine de m'embrasser de loin.

– Oui, j'avais une course à faire avant de partir au lycée. Et je repensais à quelque chose que j'ai entendu au marché l'autre jour, tu pourrais peut-être m'aider.

Ma grand-mère hocha la tête.

– Eh bien voilà, inventai-je, une femme parlait d'un problème d'eczéma et voulait consulter un guérisseur. J'ai déjà entendu ce terme, mais j'ignorais qu'ils existaient encore de nos jours. Que sont-ils, au juste ? Un genre d'exorcistes ?

– Non !

Elle posa son pinceau dans le pot de solvant et s'essuya les mains sur un torchon. À son air enthousiaste, j'étais bonne pour un cours magistral sur le sujet. Elle adorait combler mes lacunes en matière de phénomènes occultes, de préférence les plus étranges possible.

– Pas du tout. Les guérisseurs n'ont aucun rapport avec une croyance quelconque, même si certains prétendent que leur traitement a un effet psychosomatique – mais je suis personnellement convaincue que ce n'est pas le cas.

Je ris en la voyant s'animer : il n'y avait que ma grand-mère pour détenir des informations aussi insolites.

– Alors, qui sont-ils exactement ?

– Eh bien, Katya, les guérisseurs existent depuis des siècles. À des époques reculées, où les médecins étaient rares, ils se spécialisaient dans certains domaines, comme les maladies de peau, justement. D'autres, qu'on appelait les rebouteux, soignaient les fractures et les douleurs. Ces disciplines se transmettaient au sein des familles et, une fois leur don passé à la génération suivante, ils ne le possédaient plus. Il ne pouvait y avoir qu'un seul guérisseur dans une même famille et pour en hériter, le successeur devait, en son âme et conscience, accepter ses responsabilités.

« Naturellement, la pratique s'est perdue avec le développement de la médecine moderne. Autrefois, la profession était bien vue, ce qui n'est plus le cas aujourd'hui. Ils ne se font guère connaître et certains parmi la nouvelle génération refusent catégoriquement de reprendre le flambeau. Quand ça se produit, le savoir-faire disparaît pour de bon.

– C'est dingue, soufflai-je.

– Non, ce qui est dingue, c'est de les voir à l'œuvre, s'enflamma ma grand-mère, le regard brillant.

– Tu en as déjà rencontré un ?

– Oui, à deux reprises. La première fois quand j'étais enceinte de ton père. Je n'en étais qu'au troisième mois et le propriétaire d'une ferme voisine de notre maison m'a proposé de prédire le sexe du bébé. C'était un guérisseur et sa famille se transmettait le don depuis des générations. Ça, et une tendance au tabagisme, si je me souviens bien, dit-elle en tapotant sa lèvre, les yeux dans le vague.

– Tu ne crois pas plutôt à un simple coup de chance ?

– Il ne s'est jamais trompé. Et sans un autre de ces personnages, ton grand-père n'aurait pas conservé son physique de jeune premier, poursuivit-elle. Un jour, il brûlait un tas de feuilles dans le jardin. Le vent s'est levé et les flammèches lui ont sauté au visage. Ses cheveux, ses sourcils se sont consumés en quelques secondes. Un voisin l'a aussitôt conduit chez sa mère, qui a « retiré le feu », comme elle disait. Je n'ai jamais rien vu de plus curieux... elle ne l'a même pas touché. Elle a simplement promené ses mains au-dessus de sa peau, comme pour le débarrasser des flammes. Et ça a marché ! Il n'a pas eu la moindre trace de brûlure. Il a juste fallu un certain temps à ses sourcils pour repousser.

– Évidemment, là, c'est bluffant.

– Oh, mais ça n'a rien d'un bluff ! Ça marche, un point c'est tout. Ces gens possèdent des pouvoirs qu'on ne peut ni quantifier ni expliquer. Ce n'est pas logique. Comme beaucoup de choses en ce monde...

Son récit terminé, ma grand-mère épousseta son tablier et s'approcha de moi.

– Je dois me remettre au travail, ma chérie. Le musée attend cette toile pour la fin de la semaine. Tu sais, Katya, murmura-t-elle en glissant ses doigts sous mon menton, tu ressembles un peu plus chaque jour à ta maman.

Venant de quelqu'un d'autre, la remarque m'aurait perturbée. Dans la bouche de ma grand-mère, c'était exactement ce que j'avais besoin d'entendre. Ma mère était une femme forte. Brillante. Suffisamment déterminée pour obtenir ce qu'elle voulait, en dépit des difficultés.

Tout comme j'allais devoir l'être face à la tâche qui m'attendait. Cette comparaison avec elle me prouvait que je pouvais faire preuve de cette même force. Lutter pour ce que je désirais vraiment était le plus sûr moyen de continuer à faire vivre ma mère à travers moi.

16

Vincent avait proposé de venir me chercher, ce jour-là, mais je me rendis directement chez lui après les cours. En me voyant, il me souleva dans ses bras, puis me reposa, l'air ennuyé, en passant une main dans ses cheveux.

– J'ai euh... encore quelques corvées à terminer avant ce soir.

– Je sais, j'ai apporté du travail.

Je déposai un baiser sur ses lèvres et me glissai dans le grand vestibule. Je connaissais bien cet endroit, mais il me donnait toujours l'impression de pénétrer dans un palais. C'était presque le cas, d'ailleurs. Vincent me prit par la main pour m'entraîner vers sa chambre. Accroupi devant la cheminée, il alluma un feu, tandis que je m'installai sur le sofa.

Curieusement, j'aimais le voir se préparer pour son sommeil. J'avais la sensation de reprendre le contrôle, de m'apprêter moi aussi à vivre ces trois journées irréelles. Puisque je ne pouvais rien faire pour l'aider, je me contentais de l'observer.

En le regardant répondre à ses e-mails et tenir les comptes pour Jean-Baptiste, il était facile d'oublier sa véritable nature. Il redevenait un simple adolescent, travailleur et volontaire, qui avait la chance de savoir ce qu'il voulait et se donnait les moyens de l'obtenir.

Mais l'illusion s'évanouit lorsqu'il déposa une bouteille d'eau et une assiette de fruits secs sur la table de nuit, près d'une photo de nous deux. Je pris alors conscience que son avenir était là, et se résumerait précisément à cette tâche, pour le reste de l'éternité.

Je le regardai achever ses préparatifs. Jeanne s'assurait toujours qu'aucun de ses pensionnaires ne manque de rien à son réveil. Vincent avait une peur panique qu'une catastrophe se produise et qu'il reste seul, sans personne pour le faire boire ou manger. Je savais maintenant combien ce détail s'avérait crucial pour son rétablissement : sans eau ni nourriture, le revenant expirait. Et sa mort temporaire devenait permanente.

– Alors, mon ange, on s'en tient à nos plans, ou tu préfères autre chose pour ce soir ? me souffla-t-il à l'oreille, tout en faisant mine d'observer mon manuel de chimie.

Depuis cinq mois, j'avais pris l'habitude de ces sommeils chroniques. La première fois, j'ignorais tout de lui et en l'apercevant, inerte et glacé sur ce lit, j'avais cru mourir de peur. Cette expérience m'avait néanmoins permis d'apprendre l'existence des revenants.

Au cycle suivant, nous nous étions découvert la capacité de communiquer lorsque Vincent était en errance. Après cela, une certaine routine s'était installée. Nous passions sa dernière nuit d'éveil dans la salle de projection au sous-sol, devant un film et une pizza. Après quoi, Vincent me raccompagnait chez moi. Je ne venais pas à son chevet le lendemain, car Vincent n'aimait pas que je le voie dans cet état.

Durant les deux jours suivants, puisqu'il avait la faculté de se déplacer par la pensée, il me rejoignait dès qu'il n'était plus en maraude avec ses compagnons.

Au début, je redoutais sa présence invisible. Mais j'avais appris à m'y faire. Tant qu'il m'avertissait de son arrivée, l'idée ne me dérangeait pas. Au contraire. J'adorais m'endormir tout en sentant les mots qu'il imprimait dans mon esprit. Quoi de plus romantique que de s'assoupir au doux murmure du garçon qu'on aime ?

En le sachant à mes côtés, j'avais la nette impression de faire des rêves plus agréables et qu'il me transmettait des pensées positives durant la nuit. Si j'abordais le sujet, il affirmait que jamais il n'oserait faire une chose pareille. Son sourire amusé ne trompait cependant personne.

– Un film, c'est parfait !

Ses traits semblaient plus tirés qu'à l'habitude. Son sommeil ne débuterait pas avant le milieu de la nuit et ses forces s'amenuiseraient progressivement au cours de la soirée. Mais il paraissait déjà très affaibli. Il avait l'air brisé.

Ses cernes avaient pris une couleur violacée. Il avait le teint blafard et les joues creuses. On aurait pu croire qu'il se remettait mal d'un long exercice physique particulièrement violent.

– Vincent, je t'ai promis de ne pas poser de questions sur ton « expérience », mais si elle est censée te rendre plus fort, je suis au regret de t'annoncer qu'elle ne marche pas. C'est plutôt le contraire.

– Je sais. Ils sont inquiets de me voir dans cet état. Mais, comme je te l'ai expliqué, ça passera.

– Oui mais là... C'est un œil au beurre noir ? m'étranglai-je en effleurant ses cernes.

– Dans trois jours, je serai comme neuf. Ne t'en fais pas, reprit-il, comme pour mieux s'en convaincre lui-même.

– Si tu le dis, cédai-je en haussant les épaules. Alors, qu'est-ce qui est prévu à l'affiche ce soir ?

Les connaissances approfondies de Vincent en matière de cinéma m'avaient tout d'abord intimidée. Évidemment, lorsqu'on ne dort pas, on peut facilement consacrer ses nuits au septième art. Il me tendit deux DVD.

– Puisque tu ne les as jamais vus, je pensais que nous pourrions regarder *Scarface*, ou bien *Les Ailes du désir*.

Je parcourus les résumés au dos des boîtiers.

– Eh bien, je ne suis pas vraiment dans l'esprit « guerre des gangs de drogue dans le Miami des années quatre-vingt ». Un film d'auteur allemand avec des anges gardiens m'ira très bien.

Avec un sourire las, il décrocha le téléphone pour commander nos pizzas. Je consultai ma montre. Encore quelques heures, puis il me ramènerait chez moi. Après cela, j'échapperai à la surveillance de Vincent toute une journée. Ce dont j'avais bien besoin.

17

Ce samedi matin, je quittai l'immeuble, prête pour mon entraînement hebdomadaire, mais... personne ne m'attendait ! Distraite, j'avais oublié que Vincent était incapable de venir me chercher.

Je me rendis donc seule rue de Grenelle, tapai le digicode et pénétrai dans la cour d'honneur de l'hôtel Grimod. Gaspard m'ouvrit, d'abord surpris, avant de se confondre en excuses.

– Oh, Kate ! dit-il en s'écartant pour me permettre d'entrer. J'avais complètement oublié notre leçon. Évidemment, j'aurais dû t'appeler pour annuler. Vois-tu, nous avons reçu un coup de fil de Charlotte ce matin. Charles a disparu.

– Disparu ? m'exclamai-je. Comment ça ?

– Il semble avoir attendu que Geneviève se soit installée pour partir. Il a laissé un mot, demandant à ce qu'on ne s'inquiète pas à son sujet et qu'il donnera des nouvelles d'ici quelque temps. Il disait avoir besoin de s'éloigner pour remettre de l'ordre dans ses idées.

– Quelqu'un s'est lancé à sa recherche ?

– Nous ignorons par où commencer, se lamenta Gaspard. Pour l'instant, Charlotte et Geneviève vont rester à la villa, au cas où il changerait d'avis et reviendrait. J'ai également fait passer le mot à nos plus proches amis et je suis certain qu'ils transmettront à d'autres. Quelqu'un finira bien par l'apercevoir.

Il s'interrompit, fixant le sol dallé, semblant y chercher la réponse à ses questions.

– Quoi qu'il en soit, poursuivit-il, j'ai encore quelques appels à passer, aussi, si tu veux bien m'excuser...

– Est-ce que je peux faire quelque chose ?

– Non, nous ne pouvons rien faire de plus, marmonna-t-il en gravissant le grand escalier.

– Je vais rester ici alors, lui criai-je.

– Bien, bien, répondit-il distraitement en disparaissant au bout du corridor.

Choquée, je demeurai quelques instants immobile, à me demander ce que Charles pouvait bien manigancer. Je songeai à Charlotte, sûrement rongée par l'inquiétude, et décidai de lui envoyer un message dès mon retour.

Je jetai un regard au couloir qui menait à la chambre de Vincent et me persuadai de l'éviter. Il n'en aurait jamais rien su, mais je respectais son souhait. Pour cette fois.

C'était l'occasion rêvée de consulter la bibliothèque de Jean-Baptiste. Lorsque je fus certaine d'entendre Gaspard refermer sa porte, je gravis les marches et m'introduisis dans le cabinet de travail.

Pour moi, cet endroit avait des allures de paradis. J'y étais toujours venue en compagnie des revenants durant les réunions de crises, jamais seule. Aujourd'hui, la pièce m'appartenait. Des centaines de volumes, dont une grande partie, devinai-je, devait mentionner les revenants, se succédaient sur les rayonnages si hauts qu'on accédait aux derniers par une échelle.

Par où commencer ? Je savais ce que je cherchais : le lot de livres, récemment acquis, auquel Vincent avait fait allusion ; celui que Gaspard n'avait pas encore eu le temps de compulser. S'il avait découvert la légende de Goderic et l'avait lue de bout en bout, il aurait certainement déjà exploré la piste du guérisseur et Vincent m'en aurait parlé.

J'examinai les étagères pendant quelques minutes pour me repérer dans ce dédale de livres. Le rangement semblait soumis à une certaine logique, mais j'étais incapable de la comprendre. Sur la tranche de chaque ouvrage figurait une étiquette marquée d'une cote, exactement comme dans les bibliothèques publiques. En jetant un regard autour de moi, j'aperçus avec soulagement un meuble muni de petits tiroirs. Gaspard tenait un catalogue ! J'aurais voulu l'embrasser.

Le manuscrit de mon grand-père ne faisait aucune mention d'un auteur, aussi je passais directement au classement par titres. À ma grande surprise, je le trouvai presque immédiatement : *L'Amour immortel*. J'observai les notes de Gaspard, sans oser y croire : *Manus. enlum. ; Xe siècle ; FR*, puis la cote de l'exemplaire. Je mémorisai le numéro et tentai de localiser l'ouvrage.

Cette fois, ma recherche s'avéra moins aisée. Le livre n'était pas à sa place, dans une boîte d'archives. Il n'était pas non plus sur les rayonnages les plus proches. Je passai en revue le reste des bibliothèques dont j'essayai une fois encore de comprendre le classement. Près de la fenêtre, je remarquai des emplacements clairsemés où j'aperçus une plaque en métal fixée au montant, indiquant *À LIRE*.

Mon cœur s'emballa tandis que je suivais du doigt le dos des reliures également rangées par numéros. Remerciant silencieusement Gaspard pour son obsession de l'ordre, je finis par la voir : la cote que je cherchais, imprimée sur une boîte d'archives. Il était bien là, relié de ce même cuir sombre que j'avais déniché dans la remise.

Je sortis le volume et replaçai avec soin le carton à sa place. Puis je m'installai à une table où s'empilaient les ouvrages et commençai ma lecture. Je retrouvai Goderic et Else, main dans la main, sur une illustration presque identique à celle de l'autre exemplaire.

Je feuilletais les pages, à la recherche du passage concernant le mystérieux guérisseur, lorsque des bruits de pas résonnèrent dans le couloir. La poignée de la porte grinça. Paniquée, je laissai tomber le manuscrit dans mon sac, saisis le premier ouvrage à ma portée et l'ouvris.

La silhouette gracile de Violette s'avança vers moi.

– Kate ! Que fais-tu ici ?

– Gaspard a annulé notre séance d'entraînement, alors j'en profite pour bouquiner un peu.

Violette se pencha pour regarder le titre du livre que je venais d'attraper.

– Anatomie des reptiles ? lut-elle, interloquée.

Sur ma page, j'aperçus une illustration de la dissection d'un serpent, légendée en latin.

– Eh bien oui, tu sais... je suis une passionnée de nature.

Je réprimai une grimace. Je parlais comme une première de la classe. Elle referma pour moi l'ouvrage et s'assit.

– Puisque Vincent est en sommeil, voudrais-tu faire quelque chose, aujourd'hui ?

– En fait, expliquai-je avec un large sourire, j'ai rendez-vous avec Georgia pour déjeuner. Mais nous pourrions nous retrouver après, pour un ciné ?

– Oui ! Et compulser le programme, puis se téléphoner pour décider ? Vers seize heures ?

– Parfait.

Je me levai, mais Violette ne bougea pas. Je mourais d'envie de rouvrir mon manuscrit, mais je craignais qu'elle ne me voie ensuite l'emporter. Tant pis, il me faudrait imaginer un moyen de le remettre en place plus tard. Gaspard comptait tant de lectures en attente qu'il ne remarquerait sans doute pas son absence.

– Tu n'achèves pas ton chapitre sur la dissection des serpents ? demanda Violette d'un air moqueur.

– Euh... non, bredouillai-je en fonçant vers la sortie. À tout à l'heure. Je t'enverrai un SMS.

Elle m'adressa un petit signe avant de se diriger vers le catalogue.

En refermant la porte derrière moi, j'éprouvai un affreux sentiment de culpabilité. Qu'est-ce qui m'avait pris ? J.-B. ne verrait sans doute pas d'inconvénient à ce que j'utilise la bibliothèque. Quant à emporter un précieux manuscrit avec moi... je n'étais pas certaine qu'il apprécierait. *Je le rapporterai demain*, promis-je, quittant la demeure des morts pour retrouver le monde des vivants.

18

Assise dans ma chambre, j'observai les deux exemplaires ouverts côte à côte sur mon lit. Le mot raturé était parfaitement lisible sur la version de Jean-Baptiste : *Audoniens.* En revanche sur celui-ci, *le signe du cordeau* avait été scrupuleusement rayé, si bien qu'il était impossible à déchiffrer. Les deux livres étaient donc nécessaires afin de remettre en place toutes les pièces du puzzle : le guérisseur vivait parmi les Audoniens et on le trouvait sous le signe du cordeau.

Étrange, pensai-je. *Quelqu'un s'est arrangé pour que ce guérisseur soit difficile – mais pas impossible – à localiser.* Puisqu'on s'était efforcé de protéger son identité, il ne pouvait s'agir d'un simple personnage de conte de fées. Mais après douze siècles, aurait-il encore des descendants ?

Il me fallait donc chercher une contrée reculée (du moins, éloignée de l'endroit où Goderic avait vécu) et un peuple appelé les Audoniens. Lorsque je les aurais retrouvés, il ne me resterait plus qu'à découvrir ce « signe du cordeau ».

« Il vend des reliques aux pèlerins », disait le texte. Peut-être près d'une église...

Je consultai ma montre. J'aurais dû me mettre en route pour mon rendez-vous avec Georgia, dans un restaurant du Marais, mais la ponctualité n'étant pas le fort de ma sœur, il me restait un peu de temps.

J'en profitai pour sortir mon ordinateur et effectuer une rapide vérification. J'appris donc qu'Audoniens était le nom donné aux habitants de Saint-Ouen, commune limitrophe de Paris, desservie par le métro. Je n'aurais aucun mal à m'y rendre afin de mener ma petite enquête. Avais-je une chance de trouver ce que je cherchais ? Dans un élan d'optimisme, je tentai de comprendre la signification du « signe du cordeau », mais ne découvris rien de concluant. Je rangeai mon ordinateur et déposai avec soin le manuscrit de J.-B. dans un tiroir.

J'enfilai ensuite mon manteau et sortis, l'exemplaire de mon grand-père dans mon sac. À la station Saint-Paul, je remontai la rue des Rosiers, où ma sœur et moi avions décidé de nous retrouver. Trois restaurants se succédaient et j'atteignis celui à la devanture verte, surprise d'apercevoir Georgia déjà installée à l'intérieur.

Devant nos falafels copieusement garnis de sauce tahini, ma sœur et moi nous racontâmes nos deux dernières journées.

– Si je comprends bien, il faut que ton copain meure pour que je puisse enfin te voir ? plaisanta Georgia.

– Il n'est pas mort ; il est en sommeil. Et c'est toi qui n'as jamais une minute à m'accorder !

– Eh bien, j'avoue que jouer les groupies d'une star est un boulot à temps plein, concéda-t-elle en faisant mine de secouer sa chevelure – trop courte pour produire le moindre effet –, avant de mordre dans son sandwich.

– Une star ? Ne me dis pas : son groupe a signé chez une grosse maison de disques ?

– Haha, très drôle. Tu le verras toi-même samedi soir. Car c'est décidé, tu viens ! Alors... où en est ta quête du remède miracle pour Vincent ?

Je me penchai d'un air conspirateur et saisis son poignet.

– À vrai dire, je crois que j'ai quelque chose.

– Quoi ? Qu'est-ce que c'est ?

Je m'essuyai soigneusement les mains puis, à l'aide d'une serviette propre, je tirai le manuscrit de Papy de mon sac et l'ouvris pour lui montrer la première illustration représentant les deux personnages. Georgia l'examina un instant.

– Eh ben, elle ne s'embête pas, la vieille ! Ça existait déjà, les cougars, au Moyen Âge ?

– Georgia !

– Désolée. C'est sorti tout seul. Alors, qu'est-ce que c'est ?

Je rangeai le livre et lui racontai toute l'histoire.

– Quoi ? Tu as volé un bouquin dans la bibliothèque de Jean-Baptiste ?

– Emprunté. J'ignore ce qui m'a retenue de le montrer à Violette.

Georgia leva un sourcil, qui disait tout le bien qu'elle pensait de mon amie.

– Bref, maintenant que j'ai toutes ces informations parfaitement cryptiques, je compte aller fureter du côté de Saint-Ouen et retrouver ce guérisseur anonyme dont la famille a probablement disparu il y a plusieurs siècles.

– Tu sais que tu commences à ressembler à Fantômette. Je vais t'acheter un loup et une cape noire, si ça continue...

Qu'est-ce que je peux faire pour toi ? ajouta-t-elle, reprenant un ton sérieux.

– D'abord, m'aider à remettre le livre de Papy en place dans la réserve. Il te suffira de détourner son attention pendant que je le rangerai dans son carton. Après ça, je pense que Fantômette la jouera solo, puisque je n'ai pas la moindre piste.

– Ça marche. Mais préviens-moi si tu as besoin de mes services.

Je la remerciai d'un sourire.

– Ah, et pas un mot de tout ça à Vincent ! Je préfère ne pas le mettre au courant avant d'être certaine de tenir quelque chose. Et lui... cherche de son côté et refuse de m'expliquer ce qu'il fabrique.

Je n'avais pas voulu l'alarmer, mais mon intonation me trahit. Le regard de ma sœur se fit plus doux.

– Oh, ma Brindille, qu'est-ce qui se passe ?

– Eh bien, il essaie de nous faciliter les choses et tente une sorte d'expérience. Mais il garde tout pour lui sous prétexte que ça risque de m'effrayer. Et ça ne lui réussit pas. Il paraît à bout de forces. Presque malade. J'ai peur qu'il ne soit en danger...

– Oh, petite sœur, souffla-t-elle avec un geste affectueux.

Elle me serra fort puis se rassit, réfléchissant à la situation.

– Tout d'abord, j'espère que tu te trompes et que Vincent ne fait rien de stupide. Ensuite, je trouve que tu as parfaitement raison de mener ton enquête de ton côté, Brindille, assura-t-elle en me tapotant l'épaule. Tu as toujours été la plus futée de la famille. Je suis certaine que tu résoudras cette énigme, si tu penses en être capable. Et quand tu apporteras sur un plateau la solution à tous ses problèmes d'immortalité, ce zombie en tombera raide.

Je lui souris. Rien de tel qu'une séance de coaching avec ma sœur pour me remonter le moral !

Notre mission à la galerie fut un succès. Mon grand-père, stupéfait de voir Georgia mettre un pied dans la boutique et plus encore qu'elle paraisse intéressée par ses antiquités, ne s'aperçut de rien. Je m'éclipsai dans la réserve et retrouvai, soulagée, les cartons tels que je les avais laissés dans le placard.

Quittant notre grand-père, Georgia et moi longeâmes ensuite la rue de Seine, observant d'un œil distrait les galeries d'art et d'antiquaires. Je jetai un regard à *La Palette*, le café où j'avais surpris Vincent en compagnie de Geneviève, l'automne précédent. Les braséros réchauffaient sa terrasse déjà bondée. Mon œil fut attiré par un garçon blond, assis à une table, qui discutait avec un homme, debout près de lui. Je remarquai plusieurs carnets ouverts devant lui : l'homme l'avait apparemment interrompu en plein travail. En approchant, je reconnus Arthur.

Georgia l'aperçut en même temps que moi.

– Eh, ce ne serait pas un des amis de Vincent ?

Lorsqu'il leva les yeux vers nous, il réprima une grimace.

– B... bonjour, bafouilla-t-il après une hésitation.

– Génial. Merci Georgia. Il a vraiment l'air content de nous voir, grommelai-je tandis que nous traversions la rue pour le rejoindre.

Son interlocuteur était plus vieux, sans doute de l'âge de Gaspard. Quelque chose chez lui me parut familier, mais je n'aurais su dire quoi. Il dégageait une impression bizarre, sans que je puisse mettre le doigt dessus. En nous voyant arriver, il passa son journal sous son bras et s'éloigna à grandes enjambées.

– Tiens, encore une connaissance sympathique de nos vieillards, marmonnai-je pour Georgia, avant de reprendre : Bonjour, Arthur.

– Kate, me salua-t-il en se levant poliment. Et… Georgia, n'est-ce pas ?

– C'est ça, susurra-t-elle de sa voix la plus suave.

– Oui... eh bien... vous joindrez-vous à moi pour un café ? proposa-t-il.

– Bien sûr, s'empressa de répondre ma sœur.

– Non, l'interrompis-je. C'est gentil, mais nous sommes un peu pressées. D'ailleurs, je suis censée retrouver Violette.

– Ah oui, pour une de vos séances de cinéma. Elle est un peu plus haut dans la rue, elle fait quelques achats, expliqua-t-il avec un signe de tête.

Il m'observait d'un air presque contrit. Je soutins son regard, comme pour le défier d'oser parler. S'il espérait se faire pardonner, il pouvait toujours attendre.

– À bientôt, lançai-je après un silence pesant, avant d'entraîner Georgia par le bras.

– Qu'est-ce qui t'a pris ? me demanda ma sœur après quelques pas. Il essayait d'être aimable.

– Après m'avoir exclue d'une réunion, parce que je ne suis qu'une misérable mortelle.

– Non ! Il a fait ça ?

– Oh que oui !

– Donc ce sont tous les deux d'horribles racistes, reprit Georgia. Sauf que lui est mignon. Dis-moi, Brindille, il ne te fait pas penser à...

– Kurt Cobain ?

– Exactement.

Nous avions à peine dépassé le café que j'aperçus Violette, devant la vitrine d'une boutique. En se retournant, elle esquissa un large sourire et agita le bras.

– Kate !

Et puis elle vit qui m'accompagnait.

– Fantastique, voilà la reine des Lilliputiens, gémit Georgia. Bon, je me tire d'ici, cria-t-elle assez fort pour que Violette l'entende avant de prendre la tangente.

La jeune revenante fit mine de ne rien avoir remarqué.

– J'étais sur le point de te téléphoner, me dit-elle en s'approchant.

– Moi aussi, répondis-je. Mais nous avons croisé Arthur. Il nous a prévenues que tu étais dans le coin. Nous n'étions pas censées nous voir avant une ou deux heures, mais nous pouvons y aller maintenant si tu préfères.

– Absolument. J'avais l'intention de t'attendre à *La Palette* avec ce vieux grincheux, de toute façon.

– Ce vieux grincheux ? répétai-je, surprise, même si j'étais du même avis.

C'était la seconde fois qu'elle critiquait ouvertement son compagnon.

– Oh, Arthur peut être rabat-joie, parfois. J'ai beau avoir passé des siècles à ses côtés, il arrive encore à me rendre folle, ajouta-t-elle d'un air conspirateur.

J'éclatai de rire et la pris par le bras pour l'emmener vers la petite salle la plus proche.

– Voilà qui était vraiment, vraiment étrange, conclut Violette en sirotant son café.

– Je t'avais prévenue, répondis-je en remuant mon chocolat chaud.

– Je pensais qu'il y aurait un rapport, même ténu, avec le... enfin, avec le Brésil. C'est bien là le titre du film en anglais, non ? *Brazil*. S'il l'avait intitulé « Univers parallèle absurde », j'aurais tout de suite été moins enthousiaste.

Je souriais encore de la réaction à la fois perturbée et répugnée de Violette devant la scène du lifting. Ses connaissances cinématographiques ne s'étendaient pas encore aux effets spéciaux. Je pris note de m'en tenir à des films plus classiques.

– Alors, comment vont les choses avec Vincent ? T'a-t-il enfin révélé certains secrets ?

– Non, murmurai-je. Et je commence à m'inquiéter sérieusement. Tu as remarqué à quel point il avait mauvaise mine ces derniers jours ? Quoi qu'il fasse, ça n'est manifestement pas anodin.

Elle hocha la tête.

– Ça passera, répondit-elle.

– C'est ce qu'il ne cesse de me répéter, m'exclamai-je, noyant ma frustration dans mon chocolat. Mais tu sais, Violette, je cherche moi aussi une solution de mon côté.

– Vraiment ? s'étonna-t-elle, les sourcils levés. De quelle nature ?

– Eh bien, du même genre que lui. Quelque chose qui pourrait l'empêcher de mourir.

– C'est si perturbant pour toi ?

– L'automne dernier, expliquai-je, j'ai très mal réagi à la mort de Charles. Imagine pour Vincent...

– C'est sans doute normal pour une mortelle. Surtout pour quelqu'un qui, comme toi, a récemment perdu ses proches. Alors... poursuivit-elle, qu'avais-tu en tête, exactement ?

– Eh bien, je n'en suis pas sûre. Pour l'instant, je me contente de simples recherches.

– Ah ! Voilà donc pourquoi je t'ai trouvée dans la bibliothèque ce matin !

– À vrai dire, répondis-je d'un air coupable, j'ai fait une découverte dans la galerie de mon grand-père. L'histoire d'un revenant et d'une mortelle. Il y était question d'un guérisseur qui détiendrait une sorte de remède.

– Fascinant ! J'aimerais beaucoup y jeter un œil, s'enthousiasma Violette.

– Le problème, c'est que je l'ai remis à sa place, dans la boutique.

J'omis de mentionner qu'un second exemplaire se trouvait toujours dans le tiroir de mon bureau.

– Quel dommage. Que disait-il, exactement ?

– C'était un magnifique manuscrit enluminé, intitulé *L'Amour immortel*. Il racontait la légende de Goderic et Else, un revenant et une mortelle. Ils espéraient consulter un guérisseur, mais avant d'avoir pu le retrouver, Else a succombé à sa maladie et son époux a demandé à un numa de l'anéantir.

– Ce récit m'est familier, dit Violette d'un air songeur. Je ne l'ai jamais lu, mais plusieurs textes y font référence… Kate, ajouta-t-elle après une hésitation, loin de moi l'idée de te décourager, mais je dois t'avertir : ces vieilles fables ne sont généralement rien d'autre que des inventions. Il se peut qu'un semblant de vérité les ait inspirées, mais je doute que tu y trouves des indices véritablement utiles.

– Tu as sans doute raison, acquiesçai-je, pressée de changer de sujet.

Une fois le manuscrit remis à sa place dans la bibliothèque, j'aurais l'occasion de le lui montrer et lui demander conseil.

Jusque-là, je préférais qu'elle oublie tout ça. Car je redoutais par-dessus tout qu'elle ne se mette en quête d'un livre absent du cabinet d'étude de Jean-Baptiste.

19

Ce n'est qu'en me couchant, ce même soir, qu'elle se fit sentir : la solitude. Ce jour où Vincent cessait d'exister était décidément celui que je redoutais le plus. Je l'imaginais, à quelques rues de là, étendu sur son lit, parfaitement inerte.

Non que j'avais besoin de le savoir constamment auprès de moi. Mais lorsque nous ne pouvions ni parler, ni communiquer d'une quelconque façon, cette absence devenait pesante.

Nous n'étions pas ensemble depuis un an, pourtant j'avais déjà l'impression d'avoir trouvé l'âme sœur. Pas exactement une moitié, car je me considérais une personne à part entière, mais une personnalité qui complétait parfaitement la mienne.

Je me laissai aller sur l'oreiller et fermai les yeux. Le souvenir d'un tableau me revint en mémoire. Une œuvre de Cézanne, l'une de mes préférées. De petite taille, il s'agissait d'une simple nature morte, qui représentait des pêches à la perfection. Une peau faite de traces rosées, jaunes et écarlates qui s'entremêlaient si bien qu'on était saisi de l'envie de tendre la main pour cueillir le fruit peint et goûter à sa chair sucrée.

Mais un autre aspect changeait tout. Un détail seulement visible si l'on détachait son regard des couleurs chaudes. Ces pêches reposaient sur une assiette de porcelaine blanche, posée sur un drapé bleu. Les pêches sur la toile vierge, d'un blanc neutre, n'auraient pas été vraisemblables. Mais la délicatesse de l'arrière-plan leur donnait vie.

Voilà ce que Vincent représentait pour moi. Il me donnait un sens. J'étais pleine et entière, mais plus encore avec lui, je prenais vie.

Et ce soir-là, j'étais seule. Me concentrant sur mes projets du lendemain, je finis par sombrer dans le sommeil.

Bonjour, ma belle, souffla une voix, tandis que j'ouvrais les yeux. Je jetai un regard à ma pendule. Huit heures.

Je roulai sur le côté et refermai les paupières.

– Mmmh, murmurai-je. Bonjour, Vincent. Ça fait longtemps que tu joues les fantômes dans ma chambre ?

Je devais parler à voix haute pour qu'il m'entende.

Depuis mon réveil. Un peu après minuit, sans doute.

Comme une brise légère, ces mots caressaient mon esprit et s'insinuaient directement dans mes pensées. Au début, je ne déchiffrais que des bribes, mais après plusieurs mois de pratique, je comprenais presque tout.

– J'ai ronflé ?

Tu ne ronfles jamais. Tu es parfaite.

– Tu parles ! Heureusement que vous perdez l'odorat quand vous êtes en errance. Parce que j'aurais besoin d'un bon brossage de dents.

Incapable de le voir, je l'imaginais sourire.

– Tu me manques, lui dis-je. J'aimerais être chez toi en ce moment, sur ton lit, à te tenir compagnie.

Alors que je suis immobile, glacé ? Vincent paraissait amusé. *Alors que nous pouvons rester ici à discuter ? Donc...*

Les mots mirent quelques instants à me parvenir.

... j'en conclus que c'est mon corps que tu préfères.

– C'est toi tout entier, répliquai-je obstinément. Mais... je dois bien avouer que le contact humain semble essentiel à une relation. J'aurais du mal à sortir avec un spectre, par exemple.

D'accord, pas de spectres. Et les revenants ?

– Un seul.

Le besoin de le serrer dans mes bras devenait irrépressible. Je me contentai d'attraper mon oreiller. En l'imaginant allongé à mes côtés, je sentis mon désir monter.

– J'ai envie de toi, soufflai-je dans un murmure étouffé, sans savoir s'il m'entendrait.

Le désir...

Le silence retomba pendant une longue minute puis il reprit :

C'est une chose étrange. Quand je suis avec toi, physiquement présent, je suis constamment sur la défensive. Je me réfrène. Nous ne nous connaissons pas depuis très longtemps et je préfère que tu sois sûre de toi avant... d'aller plus loin.

– Je suis sûre de moi.

Vincent ignora ma réponse et poursuivit :

Mais ici, quand il m'est absolument impossible de te toucher... Le désir est presque insupportable.

Je me redressai, surprise, et jetai un regard à la pièce, cherchant à deviner où il se trouvait.

– Tu ne m'avais jamais dit ça.

Te résister, c'est comme résister à la mort, à la différence que pour cette pulsion, plus le temps passe et plus ça devient difficile.

Abasourdie, je demeurai quelques instants immobile, les sens en éveil. Une impression de fourmillement se propagea jusque dans mes doigts et le parfum des fleurs posées sur la table de nuit me sembla tout à coup entêtant.

– Tu disais que la mort était comme une drogue pour toi, lui rappelai-je enfin.

Et pourtant, c'est toi que j'ai choisi. J'imagine simplement que quand ce moment viendra, il sera sans commune mesure avec la satisfaction éphémère que me procure le surnaturel.

– Et quand viendra ce moment, pour nous ? demandai-je avec appréhension.

Quand tu l'auras décidé...

– Pourquoi pas tout de suite ?

La réponse est facile, puisque c'est impossible. S'il demeurait invisible, je devinais presque son sourire de loup.

– Alors, bientôt.

Tu en es sûre ?

Les mots voltigeaient dans ma tête comme des oiseaux.

– Oui, certaine.

Si tout mon corps était en effervescence, mon esprit demeurait curieusement calme face à cette décision. Non que je n'y aie jamais pensé. Je n'avais pas cessé d'y réfléchir. Le sexe, pour moi, ne s'envisageait que si j'entendais rester avec cette même personne. Et je ne doutais pas une seule seconde de mes sentiments pour Vincent. L'intimité était une suite logique.

Nous poursuivîmes notre discussion durant près d'une demi-heure. En guise d'alibi, j'avais posé mon téléphone sur mon lit, au cas où ma grand-mère serait entrée dans ma chambre sans frapper. Ce qu'elle ne faisait jamais. Mais si elle m'entendait bavarder à voix haute, mon excuse était toute trouvée.

Vincent passa le reste de la journée en maraude, avec Jules et Ambrose. Après son départ, je pris un rapide petit déjeuner et sortis. J'avais mené ma petite enquête la veille et appris que la ville de Saint-Ouen tirait son nom d'un évêque, mort dans le palais du roi Dagobert, en 686. Cette villa Clippiacum, devenue lieu de pèlerinage, avait servi de base à la cité qui s'était bâtie tout autour.

L'édifice avait depuis longtemps disparu, mais un site internet expliquait qu'il s'était sans doute élevé sur l'actuel emplacement d'une église du douzième siècle. Je décidai donc de commencer mes recherches par là.

En métro, je me rendis à la mairie de Saint-Ouen puis me repérai grâce au plan de quartier jusqu'à la vieille ville, où se trouvait l'église.

Pendant plus d'une quinzaine de minutes, je longeai de hauts immeubles aux façades vitrées et d'anciens bâtiments de brique décrépits, aux balcons encombrés par une collection d'antennes satellites. Stupéfaite, je découvris l'église noyée au milieu d'immeubles. Une bande traînait près d'un grillage, non loin de là, et je l'évitai en me dirigeant directement vers la porte, avant de réaliser qu'elle était fermée.

Je me reculai pour mieux observer le parvis. Je doutais que la bâtisse ait daté du douzième siècle, mais le groupe sculpté sur le linteau semblait un vestige de l'édifice médiéval : un ange offrant le calice à une reine. À droite de l'église, une grille protégeait une cour pavée ponctuée de rosiers. Je remarquai un papier, précisant les heures des services religieux.

Saint-Ouen le Vieux, indiquait la fiche. Je ne m'étais donc pas trompée d'endroit.

Perchée sur une butte, l'église dominait la Seine et je compris rapidement le choix stratégique de ce lieu : son point de vue imprenable sur l'accès fluvial. Et si des pèlerins se rassemblaient ici, les marchands de reliques ne devaient pas être loin, pensai-je.

Je cherchai des yeux une boutique de souvenirs, ou l'une de ces échoppes remplies d'images pieuses que l'on trouve près des sanctuaires religieux. Mais je n'aperçus que des immeubles et une maison de retraite. Je m'éloignai donc de l'église et zigzaguai dans les rues pour être certaine de ne rien manquer. Aucun commerce spécifique, aucune enseigne correspondant à une corde...

Je jetai tout de même un œil aux bars et aux cafés. Pas un ne ressemblait à ce que je cherchais. Au fond, qu'avais-je espéré trouver ? Une auberge appelée *Le Guérisseur* ? *La Corde et le Reliquaire* ? Je m'étais sans doute montrée trop optimiste.

Frustrée, je regagnai le parvis de l'église et m'assis sur les marches, ignorant les sifflets des types au coin de la rue, et tentai d'élaborer un plan B. Trois hommes s'approchèrent alors d'un immeuble voisin et frappèrent à la porte. Attendant nerveusement une réponse, ils nous jetaient – à la bande près de la grille et à moi – des regards méfiants. Au moment où, mal à l'aise, je décidai de filer, un prêtre en soutane sortit de la cour pavée. Je me dirigeai vers lui.

– Pardonnez-moi, monsieur.

Il se tourna vers moi en souriant.

– Y a-t-il dans les environs une boutique d'objets religieux, des souvenirs de l'église ?

– Eh bien, euh, quand l'église est ouverte pour les offices, on peut y acheter des cierges ou des images pieuses. Mais je doute que vous trouviez un tel magasin à Saint-Ouen.

Découragée, je le remerciai et m'éloignai.

– Essayez toujours aux puces ! me lança-t-il.

Le marché aux puces... Il se situait à près d'une heure de marche du Vieux Saint-Ouen et ne remontait absolument pas à la même époque, mais après tout... j'y trouverais peut-être un indice quelconque. Je n'avais de toute façon rien à perdre.

Il était déjà plus de midi et la faim commençait à se faire sentir. J'achetai un sandwich en chemin, que je dévorai tout en pressant le pas. J'écopai de quelques regards amusés et « bon appétit ».

En atteignant les abords du marché, je remarquai un premier étal totalement improbable, qui proposait tout et n'importe quoi : des pots pour bébé aux pièces détachées de voiture. À mesure que j'approchais du centre, la marchandise devenait plus intéressante, jusqu'aux véritables stands et autres petites boutiques, débordant d'objets de toutes sortes. Des masques africains en bois aux lampes psychédéliques des années soixante-dix, en passant par des lustres en cristal. Un parfum d'encens et de cire se mêlait aux odeurs de friture qui montaient des buvettes disséminées le long des allées.

Je scrutai les enseignes, à la recherche d'un emblème, d'un mot en rapport avec une corde. Un atelier qui aurait abrité une ancienne corderie, peut-être ? J'écumai les boutiques d'antiquaires sans rien croiser de concluant. Enfin, je finis par me renseigner auprès d'un des marchands.

Il se caressa le menton, puis secoua la tête.

– Je ne vois pas.

– Existe-t-il sur le marché un vendeur spécialisé dans les objets religieux ? Les reliquaires, ce genre de choses...

L'homme réfléchit un instant.

– Il y a bien un magasin par là, mais il ne fait pas vraiment partie des puces. Ils ont des horaires plus classiques et je ne pense pas que ce soit ouvert le dimanche, mais vous pouvez toujours jeter un œil.

Il m'indiqua le chemin, quelques dizaines de mètres plus loin. Je le remerciai d'un large sourire et suivis la rue.

Il s'agissait d'une modeste boutique d'angle, entre un magasin de poupées anciennes et une friperie *vintage*. Derrière une devanture vert bouteille, j'aperçus dans la vitrine un amoncellement d'objets pieux de toutes sortes, dans tous les matériaux imaginables : bois, marbre, métal et même corne. On y trouvait des crucifix de toutes les tailles et de petites fioles remplies d'*eau de Lourdes*, disaient les étiquettes. Mais la pièce était plongée dans l'ombre. Le marchand avait vu juste : elle était fermée.

Je me reculai et levai les yeux vers la façade, où je remarquai une vieille enseigne, malmenée par le temps. Un oiseau y était gravé, au-dessus du nom de la boutique *LE CORBEAU*. Quelque chose m'interpella, sans que je sache quoi. En relisant l'inscription, je visualisai soudain le texte enluminé. Tout se mit en place et je sentis mon cœur s'emballer. Bien sûr, l'écriture gothique m'avait trompée : ce n'était pas le cordeau, mais le corbeau. Depuis le début, j'avais cherché le mauvais symbole.

Était-il possible que l'endroit corresponde ? On y vendait des reliques... et il se trouvait sous le signe du corbeau, parmi les Audoniens. Pourtant, ce bâtiment n'avait visiblement pas plus de quatre ou cinq siècles. Et encore...

J'étais perdue. Cependant, je ne pouvais rien faire de plus. Il me faudrait attendre que la boutique rouvre. La vitrine ne mentionnait ni horaires ni téléphone. L'immeuble ne comportait même pas de numéro. Je mémorisai celui du bâtiment d'en face et notai le nom de la rue.

La vendeuse de la friperie sortit alors sur le trottoir pour fumer une cigarette. Elle me jeta un regard curieux.

– Revenez mardi, m'apprit-elle. Il est là du mardi au vendredi.

– Merci beaucoup ! répondis-je avant de rebrousser chemin.

Deux jours à attendre ! Et plus qu'une heure avant le retour de Vincent. J'espère qu'il trouvera de quoi se distraire dans ma chambre, pensai-je. Car après ce week-end chargé, j'allais devoir passer ma soirée à travailler.

20

Le mardi matin, la sonnerie de mon téléphone retentit à l'instant précis où celle de mon réveil se taisait. Je jetai un regard à l'écran et décrochai.

– Alors, monsieur Ponctualité ? Comment te sens-tu aujourd'hui ?

– Vivant. Enfin ! Ça fait une heure que je veux t'appeler, mais je ne voulais pas te réveiller.

Après ce week-end d'absence – physique –, le son de sa voix étanchait ma soif d'affection.

– Je n'ai pas le temps de passer chez toi avant le lycée. Et tu es sûrement trop faible pour te lever. Au fait, tu vas mieux ?

– Ça va. Je suis toujours allongé, mais un coup d'œil au miroir m'a rassuré.

– C'est une bonne nouvelle.

– Je sais. Mais ce n'est pas fini. Encore quelques semaines de patience, Kate. Je t'appelais justement pour te prévenir : on ne pourra pas se voir ce soir.

Ma gorge se serra. Après notre discussion de dimanche, j'attendais fébrilement ce moment pour m'assurer que je n'avais pas rêvé.

– Tu ne peux pas remettre ça à demain ?

– Désolé, Kate. Mais je ne peux pas me permettre de me relâcher.

Ce projet mettait décidément ma patience à rude épreuve.

– Eh bien, que veux-tu que je te dise ? répliquai-je avant de me reprendre, après un soupir. Fais quand même attention à toi.

– Merci d'essayer de comprendre.

– Justement, Vincent, j'ai du mal.

– Ça viendra. Et tout ira bien, je te le jure.

Oui, tout ira bien, pensai-je. *Parce que je trouverai une autre solution.*

Après une journée de cours exécrable, je mis le cap sur Saint-Ouen. Il me fallut une bonne heure pour rallier le marché aux puces et une fois devant la petite boutique verte... je trouvai porte close.

Le Corbeau n'était mentionné nulle part sur Internet, pas même sur Google Maps, où figurait l'image de la façade de l'immeuble sans le magasin. J'avais été jusqu'à éplucher un vieil annuaire. Rien.

J'aurais aimé les appeler afin de m'assurer des heures d'ouverture, sachant que ce genre de commerce avait parfois des horaires irréguliers.

Les lumières étaient allumées dans la boutique *vintage* voisine. Je poussai le battant et une sonnette tinta au-dessus de la porte. Une odeur de vieille malle poussiéreuse m'accueillit.

– Bonjour, mademoiselle, dit une voix derrière un assortiment de crinolines.

La femme que j'avais vue quelques jours plus tôt passa la tête entre les jupons et m'observa attentivement.

– Bonjour. Je voudrais savoir quand la boutique d'à côté – *Le Corbeau*, je crois – rouvrira.

Elle s'avança et leva les yeux au ciel.

– Oh, avec eux, impossible de deviner. On peut dire qu'ils sont flexibles sur les horaires... Ils m'ont demandé de surveiller le magasin pendant leur absence. Ils sont partis hier, pour une quinzaine de jours, à ce qu'ils m'ont expliqué. Peut-être davantage.

Deux semaines ? Jamais je ne tiendrais aussi longtemps !

– Savez-vous si on peut les joindre par téléphone ? Je pourrais les appeler la prochaine fois avant de venir.

– Non. En tout cas, ils n'ont pas laissé de numéro.

Je poussai un soupir, regrettant d'avoir perdu mon temps.

– Vous connaissez les propriétaires ? insistai-je, déterminée à en apprendre davantage, le moindre détail utile.

Elle posa les poings sur ses hanches, l'air entendu. J'avais visiblement affaire à une reine du commérage.

– C'est un homme et sa mère. Ils sont un peu... soufflat-elle en tapotant son index contre sa tempe.

– Est-ce qu'ils... font de la médecine parallèle, par hasard ? demandai-je avec une hésitation.

Elle se redressa, les yeux écarquillés.

– Ah... c'est donc pour ça que vous vouliez les voir ! C'est pour quoi ? Des migraines ? Ou des verrues, peut-être ?

– Pardon ?

– Les migraines et les verrues. C'est la spécialité de la vieille.

– Ah... soufflai-je, le cœur battant.

Derrière cette boutique de bondieuseries se cachait bien un guérisseur... J'étais sur la bonne piste ! Les questions se bousculaient dans ma tête et je me concentrai pour poser les bonnes.

– Eh bien, c'est exactement ça... J'ai des migraines.

– Alors, n'hésitez pas à revenir. Elle va vous arranger ça. Je lui ai amené ma tante. Elle avait des crises si violentes qu'elle fréquentait le centre antidouleur trois ou quatre fois par an. Mais depuis qu'elle a vu la vieille dame, plus rien !

– Et le fils ? Il est guérisseur, lui aussi ?

– Eh bien, vous savez comment c'est. Il assurera la continuité. Quand elle en aura assez, elle lui transmettra son savoir-faire.

Je songeai alors au récit de ma grand-mère.

– J'ai entendu dire qu'ils devenaient de plus en plus rares, parce que les jeunes générations refusent de reprendre le flambeau.

– Oh, lui si, pas de doute là-dessus. Comme je vous l'ai dit, ils sont tous les deux...

La vendeuse refit le même geste.

– En attendant qu'elle prenne sa retraite, lui s'occupe de la boutique... et de sa mère. C'est un brave garçon. Pas comme le mien, ajouta-t-elle en secouant la tête, ce sale gosse. Il collectionne les ennuis avec la police.

– Ah. Eh bien, merci pour les renseignements, conclus-je, préférant éviter ses doléances.

Je lui adressai un signe en sortant.

– Revenez dans quinze jours, me conseilla-t-elle. Disons vingt, pour être sûre.

Le samedi suivant, peu après midi, j'étais allongée dans la chambre de Vincent lorsque je reçus un appel d'Ambrose.

– Devine qui je rencontre à l'instant à la terrasse d'un café, Katie-Lou ? Ou plutôt, qui vient de me sauter dessus et menace de prendre ma table en otage si je ne fais pas ses quatre volontés ?

– Passe-moi Georgia, répondis-je en riant.

La voix de ma sœur, avec son faux accent traînant, retentit à l'autre bout de la ligne.

– Salut, sœurette. On m'a posé un lapin pour le déjeuner, mais heureusement je tombe nez à nez sur notre gros nounours qui a galamment proposé de me tenir compagnie cet après-midi. Je n'ai rien prévu de particulier et ce serait trop bête de ne pas exhiber un peu ce jeune homme.

J'entendis les protestations étouffées d'Ambrose.

– Je te répète que je suis pris aujourd'hui. Désolé, mais j'ai autre chose à faire que de faire le tour des ateliers et des galeries avec toi.

– Allons allons, reprit ma sœur. Tu sais que tu en meurs d'envie. Avec toutes les jolies filles branchées qu'on va croiser, tu me remercieras.

– Où êtes-vous ? m'esclaffai-je.

– Au Sainte-Lucie. Et Ambrose confirme que vous serez tous au concert de Sébastien, ce soir.

Zut. J'avais complètement oublié d'en parler à Vincent.

– N'importe quoi, entendis-je Ambrose répliquer. J'ai seulement promis de demander à Vincent si...

– Explique à Vincent qu'Ambrose insiste pour venir, poursuivit Georgia sans l'écouter. Ah, et amène Jules et Arthur, tant que tu y es. Seb fait la première partie d'un groupe anglais génial. Vous serez tous sur la liste.

– Pas à Denfert, j'espère ! répliquai-je en me remémorant le quartier de prédilection des numa, où Lucien avait organisé sa dernière soirée.

– Au *Divan du monde*, rue des Martyrs. Bon, Ambrose veut récupérer son téléphone.

– Je tiens simplement à clarifier, tonna ce dernier de sa voix de stentor, en saisissant le portable. Je n'ai jamais dit que nous y serions.

Mon téléphone vibra. Un second appel, de Georgia. Je mis Ambrose en attente.

– Je n'avais pas terminé, reprit Georgia en riant. Tu as intérêt à venir ! cria-t-elle tandis qu'Ambrose lui arrachait manifestement son portable. Vingt et une heures, au *Divan du monde.*

Les deux numéros disparurent de mon écran.

– Tu crois qu'Ambrose va survivre à l'ouragan Georgia ? me lança Vincent à l'autre bout de la pièce.

J'étais allongée sur le sofa, mon livre d'histoire moderne d'Europe ouvert sous le menton. J'avais conclu un marché avec mes grands-parents : je pouvais passer mes week-ends chez Vincent, à condition de ne pas prendre de retard sur mes cours.

Je n'avais pas la moindre idée de ce que je ferais après le lycée et j'avais interdit à Vincent d'aborder le sujet. J'imaginais logiquement poursuivre mes études. À présent, j'avais une raison de rester sur Paris et, pour espérer intégrer de bonnes écoles, je devais conserver une moyenne honorable. Pourtant, j'avais du mal à me projeter dans l'avenir, même proche. Sans parler de la proximité de Vincent, qui sapait ma concentration.

– Georgia vient de s'arranger pour que nous assistions tous au concert de son copain, ce soir, dis-je en rouvrant mon livre d'histoire.

– Excellente idée, répondit Vincent sans lever les yeux de son écran. Violette et Arthur auront l'occasion de se lâcher un peu.

J'omis de préciser que Georgia n'avait pas mentionné Violette, sans doute intentionnellement. Une sortie de groupe leur permettrait peut-être de se réconcilier, si elles parvenaient à faire preuve d'un minimum de courtoisie. Mais vu leurs caractères radicalement différents, je n'y croyais pas trop.

– Et puis, je n'ai pas encore fait la connaissance de ce fameux copain, poursuivit Vincent. J'aurais déjà dû vérifier son entourage et de possibles liens avec les numa.

Impossible de savoir s'il plaisantait.

– En dehors de son côté branché un peu agaçant, il semble plutôt inoffensif, remarquai-je en tournant ma page. Eh, viens voir une minute !

Je le regardai avec un large sourire. Il fit de même.

– Oh, pas question. Je dois terminer cet e-mail pour Charlotte et tu as ton cours d'histoire à réviser !

– Mais avec toi, c'est comme si j'avais un livre d'histoire ambulant. Plus besoin de révisions. Je n'ai même pas eu à faire de recherches pour mes deux derniers devoirs. Il m'a suffi de t'écouter.

– Si tu m'amènes le jour de l'examen pour te souffler les réponses, ton prof risque de remarquer quelque chose.

– Excellente idée ! Arrange-toi pour être en errance le jour du bac !

Levant les yeux au ciel, il se tourna vers son ordinateur.

– Oh, allez, rien qu'une minute, gémis-je. J'ai une question concernant la Seconde Guerre mondiale.

– Bon, accepta-t-il avec un soupir.

Il referma l'écran et vint s'asseoir près de moi. Quelques jours à peine s'étaient écoulés depuis son dernier sommeil et déjà, les cernes réapparaissaient sous ses paupières. J'étais si habituée à son dynamisme et le voir si fatigué le rendait soudain fragile. J'éprouvais le besoin de le protéger de ce mal inconnu. Comme s'il devinait mes pensées, il me jeta un regard inquiet.

– Alors, cette question ?

Je détournai les yeux de son visage et scrutai mon livre, cherchant l'inspiration.

– Eh bien, ce passage parle des agents de liaison qui transmettaient les ordres de la Résistance aux maquis, sur leurs bicyclettes.

– C'était très dangereux, confirma Vincent, et il leur arrivait de se faire prendre. Il fallait parfois choisir des personnes que les Allemands n'auraient pas soupçonnées. Comme des femmes ou des enfants. Donc, reprit-il avec une hésitation, quelle était ta question ?

– C'est assez précis, éludai-je, cherchant à gagner du temps tout en imaginant une idée.

J'aimais le savoir tout près de moi, mais cela ne m'aidait pas vraiment à me concentrer. Il plissa les yeux et un sourire dubitatif se dessina sur ses lèvres.

– Voilà... Euh, ça ne vous arrivait jamais de vous sentir un peu seuls, dans la forêt, à fomenter sans cesse des plans de sabotage ?

Je tendis la main et jouai avec ses cheveux au bas de sa nuque tout en approchant son visage du mien.

– Quel est le rapport avec tes cours ? s'exclama-t-il, sceptique.

– Aucun. Je me demandais simplement ce qui se serait produit si une charmante jeune résistante t'avait rejoint dans les bois. Vers minuit, par exemple.

– Kate, s'esclaffa-t-il, sidéré. C'est sans doute la tentative de procrastination la plus pitoyable que j'aie jamais entendue. Ça sent le piège à plein nez.

– Non, mais imagine, poursuivis-je, sourde à ses remarques. Je pédale sur mon vieux vélo en direction du maquis. Rappelle-toi, tu n'as vu personne depuis des semaines. Alors, petit soldat, qu'est-ce que tu fais ? dis-je en imitant la voix de Garbo.

Vincent se jeta sur moi et, entre mes éclats de rire, couvrit mon visage de baisers.

21

Violette et Arthur nous attendaient à l'entrée de la salle. Arthur, vêtu de manière plus simple, paraissait pour une fois faire son âge. Vincent lui avait prêté un T-shirt aux couleurs d'un groupe de rock et il portait un jean noir. Sans son habituelle chemise blanche et son foulard, il devenait carrément sexy. *Quel dommage que ce soit un affreux snob*, songeai-je en voyant Georgia le détailler des pieds à la tête, sans le moindre regard pour Violette.

La jeune fille s'approcha pour me dire bonjour.

– Voilà presque une semaine que nous ne sommes pas allées au cinéma ! s'exclama-t-elle avec un sourire.

– Je sais. On prévoira quelque chose très vite.

Elle jeta discrètement un œil à Vincent, en grande discussion avec Arthur, puis m'observa avec appréhension. Je sentis qu'elle avait une question. Je m'écartai et baissai la voix.

– Qu'y a-t-il ?

– Je songeai à ce livre dont tu m'as parlé. Gaspard en possède un exemplaire, mais je ne parviens pas à mettre la main dessus. Est-ce toi qui l'as emprunté ?

Mes joues se colorèrent. J'avais complètement oublié de remettre le manuscrit à sa place ! *Pourquoi ne pas simplement lui dire la vérité ?* me demandai-je. *Parce que je passerais pour une voleuse, voilà pourquoi !*

– Non, me contentai-je de répondre.

– Les revenants de Paris finissent par considérer la bibliothèque de Jean-Baptiste comme un établissement de prêt. Ils ne préviennent jamais de la sortie des documents. C'est agaçant, à la fin ! s'emporta-t-elle en tapant du pied comme une petite fille trop gâtée.

Je dus me contenir pour ne pas éclater de rire. Georgia nous fit signe d'entrer, pendant que le videur pointait les noms sur sa liste.

– Allons-y, me souffla Vincent, prenant ma main pour m'entraîner dans la salle obscure.

Nous nous tenions près de la scène, où le groupe de Sébastien entamait son concert. Devant nous, quelques groupies dansaient.

Jules arriva peu après nous, accompagné d'un mannequin qui ne parlait pas un mot de français. Pendue à son bras, la jeune femme considérait la foule d'un œil désabusé.

– Je te présente Giulianna, annonça Jules, lorsque je les rejoignis près du bar.

– Ciao, me lança celle-ci.

– Bien sûr, reprit Jules en m'embrassant sur les deux joues, tu n'as rien à lui envier. C'est juste que tu es déjà... prise.

Avec un clin d'œil, il glissa un bras autour de la taille de sa bombe italienne et se pencha pour crier sa commande au barman.

– Tout va bien, Ambrose ? demandai-je en récupérant mes sodas.

Adossé au comptoir, un jus de tomate à la main, il paraissait à bout de force.

– J'entre en sommeil ce soir. Et puis, je crois qu'avec ta sœur, j'ai trouvé mon maître. Elle est épuisante.

Je lui servis un sourire compatissant avant de rejoindre Vincent et Georgia.

– J'aperçois quelques amis, dit Georgia en s'éloignant. Je reviens tout de suite.

Vincent accepta le verre que je lui tendais, visiblement mal à l'aise.

– Quelque chose ne va pas ?

– Non, c'est juste que je n'aime pas trop être à découvert dans ce genre d'endroits, si aucun de nous n'est en errance pour surveiller les environs.

Il fit son possible pour se détendre, se laissant emporter par le rythme, mais je sentais bien qu'il restait soucieux.

– On ne craint pas grand-chose dans ce quartier.

– Eh bien, pas en temps normal. Mais depuis quelque temps, il ne semble plus y avoir de règle. Ne t'en fais pas, reprit-il en voyant mon regard. Je suis sûr que ça se passera bien.

Lorsque j'avais révélé à Georgia l'existence des revenants, après l'attaque de Lucien, elle avait juré de n'en souffler mot à personne. Et je savais qu'elle tiendrait parole. Ma sœur avait ses défauts, mais on pouvait lui faire confiance. Et ce qui la préoccupait le plus dans mes relations avec cette bande d'immortels, c'était de s'assurer qu'ils soient gentils avec moi.

Aussi, lorsqu'elle nous présenta à Sébastien, après le concert, j'eus aussitôt la confirmation qu'elle ne lui avait rien dit. Quant à Vincent, après presque un siècle de pratique, il savait parfaitement jouer les garçons normaux.

Ma sœur paraissait ravie de voir nos copains s'entendre et je me détournai un instant pour souhaiter une bonne nuit à Jules et Giulianna, qui repartaient en compagnie d'un Ambrose sur les rotules. Je consultai ma montre. Presque minuit. D'ici quelques heures, il serait étendu, inconscient et glacé, sur son lit. Pas étonnant qu'il n'ait amené personne, ce soir.

Le barman referma la salle derrière eux et nous attendîmes que Sébastien termine de ranger son matériel avec le groupe.

– Je sais que tu voulais continuer à t'amuser, dis-je à Georgia, mais ils en ont encore pour un moment. Je crois que nous allons rentrer.

– Donne-moi une minute, répondit-elle en s'approchant de Sébastien.

Elle l'embrassa joyeusement et échangea quelques mots avec lui. En levant les yeux, j'aperçus Arthur et Violette, adossés au mur. Ils auraient manifestement préféré se trouver ailleurs. Difficile de dire si la soirée leur avait plu. Tandis que nous regagnions l'entrée des artistes, ils nous suivirent en silence.

– Seb et les autres doivent me rejoindre dans un bar un peu plus loin. Ça vous dit ? nous lança Georgia, en s'adressant directement à Vincent et moi.

– Kate ? interrogea Vincent en m'attrapant par la taille tandis que nous quittions le bâtiment.

– Je suis un peu fatiguée... avouai-je.

– On t'accompagne jusque là-bas pour attendre Sébastien, proposa Vincent en posant son bras libre autour des épaules de Georgia.

– Eh bien, une escorte de revenants ne se refuse pas. Même si le quartier est parfaitement tranquille.

– Je crains que tu n'aies parlé un peu vite, lança Violette derrière nous.

Je me retournai. Quatre hommes descendaient la ruelle dans notre direction. La panique me gagna aussitôt. Des numa ! Après deux mois d'invisibilité totale, ils ressortaient de l'ombre. D'un pas lent, mais assuré, ils avançaient droit vers nous. Leurs silhouettes me parurent immenses.

Vincent et Arthur dégainèrent avec une rapidité stupéfiante. Curieusement, je me demandai soudain comment les revenants parvenaient à dissimuler leur arsenal l'été, sans longs vêtements pour le cacher. Vincent me tendit une rapière et tira une épée de son manteau, dont il se débarrassa aussitôt. Violette laissa tomber sa veste et je perçus l'éclat de sa lame. Elle non plus n'était pas sortie sans arme.

Du coin de l'œil, je vis que Georgia s'affolait. Elle se rua vers le premier immeuble, et se jeta contre la porte. Réalisant qu'elle ne s'ouvrirait pas, elle poussa un cri.

– Reste derrière nous, l'avertis-je d'une voix tremblante, voyant les deux premiers numa charger Vincent et Arthur.

Je savais ce que j'avais à faire. J'avais vu et revu la technique durant mes leçons. Je devais me tenir en retrait et n'engager le combat que si j'y étais forcée. Dans le cas contraire, il fallait me glisser derrière Vincent ou un autre revenant plus aguerri. Je brandis fébrilement mon arme, sur le qui-vive, prête à bondir. *Reste calme*, me dis-je pour mieux dominer ma peur. *Entre dans le rythme*.

Vincent avait entraîné son adversaire dans un recoin et se jetait à corps perdu dans le duel, avec une rage qui me terrifiait. Je le voyais tel qu'il avait été des décennies durant, un vengeur forcené.

Violette en affrontait un second, usant des mêmes tactiques que Charlotte pour compenser sa petite carrure. Son assaillant semblait lutter pour suivre son rythme. Elle ne tarderait pas à prendre l'avantage.

Quant à Arthur, il repoussait à lui seul les deux autres, formant un rempart devant Georgia et moi. Il devait tenter de les retenir jusqu'à ce que Vincent ou Violette se débarrasse de son adversaire et vienne lui prêter main-forte. Il paraissait y parvenir quand, dans un même mouvement, les deux numa bondirent pour atterrir juste devant moi. Je levai mon épée à temps pour parer l'assaut du premier, puis fis un écart pour me rétablir. Sa lame glissa contre la mienne et la pointe toucha le sol. Arthur vola au secours de Georgia, tandis que le second se précipitait sur elle. Je n'eus pas la possibilité de regarder dans sa direction, mais j'étais certaine qu'Arthur la protégerait mieux que moi. Je devais me concentrer sur mon opposant et je n'eus que quelques secondes pour prendre du recul avant qu'il ait retrouvé l'équilibre.

Je n'y arriverai pas. À l'instant où j'en pris conscience, j'eus soudain l'impression de quitter mon corps et de voir la scène de plus haut : une adolescente dans une ruelle, armée d'une épée, face à un adversaire de deux fois sa taille. *Impossible*, songeai-je à nouveau. *La peur me paralyse.*

L'homme s'avança. Son regard torve, glacé suffit à déclencher en moi une montée d'adrénaline. Le cœur battant, je me lançai d'un seul coup dans le combat. Un cri rageur m'échappa et je me remis à bouger, brandissant mon arme, constamment dans le mouvement, esquivant à droite, puis à gauche la lame omniprésente avant de me jeter sur lui, visant sa poitrine. S'il parait mes attaques, j'en faisais autant de mon côté.

Le temps suspendit son vol tandis que nous livrions bataille. Puis mon ennemi s'écroula sur le sol, une épée plantée dans le dos. Derrière lui, j'aperçus Vincent.

Machinalement, je fis volte-face, toujours en alerte, et scrutai les alentours. Violette se trouvait à quelques mètres de là, penchée sur une masse informe, tirant de toutes ses forces pour extraire son épée du numa vaincu. Vincent s'était débarrassé de son adversaire comme du mien.

Georgia s'était réfugiée dans le renfoncement d'une porte. Près d'elle, Arthur se laissa glisser contre le mur. Il agrippait son bras d'une main, une plaie béante à l'épaule. D'un coup de pied, il écarta quelque chose, sur le sol. La tête du numa roula jusqu'au corps inerte, gisant un peu plus loin.

J'accourus vers Georgia, qui se redressait. Sonnée, elle tendit la main vers Arthur.

– Est-ce que ça va ?

Malgré sa sérieuse blessure, il demeurait curieusement vif et toisait les restes du numa d'un œil furieux.

– Ça ira.

Les autres nous rejoignirent. Examinant la plaie, Vincent ôta son T-shirt pour envelopper l'épaule d'Arthur et noua les manches sous son bras. Violette le réconfortait d'un geste tendre tout en sortant son téléphone.

– Jean-Baptiste ? Ils sont passés à l'action. Nous en avons tué quatre, près de Montmartre. Veux-tu envoyer quelqu'un pour les récupérer ?

Tandis qu'elle prenait les dispositions nécessaires, Vincent ramassait nos manteaux.

– Tu devrais venir avec nous, dis-je à Georgia en l'aidant à se relever.

Enfilant sa veste, Vincent me fit non de la tête. L'interdiction de Jean-Baptiste ! Je l'avais oubliée. Lui et ses règles ! Elle résolut cependant le problème.

– Je préfère rentrer.

– Je vous accompagne jusqu'à la station de taxis, proposa Vincent en soutenant Georgia qui tenait à peine debout.

– Est-ce qu'il va s'en sortir ? demanda Georgia qui, pour la première fois de la soirée, s'adressait à Violette.

– Il sera en sommeil d'ici quelques jours, répondit celle-ci, avec l'assurance de quelqu'un qui maîtrise parfaitement la situation. À son réveil, sa blessure aura disparu.

Sur le boulevard, Vincent nous fit monter dans un taxi.

– Rentrez directement, conseilla-t-il. Surtout, ne vous arrêtez pas en chemin.

Jules nous attendait déjà devant notre immeuble. Il s'avança pour nous ouvrir la portière, puis se pencha vers le chauffeur pour régler la course.

– Alors, il paraît qu'on joue les héroïnes ?

– Hein ? demandai-je, stupéfaite.

– J'ai entendu dire que SuperKate a terrassé le numa, répondit-il, le regard brillant d'admiration.

Passant son bras autour de mes épaules, il me serra contre lui.

Préoccupé par Georgia et Arthur, j'en avais oublié mes exploits. *J'ai combattu un numa*, me répétai-je, sidérée. *Et seule, cette fois.*

– C'est Vincent qui l'a tué, pas moi, avouai-je en secouant la tête.

– Il m'a raconté que tu l'avais retenu jusqu'à ce qu'il puisse te prêter main-forte. C'est assez surprenant après seulement quelques mois d'entraînement. Mais je savais déjà que tu étais exceptionnelle, me murmura-t-il en nous tenant la porte de l'immeuble.

Georgia s'avança dans le hall, titubant jusqu'à l'ascenseur.

– Elle a bien failli être tuée, soufflai-je. Arthur s'est interposé à temps, mais...

– Vincent m'a raconté, dit Jules. Assure-toi qu'elle se repose durant les deux prochains jours. Elle sera très faible. Arthur va la priver de ses forces.

– De quoi est-ce que tu parles ?

– Tu n'as donc pas encore percé tous nos secrets ! s'amusa Jules avec un petit sourire. Demande à Vincent qu'il t'explique le transfert d'énergie. Et fais en sorte que Georgia reste tranquille, le temps de se remettre de ses émotions.

Il tourna les talons et repassa la porte cochère.

– Hé ! Et ta copine ? Où est-elle passée ?

– J'ai mes priorités, dit-il, nonchalant, en glissant une main dans ses cheveux. Et te garder en vie m'importe plus qu'une soirée avec une jolie signorina.

– C'est bon à savoir, répliquai-je.

J'hésitai, puis me précipitai à l'extérieur pour le serrer dans mes bras, avant de suivre ma sœur jusqu'à l'appartement.

22

Le lendemain matin, passant la tête dans la chambre de ma sœur, je la trouvai assise sur son lit, feuilletant un magazine de musique. Elle avait les cheveux en bataille et son teint habituellement rosé avait pris une couleur blafarde.

– Ah, te voilà, me lança Georgia alors que je me laissais tomber sur son matelas. Tu es plus matinale d'habitude !

– Que veux-tu, les combats de rue avec des créatures d'outre-tombe, ça épuise, répliquai-je, en massant mes épaules courbaturées. Comment te sens-tu ?

– Comme un tas de détritus passé au micro-ondes. Je suis incapable de bouger et j'espérais justement que tu m'apporterais mon petit déjeuner au lit.

– Ben voyons ! m'esclaffai-je. Bon, j'accepte de faire une exception, mais c'est uniquement parce que tu as bien failli être mangée toute crue par un méchant zombie.

– Heureusement qu'un gentil zombie était là pour me sauver.

– Exact, répondis-je avec un large sourire. Au fait, Jules m'a prévenue que tu te sentirais sûrement très faible après un tel choc et que tu aurais besoin de te reposer. À ta place, j'irais me prélasser dans un bain. C'est mon remède favori contre les émotions. Mais avant tout, le petit déjeuner !

Je revins quelques minutes plus tard avec un plateau pour nous deux. Je m'installai à même le sol, contre l'armoire, et avalai mes céréales. Grignotant distraitement sa tartine, elle s'exclama tout à coup :

– Raconte-m'en plus sur cet Arthur.

– Oh non, Georgia, marmonnai-je en reposant mon bol. Ne me dis pas qu'il t'intéresse, uniquement parce qu'il a joué les chevaliers servants.

– Je n'ai pas dit ça. Je veux juste en apprendre un peu plus. À moins bien sûr que les revenants ne soient devenus ta chasse gardée.

Je levai les yeux au ciel.

– Je ne sais pas grand-chose de lui. Seulement que Violette et lui se connaissaient de leur vivant. Si j'ai bien compris, elle était demoiselle d'honneur de la reine, et lui était un conseiller de son père... C'est ce que Charlotte m'a raconté. Tous les deux issus de la noblesse, naturellement.

– Sans blague ? grinça Georgia.

– Ils sont morts au début du seizième siècle. Il est... d'une autre époque, littéralement. Voilà des décennies qu'ils vivent reclus dans leur château.

– Comment est-il, en vrai ?

– Franchement, Georgia, je n'en sais rien, avouai-je. Il m'a mise à la porte de cette réunion et ça ne m'a pas vraiment donné envie de le connaître.

– Est-ce que Violette et lui sont ensemble ? demanda Georgia avec un sourire.

– Je le croyais, au début. Je la trouve possessive, mais d'après Vincent, c'est platonique. Même s'ils sont très dépendants l'un de l'autre. Une relation saine, quoi.

– Il était vraiment canon hier, avec ce T-shirt, déclara ma sœur en buvant son café.

– Georgia ! m'exclamai-je. Je te rappelle que tu as déjà quelqu'un. Et tu l'as dit toi-même : tu ne donnes pas dans les morts-vivants. Tu n'es même pas autorisée à franchir leur porte.

– Je ne donne dans rien du tout. Et certainement pas aujourd'hui.

Elle s'appuya contre la tête de lit, soudain plus faible.

– Toute cette conversation est absurde, renchéris-je avec un geste impatient. Il a plus de cinq cents ans, nom d'un chien ! Sans oublier tout le mal qu'il pense des mortels. Il ne te regardera même pas.

Oh non, pensai-je en me mordant la lèvre. C'était exactement la chose à ne pas dire. Elle allait prendre cela comme un défi et le relever sans hésiter. Je changeai aussitôt de sujet.

– Et puis, qu'est-ce que tu reproches au pauvre Sébastien ?

– Rien, souffla-t-elle, observant distraitement le plafond. Rien sauf que... oh, mon Dieu, Kate ! s'écria-t-elle brusquement. J'ai complètement oublié de le rappeler hier, alors que nous avions rendez-vous. Apporte-moi mon portable, vite ! Il est dans mon sac.

Je repris le plateau du petit déjeuner tandis qu'elle lui laissait un message, inventant une histoire insensée pour expliquer son absence de la veille. Le fait qu'elle se sente suffisamment impliquée pour faire cet effort me rassura. Son intérêt soudain pour Arthur n'était qu'une conséquence du choc. Connaissant Georgia, elle l'aurait oublié avant la fin de la journée.

Assis côte à côte dans une salle du Louvre, Vincent et moi admirions *Le Radeau de la méduse*. Il m'avait convaincue de le suivre au musée, malgré l'abondance de visiteurs le week-end.

– J'aimerais que tu m'apprennes à apprécier la peinture, m'avait-il expliqué. Je voudrais comprendre pourquoi elle te bouleverse à ce point.

La requête était si adorable que je l'entraînais en direction du Louvre avant même qu'il ait achevé sa phrase.

Nous étions dans l'une de mes pièces préférées, consacrée aux toiles gigantesques de la période romantique. Celle que nous admirions aurait presque paru appropriée pour la discussion qui s'annonçait.

– Alors, c'est quoi, cette histoire de transfert d'énergie ?

– Le transfert d'énergie ? articula lentement Vincent, absorbé par le tableau.

Il semblait l'étudier comme un problème mathématique. Loin d'être rebuté par la vision cauchemardesque des cadavres, je sentais qu'il jaugeait simplement la position des naufragés pour évaluer le nombre possible de sauvetages.

– Oui. Jules y a fait allusion hier soir. Il m'a prévenue que Georgia serait faible, puisque Arthur la priverait de son énergie. Qu'est-ce que ça signifie ?

Vincent détacha le regard du tableau.

– Eh bien... sais-tu pourquoi nous donnons notre vie pour les autres ?

– Parce que vous avez le cœur grand, même s'il ne bat plus ? plaisantai-je.

Vincent saisit ma main pour la poser contre sa poitrine.

– Bon, d'accord, il bat, me repris-je en la retirant à regret. Eh bien, quand tu meurs pour autrui, tu retrouves ton âge originel, cette pulsion a donc pour but de préserver votre immortalité, non ?

– C'est ça. Mais ces évènements sont ponctuels. Ils interviennent peut-être une fois par an, en moyenne. Porter secours aux mortels ne nécessite pas toujours un sacrifice. Tu penses bien qu'on ne passerait pas notre éternité à veiller sur les humains s'il n'y avait pas un réel enjeu pour nous. Oublie ce que tu sais des super-héros : la plupart ne sauvent pas le monde par pur altruisme.

Je songeai aussitôt à Violette. Avec Arthur, ils avaient atteint la soixantaine, manifestement sans trop d'états d'âme. Leur rôle ne semblait pas vraiment leur plaire.

– Imagine, reprit Vincent en glissant ses doigts dans les miens. Tout le monde possède une forme d'énergie vitale...

Je hochai la tête, tentant de me la représenter en chacun des visiteurs qui nous entouraient.

– Quand quelqu'un frôle la mort, il lui faut parfois un certain temps pour se remettre du choc. Essaie de concevoir ça en termes de ressource, de force, dont il serait momentanément privé.

Je me rappelai ma propre expérience et l'incident survenu l'année précédente.

– Oui, quand j'ai failli être écrasée dans cet éboulement, je me suis sentie très faible pendant environ deux jours.

– Voilà. Si un revenant est à l'origine du sauvetage, cette énergie, cette vivacité lui est transmise durant les quelques heures, ou jours, de la convalescence.

– Si je comprends bien, en volant à mon secours, Charlotte et toi avez « aspiré » mes forces, m'exclamai-je après quelques instants de réflexion. Et c'est la même chose pour Georgia et Arthur.

Vincent acquiesça. Je continuai :

– Cette fille qui a failli être renversée par le camion, l'autre jour. Je l'ai revue, tout de suite après, assise sur le trottoir, complètement hébétée.

– C'est grâce à elle que j'ai pu me remettre sur mes jambes, confirma-t-il. Ce transfert d'énergie nous procure une force physique qui exalte tous les éléments de notre corps. Un peu comme une montée d'adrénaline, une dose de puissance incroyable.

Il guetta ma réaction.

– En résumé, dis-je en luttant pour garder mon sérieux, je sors avec un zombie junkie à tendance suicidaire. Ça pourrait être pire.

Le rire de Vincent attira l'attention. Craignant de nous faire remarquer, nous nous levâmes pour quitter la salle.

– Arthur va-t-il se remettre rapidement ? murmurai-je, devant *Le Sacre de Napoléon*.

Vincent évita si soigneusement mon regard que ma curiosité en fut aussitôt piquée.

– Oui, grâce à Georgia, entre autres... Il ne souffre pas et reprend des forces.

Qu'est-ce que ça veut dire ? me demandai-je, interrompue dans ma réflexion par la suite de ses explications.

– Sa blessure n'aura pas guéri avant son prochain sommeil. Elle était assez profonde et il devra sans doute rester alité après son réveil.

– Pourquoi cela ?

– Plus nos blessures sont graves avant notre sommeil, plus le rétablissement nécessite de temps, répondit-il en haussant les épaules, comme si c'était d'une logique imparable. Si un membre est sectionné, par exemple, il nous faudra bien vingt-quatre à quarante-huit heures pour récupérer. Un corps mutilé met des semaines à se régénérer.

Beurk. Malgré ma curiosité, j'aurais préféré qu'il m'épargne les détails. Je tâchai de les oublier et me concentrai sur le fond. Nous quittâmes le musée et, tout en franchissant le pont pour regagner la rive gauche, j'y réfléchis longuement.

Les relations entre revenants et mortels étaient complémentaires. Sans le savoir, nous nous en remettions à eux comme des malades à leur médecin : ils sauvaient nos vies. Quant aux revenants, ils avaient non seulement besoin de nous pour exister, mais aussi pour soulager la douleur physique et morale que leur infligeait leur vie. Ou plutôt, leur mort.

Nous avions besoin les uns des autres. Nous, pour préserver nos vies, eux, pour ne pas disparaître.

Cette symbiose fonctionnait depuis des siècles, des millénaires, à moins qu'un événement extraordinaire ne vienne enrayer la machine. Comme un revenant et une mortelle tombant amoureux. Une fois encore, notre dilemme s'imposait à moi. Si cette guérisseuse réapparaissait un jour, j'allais devoir choisir soigneusement mes questions. Et puisque Vincent était d'humeur bavarde, je décidai de le faire parler.

– Ça signifie qu'un revenant peut succomber... à des causes naturelles et tout simplement... cesser d'exister ?

– Au sens strict, c'est possible. Mais aucun revenant ne peut résister éternellement à la tentation.

– Attends, je croyais que plus on tenait, moins les pulsions étaient fortes ?

– C'est vrai, jusqu'à un certain point. Et quand l'âge d'une mort naturelle approche, c'est comme si le pendule s'agitait brusquement en sens inverse, le besoin est plus viscéral que jamais.

Vincent me vit frissonner et me serra contre lui.

– Gaspard m'a parlé un jour d'un revenant italien, Lorenzo quelque chose... Après plusieurs siècles d'expérience, il ne ressentait presque plus ce désir. Las de l'existence, des morts à répétition, il avait décidé d'y mettre un terme. Il vivait en ermite, au sommet d'une colline. Ce n'est que des décennies plus tard que son clan a reçu un message, réclamant leur assistance.

« Quand ils l'ont retrouvé, il avait plus de quatre-vingts ans et ils ont dû l'aider à sauver quelqu'un. Il a raconté qu'une souffrance physique, mais aussi morale, s'était emparée de lui en quelques jours à peine. La tentation du sacrifice devenait trop insupportable pour renoncer, alors que c'était précisément ce qu'il souhaitait.

Songeurs, nous poursuivîmes notre chemin en silence.

Même si Vincent ou moi découvrions un moyen de mettre un terme à ses tourments, une fin tragique paraissait inévitable. En vieillissant à mes côtés, il atteindrait un jour ce point de non-retour pour les revenants : il devrait se sacrifier et se réveiller trois jours plus tard, retrouvant ses dix-neuf ans. Je disparaîtrais et lui resterait immortel. C'était inéluctable.

Sentant mon désespoir, Vincent m'attira près de la balustrade. Main dans la main, nous contemplâmes le fleuve qui suivait son cours, provoquant quelques remous tranquilles. Inexorable. Une métaphore parfaite pour le passage du temps, pensai-je.

23

Le lendemain, au lycée, je reçus un message de Violette me proposant une séance de cinéma le même soir.

Beaucoup de travail, répondis-je. Désolée !

Un café, alors ?

Je confirmai : Parfait ! Après les cours. Au Sainte-Lucie.

À toute ! conclut Violette qui maîtrisait de mieux en mieux le langage moderne. En quelques semaines, elle s'était métamorphosée. De reine mère, elle commençait à ressembler à une véritable adolescente. Même avec les autres, elle paraissait enfin s'exprimer comme une jeune fille du vingt et unième siècle.

Quand j'arrivai au café, elle m'attendait déjà. Elle se leva pour m'embrasser, avec un large sourire.

– Kate, tu as vraiment été fantastique, samedi soir ! Je peine encore à réaliser l'aisance avec laquelle tu t'es battue, poursuivit-elle à voix basse, après seulement deux mois d'entraînement. Nous en avons parlé avec Gaspard. Il affirme qu'il n'y est pour rien, mais il peut être fier de toi.

– Toi aussi, tu t'es plutôt bien défendue ! répondis-je avec une admiration sincère. Ce type était immense et tu ne lui as pas laissé la moindre chance.

D'un geste, elle ignora le compliment.

– Alors, qu'as-tu pensé de Vincent ? reprit-elle avant de s'interrompre pour appeler le serveur, auquel je commandai un chocolat.

– Il était... époustouflant, soufflai-je en me penchant vers elle. Heureusement qu'il a pu neutraliser mon adversaire, car je ne sais pas combien de temps j'aurais tenu.

Elle m'observa quelques instants et parut hésiter.

– Quoi ? demandai-je, inquiète.

– Je ne l'ai pas trouvé au sommet de sa forme, répondit-elle doucement. Ces cernes ne le quittent plus et il a vraiment mauvaise mine. Sur le plan technique, néanmoins, c'est un expert.

– Tu as raison, Violette, dis-je en baissant les yeux. Enfin, c'était la première fois que je le voyais à l'œuvre en dehors de l'entraînement, mais il aurait sans doute pu se charger seul de ces numa, s'il n'était pas...

Je n'achevai pas ma phrase.

– Mal en point ? suggéra-t-elle en posant sa main sur la mienne. C'est aussi ce que j'ai pensé, mais j'attendais que tu me le confirmes, puisque je ne connais pas ses performances habituelles. Je n'avais pas réalisé à quel point cette expérience l'affectait jusqu'à ce que je le voie combattre. Ne t'en fais pas. Les choses finiront par s'arranger, reprit-elle avec douceur. Et de ton côté ? Du nouveau ?

– *Nada*.

Elle pinça les lèvres, navrée, et soupira.

– Ne t'en fais pas, tout va s'arranger, répéta-t-elle. J'en suis certaine.

Elle n'en avait pourtant pas l'air. Elle semblait mal à l'aise. Préoccupée. Peut-être même inquiète. Tout, sauf certaine.

Lorsque mon chocolat arriva, je tentai de noyer mes tracas dans l'arôme du cacao et déplorai pour la énième fois que Vincent ne puisse être un garçon ordinaire.

– Bonjour, mon ange. Où est ta robe ?

Vincent était appuyé contre la grille du square, devant mon immeuble, où il avait l'habitude de m'attendre. Il avait troqué ses habituels jean et veste pour un costume et une cravate. Il était à tomber. Je le regardai, hébétée, dans ma tenue de combat.

– Eh bien quoi ? C'est l'heure de l'entraînement, non ? Qu'est-ce que tu fabriques en costume ?

– Tu n'as pas eu mon message ?

Je sortis mon téléphone et découvris un SMS, envoyé aux alentours de trois heures du matin.

Occasion particulière demain. Habille-toi pour une réception.

– Une réception ? répétai-je en écarquillant les yeux.

– Un mariage, dit simplement Vincent.

– Un mariage ?! Pourquoi tu ne m'as pas prévenue avant... trois heures du matin ? achevai-je en lisant l'heure d'envoi.

– Parce que je n'étais pas certain de vouloir t'y emmener. Attends, se reprit-il en voyant mon expression, tu ne comprends pas. Je n'étais pas sûr que tu sois prête pour ce genre de... cérémonie. Tu dois supporter tant de choses en ce moment. Je craignais de soulever trop de... questions.

– Et qu'est-ce qui t'a fait changer d'avis ? demandai-je, vexée.

– J'ai décidé que mettre la tête dans le sable n'était pas une solution. J'ai promis de ne rien te cacher. Et j'ai déjà enfreint la règle, du moins temporairement. J'ai peur que tu ne frises le trop-plein d'informations, mais...

Il baissa les yeux et rajusta nerveusement sa cravate.

– ... tu en apprendras davantage sur le monde dans lequel tu t'engages. Et je te dois bien ça.

Je demeurai quelques instants interdite, puis me hissai sur la pointe des pieds pour l'embrasser sur la joue.

– Je crois que ça ira, Vincent. Merci pour.... hésitai-je, ne sachant que dire. Enfin, merci, c'est tout.

– Combien de temps te faut-il pour te préparer ? demanda-t-il en écartant une mèche de mon visage. Tu es de toute façon splendide.

Je rougis. Avec cette bande de revenants que je croisais à chaque coin de rue, j'avais pris l'habitude de m'apprêter un peu avant la moindre sortie.

– Dix minutes, c'est tout. Laisse-moi simplement trouver une robe et une paire de chaussures.

– D'accord, dit-il en consultant sa montre. Nous avons largement le temps.

Une heure plus tard, je pénétrai dans la partie basse de la Sainte-Chapelle.

– C'est ici qu'a lieu la cérémonie ? m'exclamai-je.

Vincent me prit par la main pour me conduire au sommet d'un minuscule escalier en colimaçon, vers la chapelle haute. À peine entrée dans la salle, je fus submergée par cette même sensation de démesure, de vertige que j'avais ressentie lors de mes premières visites. Le lieu était un véritable émerveillement. Au plafond, démesurément haut, on devinait à peine la myriade de détails. Mais plus encore que sa hauteur vertigineuse, c'était sa verrière qui m'époustouflait, ces baies immenses qui remplaçaient la quasi-totalité des murs... La chapelle était une colossale construction de verre, supportée par une frêle structure de piliers. La lumière qui filtrait était d'un bleu si dense qu'il paraissait presque mauve et les épais vitraux avaient des allures de gemmes multicolores. Je me sentais comme l'une de ces figurines dorées dans un œuf de Fabergé. Mon monde devenait un écrin, serti de pierres précieuses.

Le cœur battant, je respirai un grand coup et glissai mon bras sous celui de Vincent.

– Il est possible de réserver un lieu pareil pour un mariage ? m'étonnai-je, tandis que nous rejoignions un groupe rassemblé près de l'autel.

– Les relations, murmura-t-il avec son sourire de loup.

J'avais peine à le croire. La chapelle haute était dépourvue de sièges et les quelques dizaines d'invités, dont la plupart étaient présents au nouvel an, se tenaient debout. Nous nous dirigeâmes vers Jules et Ambrose, qui interrompirent leur conversation avec Violette et Jean-Baptiste pour me faire quelques compliments.

– Waouh, Katie-Lou. Ça change des jeans et des baskets. J'aurais presque eu du mal à te reconnaître ! s'exclama Ambrose en me serrant affectueusement contre lui.

Jules se contenta de hausser les épaules.

– Pas mal, lâcha-t-il, les sourcils levés, feignant de se caresser le menton.

– Où est Gaspard ?

– En sommeil, répondit Vincent. Quant à Arthur, il s'est éveillé durant la nuit. Il se repose encore.

Je hochai la tête et observai le prêtre, qui s'adressa à l'assistance.

– Mes bien chers frères, nous sommes réunis aujourd'hui afin de célébrer l'union de George et Chantal.

– Est-ce que lui aussi est... ? murmurai-je en désignant l'homme d'Église.

Vincent acquiesça, puis me fit passer devant lui pour me permettre de mieux voir la scène et posa les mains sur la ceinture de ma robe pourpre.

La mariée était splendide. Sa robe traditionnelle avec tout l'arsenal (voile, traîne et plis de satin) semblait relativement moderne. Le marié, en revanche, paraissait tout droit sorti des Trois Mousquetaires : col plissé, pourpoint de velours et hauts-de-chausses resserrés au-dessus du genou et de ses larges bottes. Le déguisement aurait pu paraître grotesque, mais cet homme avait quelque chose de... superbe. Réprimant un éclat de rire, je me demandai tout à coup s'il avait remonté la rue dans cet accoutrement.

– C'est le mariage de D'Artagnan ? glissai-je à Vincent.

– C'est une tradition. Les revenants se marient en costumes de leurs époques respectives.

Amusée, je me surpris à guetter les abords de la nef, m'attendant à voir déferler un escadron de ses compagnons, coiffés de feutres à plumes et armés d'épées.

Le prêtre poursuivit son discours, interrompu par instants par les extraits choisis d'un quatuor à cordes. La musique montait dans la chapelle comme une brume éthérée et conférait à la cérémonie un aspect plus onirique encore. En prononçant leur engagement, les mariés promirent de s'aimer, non jusqu'à ce que la mort les sépare, mais jusqu'à la fin des temps. *Une jolie nuance*, songeai-je alors.

La signification de ce rite me donna à réfléchir. Un mariage ordinaire revêtait déjà un caractère solennel, les époux s'engageant pour la vie. Or ce couple déclarait, devant témoins, désirer vivre ensemble... pour l'éternité... ou quelque chose d'approchant.

Au terme de la célébration, ils échangèrent un baiser puis, main dans la main, menèrent le reste de l'assemblée au bas de l'escalier, quittant la chapelle pour atteindre la pointe de l'île de la Cité, jusqu'à la place Dauphine, où une tente était dressée sur les pavés du square.

Nous remplîmes nos assiettes au buffet, puis Vincent et moi nous installâmes à l'extérieur, sur le quai, où l'on avait disposé des coussins et des couvertures pour l'occasion. Assis sur le rebord, les jambes dans le vide, nous mangions en silence.

– Des interrogations ? Commentaires ? Questions existentielles ? demanda finalement Vincent.

– J'en ai tellement que je ne sais pas par où commencer.

– Par le plus simple. Remettons l'existentiel à plus tard.

Il posa son assiette et m'observa avec appréhension.

– D'accord. Qui sont-ils, exactement, ces mariés ?

– George et Chantal. Lui est du dix-septième, elle, des années cinquante. Il est français, elle est belge.

– Comment se sont-ils connus ? Je croyais que les revenants voyageaient peu.

– Ils se sont rencontrés à une assemblée... une grande réunion de notre clan qui a lieu de temps en temps. Des représentants du monde entier assistent aux plus importantes. Nous, on se contente généralement des rassemblements européens.

– Des congrès internationaux ? Ça ressemble à quoi ? Une sorte d'Onu des revenants ? dis-je, retrouvant mon sérieux en voyant l'expression de Vincent.

– Il s'agit d'une tradition très ancienne. Ces rassemblements restent évidemment très secrets, pour assurer notre sécurité. Les numa pourraient en faire leur cible.

– C'est donc là que ce couple s'est connu ?

– Outre leur dimension politique, ces congrégations ont également une fonction sociale. Les gens se rencontrent, des liens se créent. Difficile de trouver un partenaire quand le cercle dans lequel on évolue est aussi restreint.

C'était ce que m'avait raconté Charlotte pour justifier son célibat, mais je savais qu'il était surtout dû à ses sentiments pour Ambrose. En songeant à elle, je me demandai tout à coup comment elle s'en sortait en l'absence de son frère. Nous avions échangé quelques e-mails, mais depuis la fuite de Charles, je n'avais pas eu de nouvelles.

Jouant distraitement avec mes doigts, Vincent me tira de ma réflexion.

– La plupart des revenants trouvent donc des partenaires, poursuivis-je. Excepté Ambrose et Jules, ajoutai-je, qui semblent se contenter de rester célibataires.

– Ils sont encore relativement « jeunes ». Ce serait un peu comme si un adolescent d'aujourd'hui décidait de se marier. Pourquoi s'engager alors qu'on commence à peine son expérience de la vie... ou... de la mort, se reprit-il, quelle qu'elle soit.

– Tu n'as pourtant pas l'air d'avoir le même problème, remarquai-je, un peu embarrassée.

– Je suis différent, expliqua-t-il avec un sourire, rappelle-toi. J'étais sur le point de me marier très jeune quand j'étais mortel. C'est peut-être dans ma nature.

Songeur, il se pencha en avant, puis se tourna vers moi.

– Pour revenir à nos moutons, reprit-il timidement, après quelques siècles de célibat, des personnes comme George éprouvent un besoin de compagnie. Sans doute conservons-nous notre instinct grégaire, même après la mort. Le désir d'aimer et d'être aimé.

– Et Jean-Baptiste ? Il est toujours célibataire.

Vincent observa les flots d'un air amusé.

– C'est juste qu'il n'est pas du genre démonstratif.

– Quoi ? Tu veux dire qu'il a une copine ?

Le sourcil levé, Vincent secoua la tête.

– Enfin, une maîtresse ? Ou... un homme, peut-être ? Oh ! m'exclamai-je, comprenant enfin. Gaspard !

– Ne me dis pas que tu n'y avais jamais pensé, s'étonna Vincent en éclatant de rire.

Non, mais maintenant que je le savais, ça paraissait évident. Ces deux-là étaient faits l'un pour l'autre.

Vincent se releva d'un bond pour rapporter nos assiettes, puis revint s'asseoir près de moi.

– Kate, j'ai quelque chose pour toi.

Il tira de sa poche une petite bourse en velours et l'ouvrit. Il en sortit un pendentif accroché à un lien noir, qu'il déposa au creux de ma paume.

J'observai le disque doré, gros comme une pièce de monnaie. Deux frises de cercles dorés entrelacés bordaient le médaillon. Au centre était incrustée une pierre bleutée de forme triangulaire, dont la surface polie semblait légèrement arrondie au toucher. Des flammes entouraient la gemme. Le pendentif paraissait très ancien et me rappelait les bijoux grecs de la boutique de mon grand-père.

– Vincent, soufflai-je, étranglée par l'émotion, c'est splendide.

– C'est un *signum bardia*. Il symbolise ton lien avec les revenants. Il montre que tu connais notre existence et que tu es digne de confiance. Jeanne en possède un, qui ne la quitte jamais.

Je refermai ma main sur le médaillon, les larmes aux yeux. Je me jetai au cou de Vincent et le serrai quelques instants contre moi.

– Ça te plaît ? demanda-t-il après une hésitation.

– Plaire n'est pas vraiment le terme qui convient. C'est magnifique. Où l'as-tu trouvé ? soufflai-je, incapable de le quitter des yeux.

– C'est comme un bijou de famille. Un héritage du clan.

– Ah. Donc c'est à Jean-Baptiste, dis-je en lui jetant un regard en coin.

– Non, me rassura-t-il. Cet héritage est conservé chez lui, mais c'est notre bien commun. Les pièces qui le constituent se sont transmises au fil du temps. Celui-ci provient de l'un de nos émissaires à Constantinople. Il date du neuvième siècle.

– Tu es certain de pouvoir me le donner ? m'exclamai-je en écarquillant les yeux. Est-ce que les autres sont d'accord ?

– Jean-Baptiste et Gaspard ont approuvé mon choix et l'ont trouvé parfait pour toi. Il t'appartient désormais – pas question de le rendre. Du moins, j'espère que tu ne le feras pas.

Malgré un sourire nonchalant, son regard demeurait grave. J'admirai de nouveau le précieux objet, suivant du doigt le dessin des flammes. Vincent se pencha pour l'observer avec moi.

– Ces symboles ont suscité de nombreuses interprétations. Des ouvrages entiers sont consacrés aux *signa bardia*. La pyramide est censée représenter la vie après la mort et ses trois angles, chacun des jours de notre sommeil. Les flammes figurent notre aura et le seul moyen de nous anéantir. Quant au cercle, c'est l'immortalité.

Je fixais le pendentif. J'avais du mal à réaliser que cette antiquité, symbolisant Vincent et les siens, m'appartenait. Vincent l'accrocha à mon cou. Son expression, lorsqu'il se recula pour mieux voir le résultat, me parut plus précieuse encore que l'objet.

– Merci.

– Mais ce n'est pas moi qu'il faut remercier. Car ce cadeau n'est pas seulement le mien, mais le nôtre. J'ai conscience que les paroles d'Arthur, l'autre soir, t'ont beaucoup affectée. Tu dois savoir qu'aucun de nous ne te considère comme une étrangère. Tu n'es peut-être pas une revenante, mais tu fais partie du clan. Ce *signum* le prouve désormais.

Je me blottis dans ses bras. Et tandis qu'il posait sa joue sur mes cheveux, je fermai les yeux. J'aurais souhaité que rien ne change jamais. Que le temps suspende son vol et que nous restions là, enlacés pour toujours.

24

Les deux semaines qui me séparaient de ma nouvelle visite à la boutique du Corbeau me parurent interminables. Lorsque enfin le mardi arriva, j'étais déterminée à filer en direction de Saint-Ouen dès la fin des cours.

Mais Jules m'attendait derrière la grille du lycée. J'eus l'impression qu'on me passait les menottes aux poignets.

– Jules… gémis-je sans masquer ma déception. Qu'est-ce que tu fais là ?

– Moi aussi, je suis content de te voir, Kate, ironisa-t-il. Ton copain m'a demandé de jouer les gardes du corps, cet après-midi.

– Il a demandé quoi ? m'exclamai-je.

Jules s'avança pour me faire la bise, mais je me reculai si vivement qu'il éclata de rire.

– Eh ! Je n'y suis pour rien, moi, protesta-t-il, les mains levées en signe d'impuissance. Vincent se charge des missions dangereuses pendant que je protège les damoiselles en détresse.

– Je ne cours aucun danger et j'avais déjà quelque chose de prévu... seule, répliquai-je avant de réaliser ce qu'il venait de dire. Comment ça, « des missions dangereuses » ?

– Ah, j'ai réussi à t'intriguer, reprit Jules. Je pourrais t'en dire plus dans la voiture qui, incidemment, est garée sur la voie des bus.

Il désignait le véhicule, immobilisé au milieu de la chaussée, quelques mètres plus loin.

Un bus approchait et klaxonnait furieusement pour nous avertir de dégager le passage. Avant que le chauffeur ne fasse un esclandre, je me ruai sur la portière.

– On attend l'ouragan Georgia, aujourd'hui ? s'enquit Jules en démarrant.

– Non, elle a un cours de théâtre, répondis-je distraitement, curieuse de savoir ce que Vincent pouvait bien mijoter. Bon, maintenant, parle ! ordonnai-je lorsqu'il eut repris la route.

Jules m'apprit qu'un cambriolage avait eu lieu chez Geneviève. Les revenants qui gardaient son domicile avaient averti Jean-Baptiste. Profitant de leur absence, on avait fracturé la porte et fouillé toute la maison. Pourtant, rien ne semblait avoir disparu. Jean-Baptiste et Vincent étaient donc partis enquêter sur place.

– Et j'ai besoin d'un garde du corps parce que...

– Parce qu'on se demande si les numa ne sont pas derrière tout ça. Vincent s'inquiétait à ton sujet. Et puisque Jean-Baptiste insistait pour qu'il le suive, je lui ai proposé de venir te chercher, conclut-il d'un air satisfait. Alors, qu'avais-tu prévu ? Je t'accompagne.

– C'est personnel, mais j'irai une autre fois, répondis-je avec un soupir.

Je me demandais, avec regret, quand l'occasion se représenterait.

– Alors, repris-je, on pourrait rejoindre Vincent ?

– Et si je t'emmenais plutôt à l'atelier. Nettement moins dangereux. Et puis, ça tombe bien, j'ai besoin d'un modèle.

– Attends, tu me demandes de poser pour toi ? m'exclamai-je, sidérée.

– En ce moment, je me concentre sur des études de nus couchés, tu vois, à la Modigliani, renchérit-il, luttant pour garder son sérieux.

– Et tu t'imagines que je vais me déshabiller pour...

Il éclata de rire.

– Je plaisante, Kate. Jamais je n'inciterais une vraie demoiselle à se compromettre comme mes mannequins... de pauvres filles de mauvaise vie, toutes autant qu'elles sont.

J'avais déjà croisé une fille chez lui et je savais par Vincent que la plupart de ses modèles étaient des étudiantes cherchant à arrondir leurs fins de mois. Il essayait de me culpabiliser. Et ça marchait.

– Très bien, j'accepte. Mais je te préviens, pas question d'enlever une chaussette dans ton atelier.

– Et ailleurs, tu enlèves quoi ? demanda-t-il avec un sourire voyou.

Je levai les yeux au ciel tandis qu'au bout du pont se dessinait la silhouette de la tour Eiffel.

En pénétrant dans son studio, j'inspirai profondément, m'imprégnant de cette odeur d'huile et de diluant que j'aimais tant. J'associais ce parfum aux souvenirs de mon enfance, aux après-midi passés dans l'atelier de ma grand-mère. Inconsciemment, je le ramenais à l'idée de beauté. Suivant mon odorat, je cherchai de quoi contenter mes yeux...

... et quel régal ! Les murs étaient tapissés de couleurs. Des paysages urbains aux teintes primaires, des nus dans des tons chair et rosé... Devant les toiles, j'oubliais tout. Entourée de cette créativité, je me sentais comblée, entière. Comme si une ampoule s'allumait dans ma tête, illuminant le moindre recoin sombre de mon esprit.

Un terrible fracas dans la pièce voisine me tira de mes pensées. Jules me passa devant avant que j'aie pu réagir et saisit au passage une épée dans le porte-parapluie avant de se ruer en direction du bruit. Un cri retentit et j'aperçus un homme bondir.

Le temps parut s'arrêter, tandis que je le regardai, suspendu dans les airs. Le fracas assourdissant du verre brisé me ramena à la réalité. Il s'était jeté par la fenêtre. Je me précipitai vers l'ouverture béante, les éclats de verre crissant sous mes semelles. L'homme avait atterri sur ses pieds et, une main sur sa poitrine en sang, il filait à travers la cour pour regagner la rue.

Jules brandissait son épée ensanglantée, les yeux rivés sur la vitre brisée. Près de lui, un amas de livres d'art était éparpillé sur un secrétaire. Le tiroir était renversé sur le sol.

– Est-ce qu'il... ? demanda Jules, hébété.

– Il s'est enfui, confirmai-je. Mais je crois que tu l'as blessé, ajoutai-je, pour le réconforter. Je l'ai vu se tenir la poitrine.

– Qu'est-ce qu'un numa fabriquait dans mon atelier ? marmonna Jules, encore sonné. Comment a-t-il pu entrer ? Toutes les ouvertures sont sécurisées.

Au milieu du verre brisé, l'éclat du métal attira mon regard. En me penchant, je ramassai un trousseau d'outils miniatures, reliés par une chaîne. Exactement le genre de lames nécessaire au crochetage d'une serrure. Je les lui montrai. Jules pâlit. Il sortit son portable de sa poche et composa un numéro.

– Vince ? Oui, elle est avec moi. Écoute-moi ! Ils sont venus ici aussi... à mon atelier. Non, un seul... il s'est enfui. Non, elle n'a rien. Oui, j'en suis certain, ajouta-t-il en me passant le téléphone.

– Kate, est-ce que tout va bien ? me demanda Vincent de cette voix posée qu'il adoptait toujours pour mieux cacher son angoisse.

– Ça va. Le type ne m'a même pas remarquée. Jules s'est jeté sur lui et il a filé par la fenêtre.

– J'arrive.

– Vincent, c'est inutile, vraiment. Nous n'avons rien. Termine ce que tu as à faire et nous nous retrouverons ce soir.

– Nous devons inspecter l'atelier de toute façon, pour tenter de comprendre ce qu'il cherchait exactement. Nous serons là d'ici une vingtaine de minutes. Ne bougez pas. Et puis, je préfère m'assurer moi-même que tu n'as rien. Tu me repasses Jules ?

Jules écouta Vincent quelques instants, puis, après avoir raccroché, il sembla enfin sortir de sa stupeur. Il me regarda comme s'il me remarquait pour la première fois, lâcha son épée et me saisit un peu brusquement par les épaules.

– Kate ? Est-ce que ça va ? Tu n'es pas blessée, au moins ? dit-il en examinant mon visage.

Sa soudaine fougue me déstabilisa. Jules, qui ne savait que plaisanter, taquiner, scrutait mon expression avec une gravité que je ne lui connaissais pas. Je secouai la tête et finis par articuler :

– Je n'ai rien.

Il poussa un long soupir et m'attira contre lui pour me serrer si fort qu'il manqua de m'étouffer. Après quelques secondes, il desserra son étreinte, sans jamais me lâcher, jusqu'à ce que je le repousse doucement en murmurant son nom.

Ses mains retombèrent, mais il ne bougea pas. Son visage était si proche du mien que je sentais son souffle contre ma peau. Il demeura immobile pendant ce qui me parut une éternité. Puis, brusquement, il tourna les talons et quitta l'atelier. Ses pas pressés retentirent dans l'escalier et je le vis, par la fenêtre, traverser la cour pour attendre l'arrivée des autres.

25

Pendant que Jules et Ambrose condamnaient la fenêtre à l'aide d'un morceau de contreplaqué, Jean-Baptiste et Vincent passèrent le studio au peigne fin. Nous repartîmes ensuite pour la rue de Grenelle, où Jean-Baptiste comptait tenir une « réunion de crise ».

Mon téléphone sonna. Voyant le nom de Charlotte apparaître sur l'écran, je décrochai immédiatement. C'était la première fois depuis plus d'un mois que nous nous parlions de vive voix.

– Salut Charlotte ! répondis-je, tâchant de dissimuler l'atmosphère tendue qui régnait dans la voiture.

– Kate !

– Comment vas-tu ?

– Ça va ! Il fallait que je t'appelle. Charles m'a enfin donné des nouvelles, hier soir. Il est en Allemagne. Il s'est installé à Berlin avec un groupe de revenants. Il va bien !

– Oh, Charlotte, tu dois être tellement soulagée.

– Tu n'imagines même pas ! J'ai presque sauté de joie quand j'ai reçu son coup de fil. Évidemment, je lui ai aussi passé un savon. Mais je suis rassurée maintenant.

– Je suis contente de l'apprendre. Mais tu as bien fait de lui remonter les bretelles, il l'avait mérité.

Charlotte éclata de rire, mais devint tout à coup plus sérieuse.

– À vrai dire, Kate, un de ses amis à Berlin a entendu des rumeurs concernant les numa à Paris : ils préparent quelque chose d'important. Charles disait qu'il ne se sentait pas encore prêt à contacter les nôtres, alors il m'a demandé d'avertir J.-B.

– Eh bien, il tombe à pic. Tu es au courant du cambriolage chez Geneviève ?

– Oui, Jean-Baptiste l'a appelée ce matin, il espérait comprendre ce que les numa pouvaient rechercher chez elle.

– La même chose vient de se produire dans l'atelier de Jules, il y a environ deux heures.

– Oh, souffla Charlotte. Kate, j'aimerais tellement être avec vous. D'ailleurs, je n'ai plus vraiment de raison de rester maintenant que je suis sûre que Charles ne reviendra pas ici...

– Alors, tu ne veux pas rentrer ? demandai-je avec un coup d'œil à Vincent, qui ne disait rien.

– C'est Geneviève. Elle n'est pas prête. Et l'éloignement lui fait du bien. Il lui épargne un rappel constant de ses souvenirs avec Philippe. Je ne peux pas l'abandonner et je ne veux pas qu'elle se sente obligée de repartir. Mais avec ces derniers évènements... penses-tu que Jean-Baptiste ait besoin de moi ?

– Je n'en sais rien, Charlotte. Tout le monde est un peu déboussolé. Mais puisque Geneviève veut rester, tu ne devrais sans doute pas la laisser.

– Tu as raison, conclut-elle avec un soupir. Je rappellerai Jean-Baptiste, pour qu'il me le confirme. Tu sais, Kate...

– Oui ?

– Je suis vraiment soulagée que Charles soit sain et sauf.

– Moi aussi. Et rassurée qu'il soit en compagnie d'autres revenants, ajoutai-je.

Et pas de numa... pensai-je, consciente que Charlotte avait craint le pire, elle aussi.

Une fois encore, nous étions rassemblés devant l'immense cheminée de la grande salle. Jean-Baptiste dressa une courte liste des indices découverts sur les lieux. Il semblait clair que les numa cherchaient des documents, mais ni Geneviève ni Jules ne comprenaient lesquels.

– J'ai beau me creuser les méninges, déclara Jean-Baptiste, les doigts sur sa tempe, je ne vois pas la moindre paperasse susceptible de les intéresser.

– Des informations bancaires, peut-être ? suggéra Violette. Un numéro de compte, ce type de détails...

– C'est une piste, observa Jules. Mais aujourd'hui, tout se fait par Internet et nous ne recevons plus de justificatifs par courrier. Je doute qu'ils tentent de pirater nos comptes pour arrondir leurs fins de mois, d'autant qu'ils s'enrichissent déjà grâce à leurs activités parallèles.

Violette fit la moue.

– Puis-je ? demanda Gaspard, qui n'osait jamais prendre la parole sans permission.

Jean-Baptiste lui fit signe de parler.

– Nous avons décidé de nous concentrer sur ce qu'ils cherchaient, mais n'oublions pas qu'il pourrait s'agir d'une simple diversion. Ils essaient peut-être de détourner notre attention de leur véritable plan, beaucoup plus important.

– Charlotte m'a dit quelque chose au téléphone, tout à l'heure, intervins-je alors. Elle a reçu des nouvelles de Charles. Il se trouve à Berlin, avec un groupe de revenants, qui auraient entendu des rumeurs concernant une opération de grande envergure des numa.

– Oui, elle m'en a parlé... commença Gaspard, avant d'être interrompu par Violette.

– Pourquoi ne suis-je pas au courant ?

Ses joues rosirent ; signe qu'elle entrait dans une colère noire.

– Je... je comptais m'entretenir de ce sujet avec toi, Violette, bafouilla-t-il. Mais c'était hier soir et avec ces cambriolages...

– Comment suis-je censée vous aider, reprit Violette avec un geste excédé, si on ne me transmet pas ces informations capitales ?

Tous la dévisagèrent. Croisant mon regard, Ambrose leva les yeux au ciel et me souffla :

– Quel cinéma !

Violette se retourna, surprise, comme si elle s'apercevait seulement de notre présence, puis se tourna vers Gaspard.

– Pardonne-moi. J'ai vraiment tout essayé. J'ai beau chercher de tous les côtés, à chaque fois, c'est l'impasse... alors que les pistes sont à notre portée.

Elle se leva et s'approcha de lui, avant de poser sa main délicate sur son épaule, le prenant à part.

– Alors, qu'a dit Charlotte, précisément ? demanda-t-elle tandis qu'ils quittaient la pièce.

De l'autre côté de la cheminée, un peu à l'écart, Arthur était installé dans un fauteuil. Il secouait la tête d'un air las, comme un mari fatigué des caprices de son épouse. Il tira un stylo et un carnet de sa poche et se mit à griffonner.

Je serrai les doigts de Vincent dans ma main. Il était assis sur le sol, le coude posé sur le canapé. Il leva les yeux et je fis un signe en direction d'Arthur.

– Il prend des notes ? demandai-je à voix basse.

Vincent suivit mon regard.

– Non, il écrit.

– Comment ça ? insistai-je, intriguée.

– C'est un auteur. Un romancier. Eh bien, quoi ? reprit-il en riant, voyant mon air ahuri. Ça t'étonne que les revenants poursuivent une carrière en parallèle de leurs activités ? Il faut bien que Violette et Arthur s'occupent. Ils n'ont même pas la télévision.

– Quel genre de roman écrit-il ?

– Pierre Delacourt, ça te dit quelque chose ?

– L'auteur de polars historiques ? Je crois avoir lu un de ses livres une fois. Quoi ? C'est son pseudonyme ?

– Ça et Aurélien Saint-Onge, Henri Guillon, Benoît Hilaire.

Stupéfaite, je réalisai qu'une seule et même personne se cachait derrière quelques-uns des noms les plus éminents de la littérature française moderne et qu'elle cherchait l'inspiration sous mes yeux.

– Eh bien ! Cette séance parfaitement chaotique est levée, coupa Jean-Baptiste, faisant ostensiblement remarquer que plus personne ne lui prêtait attention. Je vais donner des instructions à chacun pour les prochaines heures. Vincent : tu t'envoles demain matin pour Berlin et tu interrogeras la source de Charles. Découvre ce qu'il sait exactement et d'où il tient ses renseignements.

Vincent acquiesça et Jean-Baptiste se tourna vers Jules.

– Waouh, m'exclamai-je, d'un claquement de doigts, te voilà parti ! Pour combien de temps ?

– Deux ou trois jours, j'imagine. Tout dépendra de ce que j'apprendrai sur place. Et de la fiabilité des informations. Mais j'ai comme l'impression que Jean-Baptiste m'envoie surtout là-bas pour surveiller Charles.

Je hochai la tête, même si mon cœur se serrait déjà à l'idée de cette séparation. Il s'était passé tant de choses et nous avions à peine eu le temps de discuter depuis son réveil. Je fus cependant un peu soulagée. Car la perspective de retrouver la boutique du Corbeau m'obsédait.

26

Lorsque Georgia et moi quittâmes l'appartement, le lendemain matin, Jules nous attendait dans sa voiture. Vincent s'était déjà envolé pour Berlin. En consultant mon téléphone, je trouvai un SMS envoyé de l'aéroport et soudain, mon cœur s'emballa. C'était le jour ou jamais !

– Tu te reconvertis en chauffeur ? demandai-je en grimpant sur le siège passager pendant que Georgia s'installait à l'arrière.

– Vincent avait son vol à six heures. Il est parti très tôt.

– Heureusement que vous ne dormez pas, observai-je.

Machinalement, Jules jeta un œil inquiet à Georgia, dans le rétroviseur. Puis il parut se rappeler qu'elle savait déjà tout et se détendit.

Il me considère comme une des leurs, à présent, pensai-je. Avec un sourire, j'effleurai le pendentif dissimulé sous mon T-shirt.

– Ce n'était pas vraiment ma question, repris-je. Que s'est-il passé pour qu'on nous conduise au lycée en voiture ? Une nouvelle attaque des numa ?

Je plaisantais, mais voyant que Jules ne bronchait pas, je compris que j'avais visé juste.

– Non ? m'exclamai-je.

– Si. Deux de nos repaires ont été saccagés. L'un dans la nuit et le second tôt ce matin. Les occupants étaient absents.

– Quel est le rapport avec nous ? intervint Georgia. Non que je crache sur le fait d'avoir un chauffeur, évidemment.

– Cette attaque le soir du concert de ton copain, lui répondit Jules, combinée avec cette série d'intrusions signifie que les numa ont repris du service. Et Vincent craint que tu ne deviennes leur cible, Kate.

– Moi ? Pourquoi ?

– Les numa savent que Vincent est le bras droit de J.-B. et ils savent aussi que vous êtes ensemble. Ils n'hésiteraient pas à le provoquer en te kidnappant... ou pire. Vincent veut juste que quelqu'un te protège le temps qu'il puisse s'en charger lui-même.

– J'aimerais te répondre que je suis capable de me défendre seule, mais après m'être mesurée à ces types, l'autre soir dans la ruelle, je vais me contenter de dire merci et de me taire.

– Au fait, Jules, reprit Georgia en se penchant vers lui, je t'assure que j'apprécie le fait qu'on protège ma sœur des vilains méchants zombies. Mais puisque le chapitre est clos, Kate m'a appris qu'Arthur était romancier... ?

À mon grand désarroi, l'obsession de Georgia n'avait pas disparu. Et depuis sa rupture avec Sébastien, la semaine précédente, les allusions devenaient presque quotidiennes.

– Il a demandé de tes nouvelles, d'ailleurs, répondit Jules.

– C'est vrai ? ronronna Georgia. Raconte !

– Il espérait que tu serais remise de tes émotions. Il t'a aperçue dans la rue l'autre jour et t'a trouvé bonne mine.

– Bonne mine ? C'est comme ça qu'on dit « sexy » en vieux français ?

– Et voilà, c'est parti, murmurai-je, provoquant l'hilarité de Jules.

– Sans vouloir te vexer, reprit-il, je crois que si tu l'intéresses, c'est surtout parce que Violette te déteste. Un piment trop rare dans leur relation platonique.

– Platonique ?

Georgia susurra le mot comme on croque un bonbon.

– La prochaine fois, pense à lui rappeler que je suis de nouveau célibataire.

Je secouai la tête et Jules s'esclaffa. Dès notre arrivée au lycée, Georgia bondit hors de la voiture, mais je m'attardai quelques instants.

– Tu m'attends une minute ?

Surpris, Jules acquiesça, tandis que je rattrapai ma sœur.

– Georgia, je sèche aujourd'hui. Tu me couvres ?

Elle me jeta un regard suspicieux.

– Ça te ressemble tellement peu... Je sens que c'est une question de vie ou de mort. Du genre « Fantômette et le guérisseur introuvable », c'est ça ? Qu'est-ce que tu me proposes en échange de mon silence ? lança-t-elle avec un sourire narquois.

– Ça va, ça va. Je demanderai à Jules de parler de toi à Arthur.

– Si tu me promets un rendez-vous, je te garantis un faux mot d'absence.

– Je verrai ce que je peux faire, répondis-je en riant, avant de regagner la voiture.

– Eh, Kate ! me cria ma sœur. Quoi que tu fasses, sois prudente !

– Juré ! lançai-je en lui envoyant un baiser.

Tout en allumant la radio, Jules me regarda d'un air inquiet.

– Alors, c'est quoi cette histoire ?

– Une excursion.

– Où ça ? demanda-t-il, impressionné par la proposition.

– Saint-Ouen.

– Tu sèches les cours pour aller aux puces ? Vincent est au courant ? Non, bien sûr. Évidemment, il ne sait rien, sinon tu aurais attendu son retour.

– Vincent t'a bien demandé de me chaperonner aujourd'hui ? À toi de voir, proposai-je. Soit tu m'y emmènes, soit tu me déposes devant le métro. Suis ton instinct.

– Kate, souffla-t-il d'un air amusé. On t'a déjà dit que tu étais horriblement persuasive ? C'est toi qui mènes les débats en cours ?

Je fis un signe négatif.

– Tu devrais, répliqua-t-il en enclenchant la vitesse, avant de reprendre à vive allure la direction de Paris.

– Jules ?

– Mmmh ?

– Comment es-tu mort ?

Coincés dans un bouchon sur le périphérique depuis plus d'une demi-heure, nos conversations s'étaient limitées aux anecdotes. J'avais donc appris qu'Ambrose et lui avaient récemment porté secours à des touristes prisonniers d'un bus tombé dans la Seine. Mais je m'interrogeais sur l'histoire de Jules depuis un certain temps et je saisis l'occasion d'en savoir davantage.

– Tu m'as raconté que c'était pendant la Première Guerre mondiale, mais comment, exactement ? Était-ce en tant que soldat ?

– La notion de sacrifice serait trop vague, répondit Jules. Non, combattre dans une guerre ne suffit pas. Si c'était le cas, nous serions nettement plus nombreux.

– Alors, tu as sauvé quelqu'un en particulier ?

– Un ami. Enfin, nous n'étions pas tout à fait proches, mais c'était un artiste et nous fréquentions le même cercle, à Paris. Il s'appelait Fernand Léger.

– Fernand Léger ? LE Fernand Léger ? m'étranglai-je.

– Tu as entendu parler de lui ? demanda-t-il, sans ironie.

– Jules, tu connais ma passion pour l'art.

– Pourtant, il est moins célèbre que les autres... Picasso, Braque ou Matisse.

– Suffisamment célèbre pour que je le connaisse ! D'ailleurs, c'est bien devant un de ses tableaux que je t'ai aperçu à Beaubourg, l'été dernier ? Tu te rappelles, quand tu as fait semblant de ne pas me reconnaître ?

Le souvenir parut le réjouir. Ce jour-là, je l'avais retrouvé bien vivant après avoir vu une rame de métro le percuter. En retournant chez Jean-Baptiste pour obtenir des explications, j'avais découvert Vincent mort sur son lit, avant d'apprendre sa véritable nature. Un jour à marquer d'une pierre blanche.

– Oui. En fait, c'est un portrait de moi – pas du tout ressemblant – qui est exposé dans cette salle. Pas vraiment flatteur. J'ai l'air d'un robot. Ou plutôt d'un squelette de robot. Compréhensible, d'une certaine manière, puisque j'étais déjà mort quand il l'a peint.

– Tu parles de *La Partie de cartes* ? soufflai-je, médusée.

– Eh bien, oui. Dans les tranchées, il n'y avait pas grand-chose d'autre à faire. Plus tard, alors que je le suivais, en errance, je l'ai entendu expliquer que le soldat sur la droite lui avait sauvé la vie. Honnêtement, je ne parviens toujours pas à voir la ressemblance.

– Comment est-ce arrivé ? Enfin, comment l'as-tu secouru ?

– Je lui ai donné mon masque durant une attaque au gaz moutarde. J'ai fini par perdre connaissance, puis l'ennemi a tiré sur tous ceux qui étaient à terre.

Quelle horreur, songeai-je, choquée. Je poursuivis mes questions.

– Pourquoi as-tu fait ça ?

– J'étais jeune. Il était plus âgé. C'était déjà un artiste accompli, renommé. Je le respectais. À vrai dire, je le vénérais.

– Oui, enfin... combien de groupies se sacrifieraient pour leur idole ?

– J'en ai parlé avec d'autres revenants, expliqua Jules en haussant les épaules. Nous avions tous une tendance à la philanthropie presque suicidaire. C'est notre unique caractéristique commune.

Le silence retomba tandis que je me demandai si je serais capable de donner ma vie pour autrui ? Comment le savoir avant de se retrouver pris dans l'instant, à regarder la mort en face ?

Vingt minutes plus tard, Jules gara la voiture à quelques centaines de mètres du *Corbeau*.

– Tu comptes m'expliquer ? s'impatienta Jules pour la énième fois.

– Non, répliquai-je en ouvrant la portière.

Je remarquai un café à proximité.

– Tu peux m'attendre là-bas.

– Et la réponse est non, princesse. Pas question de te laisser filer Dieu sait où, alors qu'à l'évidence tu fais des cachotteries à Vincent. Tu m'as persuadé de t'accompagner en jouant sur la culpabilité et tu vas en subir les conséquences.

Je le toisai d'un air résolu mais compris qu'il n'avait pas l'intention de céder. Je hochai la tête et nous nous dirigeâmes vers la boutique. Au fond, sa présence me rassurait. J'ignorais comment les choses allaient tourner, une fois dans la boutique.

En apercevant de la lumière à l'intérieur du magasin, je sentis mon cœur tambouriner dans ma poitrine. Sur son enseigne, le corbeau nous considérait d'un œil mauvais. Arrivé devant la porte, Jules me jeta un regard scandalisé.

– Tu m'as fait traverser la moitié de Paris pour acheter une... hésita-t-il en observant la vitrine. Une vierge en plastique ?

– Non.

– Quoi, alors ? Une veilleuse à l'effigie du pape ? Kate, je peux savoir ce qu'on fabrique ici ?

– La question est de savoir ce que je fabrique ici et la réponse ne te regarde absolument pas, Jules. Je suis désolée d'avoir eu à t'entraîner avec moi, mais je préférerais que tu m'attendes devant la porte.

– Quoi ? s'écria-t-il.

– Je dois parler avec le propriétaire. S'il s'avère que je me suis trompée, je n'en aurai que pour une seconde. Si j'ai raison, il se peut que ça soit plus long. Mais je dois y aller seule.

– Kate, je ne sais pas comment Vincent réussit à te supporter. Tu es... exaspérante !

– Mais tu feras ce que je te demande ?

Dans un geste agacé, il passa sa main dans ses cheveux bouclés.

– Tu as quinze minutes. Après ça, je viens te chercher, prévint-il avant d'aller s'asseoir sur le trottoir d'en face, au pied d'une devanture condamnée.

27

Lentement, je poussai la porte mais, capricieuse, elle refusa de s'ouvrir. Je forçai et manquai de trébucher lorsqu'elle céda enfin. Je jetai un regard embarrassé autour de moi. La pièce était encore plus encombrée que la vitrine. Je compris aussitôt qu'on avait placé les objets de moindre valeur en évidence, sans doute pour décourager les voleurs. Je me trouvais entourée d'une collection de bibelots fascinante, digne d'un musée.

Je remarquai une madone en ivoire. Sa hanche, où elle appuyait son enfant, suivait la courbe naturelle de la corne. Elle côtoyait un reliquaire richement décoré, fermé par un loquet en forme de doigt doré. J'aperçus quelques médailles à l'effigie de saints, des chapelets suspendus dans chaque recoin ainsi que des crucifix en pierre et métaux précieux. Chaque objet aurait pu présenter à lui seul un intérêt esthétique, mais les voir entassés dans cet espace réduit avait quelque chose de sinistre. L'endroit ressemblait à un tombeau rempli d'offrandes destinées au défunt pour son passage dans l'au-delà.

Je fixai un instant le comptoir avant de réaliser que quelqu'un se trouvait derrière et m'observait fixement. Il se tenait si parfaitement immobile que lorsqu'il m'adressa la parole, je fis un bond.

– Bonjour mademoiselle. Que puis-je faire pour vous ?

– Je... je suis désolée, m'exclamai-je en pressant une main contre ma poitrine. Je ne vous avais pas vu.

Il pencha la tête de côté, manifestement surpris que son immobilité dérangeante m'ait déroutée. *Quel homme étrange*, songeai-je. Ses cheveux noir ébène ramenés en arrière et ses yeux immenses qui m'observaient derrière d'épaisses lunettes rappelaient l'oiseau de son enseigne. *Vraiment, vraiment flippant*, me dis-je avec un frisson.

– C'est que, euh... on m'a dit que je trouverais un guérisseur ici, bredouillai-je avec un peu trop d'hésitation.

Il confirma d'un geste gauche et s'écarta du comptoir, révélant sa silhouette squelettique, vêtue d'une façon curieusement démodée.

– Vous parlez certainement de ma mère. Que vous arrive-t-il ?

Me remémorant ma conversation avec la vendeuse de la boutique voisine, je bredouillai :

– Des... des migraines.

Cet homme étrange et la situation qui l'était tout autant me mettaient extrêmement mal à l'aise. En rencontrant les revenants, j'avais eu l'impression de débarquer dans un pays bizarre et inconnu, mais je me sentais à présent comme Neil Armstrong, posant le pied sur la lune.

Il hocha la tête et tendit son bras maigre vers une porte, au fond de la pièce.

– Par ici, je vous prie.

Slalomant entre les piles de livres et les statues des martyrs, je le suivis le long d'un petit escalier raide. Il disparut derrière une porte, en haut des marches, puis reparut en me faisant signe d'entrer.

– Elle va vous recevoir, ajouta-t-il.

En m'avançant, j'aperçus une femme âgée, tricotant au coin de la cheminée dans un vieux fauteuil émeraude. Elle leva les yeux de son ouvrage.

– Approche, mon enfant, dit-elle en désignant un siège rembourré, face au sien.

Son fils nous laissa et referma la porte derrière moi.

– Alors comme ça, tu as des migraines ? Tu sembles bien jeune pour souffrir de ce genre de maux, mais j'ai déjà guéri de tout petits enfants. Nous allons te remettre sur pied.

Je m'installai sur le fauteuil. Elle ne lâcha pas son tricot.

– Maintenant, explique-moi : quand sont apparus les symptômes ?

– À vrai dire, je n'ai pas de migraines. Je voulais vous voir pour un tout autre sujet.

Elle parut plus intriguée que surprise.

– Dis-moi tout.

– J'ai découvert un manuscrit très ancien. Il s'intitule *L'Amour immortel.* Il parle d'un guérisseur dans les environs de Saint-Ouen, doté de pouvoirs particuliers concernant... des êtres pas tout à fait ordinaires.

J'avais préparé mon discours, mais les mots me venaient difficilement. Maintenant que je me trouvais là, j'étais nettement moins sûre de moi. Tout semblait concorder et pourtant... quelles étaient les chances pour que cette vieille femme soit la descendante du sorcier mentionné dans le livre ? À des siècles d'intervalle et parmi les milliers de guérisseurs qui avaient dû un jour exister en France ?

Le cliquettement des aiguilles s'interrompit. Elle me dévisageait, suspendue à mes lèvres. Sous son regard fixe, je me sentais soudain stupide.

– Des êtres, poursuivis-je néanmoins, qu'on appelle des revenants.

Elle m'observa encore quelques instants, puis, rangeant son tricot dans un sac en tapisserie, elle posa une main contre son cœur et se pencha en avant. Je crus d'abord à un malaise, mais je réalisai qu'elle riait.

Elle s'interrompit pour reprendre son souffle.

– Pardonne-moi, ma chérie, je ne voulais pas me moquer de toi. C'est simplement que... qu'on a tendance à prendre les guérisseurs pour des magiciens, ce qui donne lieu à toutes sortes de malentendus. J'ai conscience que la boutique n'arrange rien et qu'avec tous ces objets religieux, les gens m'imaginent comme une sorte de sorcière mystique. Je ne suis qu'une vieille femme qui a hérité du don de son père : celui du pouvoir de guérison. Mais ça s'arrête là. Je ne peux ni appeler les esprits, ni jeter de mauvais sorts sur tes ennemis. Et je ne sais rien de ces... immortels, quels qu'ils soient.

Mortifiée, mais surtout déçue, je sentis que je rougissais. Je m'étais emballée, persuadée de toucher au but, pour finalement me heurter à un mur. Les yeux brillants de larmes, je tentai de me dominer.

– Je suis vraiment désolée de vous avoir importunée, dis-je en me levant, avant d'ajouter : euh, je vous dois peut-être quelque chose...

– Non, répondit-elle brusquement, avant de se radoucir. Écris juste ton nom sur l'une de ces cartes et dépose-la dans ce récipient, afin que je puisse te joindre à mes prières.

D'un geste, elle désigna une pile de bristols vierges sur une table. J'inscrivis mon prénom sur l'un d'eux et me penchai pour le placer dans le pot. Je me figeai aussitôt.

Au fond de la jatte, j'aperçus le symbole de la pyramide contenue dans un cercle, entouré de flammes. Je me retournai vers la vieille guérisseuse, qui me scrutait avec intérêt. Elle attendait.

Je retirai mon pendentif et lui montrait le *signum*.

D'abord stupéfaite, elle finit par se lever.

– Eh bien, dit-elle, passant d'une froideur professionnelle à une franche bonhomie, si tu l'avais sorti tout de suite, tu nous aurais épargné cette mascarade. Sois la bienvenue, petite sœur.

Je me rassis sur le fauteuil, le cerveau en ébullition. J'avais du mal à en croire mes oreilles. Avais-je vraiment réussi ?

– Est-ce que ça va, ma puce ? me demanda-t-elle en se levant pour m'offrir un verre d'eau.

– Oui ! m'exclamai-je, un peu trop fortement. Oui, ça va, je... Je suis juste... surprise que vous soyez vraiment...

Je ne savais plus que dire, aussi je me tus et attendis.

– Eh bien, oui, je le suis vraiment. Ou plutôt, ma famille l'est. Même si personne n'est jamais venu m'entretenir des revenants. Quelques siècles se sont écoulés depuis qu'on nous a sollicités à ce sujet. Alors, tu imagines mon enthousiasme... ajouta-t-elle, le regard brillant. Cela signifie donc que tu as trouvé les deux exemplaires du livre.

– Comment avez-vous deviné ?

– C'est que nous avons eu quelques ennuis au dix-septième siècle. Vois-tu, des membres du clan adverse, les numa, avaient mis la main sur un des manuscrits et étaient parvenus à nous retrouver. Un incident fort regrettable. En récupérant ce livre, mon ancêtre a aussi localisé l'aristocrate qui en possédait l'unique autre copie. Ensemble, ils ont effacé un mot sur chacun des deux textes, afin de nous rendre plus difficiles, mais pas impossibles à trouver. Car nous pouvons être utiles, ajouta-t-elle fièrement. Tu n'aurais pas les manuscrits avec toi, par hasard ?

– Non, avouai-je.

– Quel dommage ! J'aurais tant aimé les examiner de plus près. Je ne possède qu'une version recopiée par mon grand-père. Nous ne pouvions évidemment pas conserver les originaux... Ç'aurait été contre-productif, n'est-ce pas ?

– En... en effet, bredouillai-je, luttant pour suivre le fil.

– Alors, dis-moi... euh...

– Kate. Kate Mercier.

– Dis-moi, Kate Mercier, quelle était ta requête ? prononça-t-elle lentement, comme si elle récitait une formule magique.

– Je... je suis amoureuse. D'un revenant.

– Oh, ma pauvre chérie, souffla la vieille dame, décomposée.

Son regard empreint de pitié ne fit que renforcer ma détermination.

– Il est encore jeune... Il s'est métamorphosé il y a moins d'un siècle. C'est pourquoi le besoin qu'il éprouve de mourir est toujours très intense. Je l'aime, mais je ne suis pas assez forte pour endurer ces morts répétées...

– Peu de gens le seraient, ma chérie. À moins de se fermer à toute émotion, mais quelle vie traumatisante serait la tienne ! Quand bien même y parviendrais-tu, tu ne serais plus la même jeune fille sensible dont il est tombé amoureux.

Touchée par ses paroles, je demeurai silencieuse un instant.

– Je cherche un moyen d'atténuer la douleur qu'il éprouve en résistant à cette pulsion. Afin qu'il puisse tenir plus longtemps. Peut-être… le temps d'une vie, dis-je, songeant « jusqu'à ma mort ». Je ne veux pas le voir souffrir à cause de moi.

– Je comprends, reprit-elle avec un soupir. Mais je dois t'avertir. Je n'ai ni potion magique ni onguent qui puisse faire figure de remède miracle. Tu t'en souviens sans doute : le jeune homme du manuscrit n'a pas retrouvé mon ancêtre à temps. Mais à mesure que cette histoire s'est transmise, au fil des générations, ceux qui possédaient le don ont laissé des écrits, relatant leurs connaissances et leurs réflexions. Il me faudra consulter mes archives, Kate. Je sais certaines choses des revenants. On m'a enseigné plusieurs secrets, mais aucun n'est susceptible d'apporter une solution à ce problème. Tu as choisi un chemin difficile, que je ne t'envie pas. Mais je ferai de mon mieux afin d'alléger votre fardeau… à tous les deux.

Elle se leva et s'approcha de la porte.

– Redescendons, proposa-t-elle.

Au bas de l'escalier, nous nous figeâmes.

Debout au milieu de la pièce, Jules pressait la pointe de son épée contre la poitrine du fils. Celui-ci me paraissait à présent minuscule, sous le regard menaçant du revenant.

– Je ne vois pas de quoi vous voulez parler, bafouillait l'homme. Il n'y a personne d'autre que moi ici.

– Je sais qu'elle est là, tempêta Jules en acculant l'autre à son comptoir. Maintenant, dites-moi où elle se trouve.

– Jules, arrête ! m'écriai-je.

Les deux hommes se tournèrent vers nous. Jules rangea aussitôt son arme dans son fourreau.

– Kate, est-ce que ça va ? demanda-t-il en m'ouvrant les bras.

– Une aura aussi ardente qu'un feu de forêt, remarqua la vieille femme en observant Jules. Vous êtes l'un d'entre eux.

Lentement, elle esquissa une étrange révérence. Médusé, Jules la dévisagea, jusqu'à ce qu'elle lui tende la main.

– Mon nom est Gwenhaël et voici mon fils, Bran.

L'homme aux yeux immenses se tenait la poitrine, toujours sous le choc. Jules me jeta un regard interrogateur et s'éclaircit la gorge.

– C'est le garçon dont tu m'as parlé ? demanda la vieille femme.

– Non.

Elle scrutait Jules comme pour mémoriser chaque détail de son visage. Jules attendait, sourcils levés.

– Votre présence nous honore, reprit Gwenhaël, avant de se tourner vers moi. Et la tienne également, chère Kate. Donne-moi une semaine et reviens nous voir. Cela me laissera le temps d'étudier les écrits de mes ancêtres. Je pourrai peut-être t'aider.

– Merci, madame...

– Gwenhaël, corrigea-t-elle en tapotant ma main. À la semaine prochaine.

Contournant soigneusement Jules, Bran me tendit une carte comportant un numéro de téléphone.

– Appelle avant de venir. Ça t'évitera de te déplacer pour rien. À bientôt, dit-il en s'inclinant légèrement.

Puis, sans nous quitter de son regard brillant, il nous adressa un petit geste tandis que nous sortions. Nous avions fait à peine quelques mètres que Jules s'emporta.

– Tu comptes m'expliquer ce que tout ça signifie ?
– Absolument pas.
– Dis-moi que tu vas en parler à Vincent.
– Oui... bientôt.
Jules secoua la tête.
– Tu as disparu pendant près de vingt-cinq minutes. Tu aurais au moins pu me faire un signe de l'intérieur pour me rassurer.
Il paraissait hors de lui, mais je voyais bien que c'était l'inquiétude qui le rendait furieux.
– Je suis désolée, répondis-je, sincère.
Nous grimpâmes dans la voiture et Jules prit la direction de Paris. Après une quinzaine de minutes de silence, il reprit la parole.
– Kate, tu dois m'expliquer ce que tu fabriquais dans ce bric-à-brac avec cette vieille chouette et le Corbeau, là.
– Le corbeau ?
– Il s'appelle Bran ? En breton, ça signifie « Corbeau ».
Ah.
– Kate... cette femme sait-elle qui je suis réellement ?
– C'est une guérisseuse et sa famille est liée aux revenants.
Il s'interrompit, sidéré.
– Et tu te trouvais là parce que...
– Je cherche le moyen d'aider Vincent. Afin qu'il arrête cette expérience, qui semble lui faire plus de mal que de bien.
Jules parut se détendre, car il reprit d'un ton plus doux, plus compréhensif :
– Kate, je ne sais pas vraiment quoi te répondre. Tu n'as pas l'air de réaliser à quoi tu t'exposes en explorant seule cet univers qui est le nôtre. Ces gens auraient pu s'avérer

dangereux. Ils pourraient fort bien l'être, d'ailleurs, car tout ce qui se rapporte aux revenants est aussi lié aux numa. Ils pourraient très bien être en contact avec eux.

– Non, Jules. J'en suis certaine. Gwenhaël m'a même expliqué que sa famille avait eu des ennuis avec les numa il y a quelques siècles.

– Quoi ? Tu vois, Kate ! s'écria-t-il en frappant le volant du plat de la main.

– Ils sont de votre côté. Notre côté. Je ne courais aucun danger.

– Comment peux-tu en être certaine après vingt minutes de conversation ? grinça-t-il.

– Je le sais, c'est tout.

– Si les numa ont pu retrouver cette famille de guérisseurs par le passé, ils pourraient très bien recommencer, ajouta-t-il à voix basse, comme pour lui-même.

Il me jeta un regard en coin, avant de se concentrer sur la route.

– Kate, reprit-il, semblant peser chaque mot. Tu comptes beaucoup pour moi. Tu ignores à quel point...

Il s'interrompit pour prendre ma main. La tiédeur de sa paume réchauffa quelques instants la mienne. Il la serra tendrement avant de la lâcher.

– Et ce que tu fabriques en ce moment me file une trouille bleue. Jure-moi de ne plus jamais t'embarquer dans une situation aussi dangereuse. Pas seule. Pas sans avoir averti l'un d'entre nous.

– C'est promis.

– J'ignore si je peux te croire, mais tu sais au moins ce que j'en pense. D'ailleurs, dit-il avec un large sourire voyou, tu me considères bien comme un ami, n'est-ce pas ?

Je hochai la tête, sans comprendre où il voulait en venir.
– Alors, pourquoi m'as-tu fait un coup pareil ? Vincent est mon meilleur ami et quand il découvrira que je t'ai conduite là-bas sans l'avertir, il sera fou furieux. Et ce n'est pas à toi qu'il en voudra, mais à moi.
– Donc tu ne vas rien lui dire ? insistai-je.
– Non. Je vais te laisser le soin de t'en charger.
– Ne t'en fais pas, répliquai-je d'un ton de défi. Dès que j'en saurai davantage. Je ne compte pas attendre qu'il dépérisse pour trouver une solution.
Jules ralentit en arrivant devant mon immeuble et se tourna vers moi d'un air las.
– Kate, je dois reconnaître que tu es une fille sacrément déterminée. Mais quand tu prévois de faire enrager Vincent, sois gentille, laisse-moi en dehors de ça.
Je fus frappée par son ton empreint de loyauté farouche.
– Je t'assure, je n'avais pas réfléchi avant de demander ton aide, répondis-je d'une voix étranglée. Je ne veux surtout pas causer de problèmes entre Vincent et toi. Je suis vraiment désolée, Jules.
Il hocha la tête.
– File, me dit-il avec un sourire contrit.
– Merci, soufflai-je en me penchant pour l'embrasser sur la joue.
– Tes grands-parents ne seront pas étonnés de te voir rentrer si tôt ?
– Mon grand-père est à la boutique et ma grand-mère travaille au Louvre toute la semaine. Si tu n'en parles pas, ils n'en sauront jamais rien.
– Compris. À demain matin, alors. Sept heures trente tapantes.

Ma gorge se serra et j'eus du mal à sourire.
– Tu es toujours chargé de me protéger ?
– Jusqu'à la mort, répliqua-t-il avec un petit salut, avant de redémarrer en trombe.

28

Vincent m'appela dans la soirée pendant que je révisais mes cours.

– *Guten Tag*, plaisantai-je en décrochant.

Il se lança dans un monologue en allemand, que, même avec quelques notions, je fus incapable de comprendre.

– Euh... *Danke. Lederhosen ?* Désolée. « Pantalon en cuir », c'est tout ce que je sais dire. Alors, tu as trouvé Charles ?

– Oui. Je suis avec lui et... ses colocataires.

Des échos de speed metal couvraient ses paroles.

– Pourquoi tu ne sors pas pour me parler ? lui criai-je.

– Je suis déjà dehors ! hurla-t-il. Attends une minute. Voilà, reprit-il quand la musique parut plus lointaine, j'ai traversé la rue. Tu m'entends ?

– On peut savoir où Charles a atterri, exactement ? demandai-je en riant.

– Tout ce que je peux te dire, c'est que l'ambiance le change de chez Jean-Baptiste.

– Il va bien ?

– Mieux que ça ! Pour une fois, il a presque l'air heureux. Même s'il culpabilise d'avoir abandonné Charlotte. Il ne se sent pas encore prêt à rentrer. Et je pense que Berlin pourrait lui faire du bien.

– C'est génial.

– Oui. Je dois maintenant retrouver leur informateur concernant les numa. Charles et ses amis ne le connaissent pas très bien et je vais avoir du mal à le localiser. Je vais sans doute rester encore deux jours ici. Ensuite, j'imaginais descendre dans le Sud pour rendre visite à Charlotte. Lui donner des nouvelles de son frère et m'assurer que tout se passe bien avec Geneviève.

– Ça signifie qu'on ne se verra pas avant la semaine prochaine ? demandai-je, le cœur serré.

– En fait, j'aimerais que tu m'accompagnes. J'ai pensé que tu serais contente de revoir Charlotte et puis, plus égoïstement, que ce serait l'occasion de faire une escapade tous les deux. Pour une fois, je t'emmènerais quelque part.

Le sentiment d'oppression disparut aussitôt et je manquai de faire des bonds dans ma chambre.

– Une escapade ? Tous les deux ? Sur la Côte ? Vraiment ?

– Tu crois que tes grands-parents seraient d'accord ?

Je tentai vainement de contenir mon euphorie.

– Oh, Vincent, ce serait fantastique ! S'il s'agit de rendre visite à Charlotte et Geneviève, je suis certaine que mes grands-parents accepteront sûrement.

– Alors c'est dit ! Je serai de retour de Berlin vendredi au plus tard. En prenant le train vers seize heures, nous pourrions être à Nice aux alentours de vingt-deux heures. Et nous rentrerons le dimanche soir. Le week-end sera court, mais pas question que tu manques le lycée !

Je sentis mes joues s'enflammer. S'il avait pu se douter que j'avais séché toute la journée, pour une raison qui ne lui aurait sans doute pas plu... Que j'avais fait de Jules mon complice... Que dirait-il ? Car j'étais décidée à tout lui dire. Il fallait seulement trouver le bon moment.

Le lendemain, je demandai à Jules de faire un crochet par la rue de Grenelle avant de me ramener chez moi.

– Pourquoi ? Vincent te manque tellement que tu as besoin d'aller dans sa chambre ? ironisa-t-il.

– Non. J'ai emprunté un livre dans la bibliothèque et j'ai oublié de le rapporter.

Pourquoi cela semblait-il si simple avec Jules et si difficile avec Violette ?

– Oh-oh... tu vas t'attirer les foudres de Gaspard, notre cerbère bibliothécaire. Et quand il veut, il sait se montrer terrifiant, ajouta-t-il, le regard menaçant, les sourcils levés.

J'éclatai de rire.

– Je suis sûre qu'il n'y aurait vu aucun inconvénient. Mais j'ai oublié de l'avertir et je voudrais le remettre à sa place avant qu'il s'en aperçoive.

– Quel sens de l'honnêteté ! s'exclama-t-il, moqueur, si bien que je lui donnai un léger coup dans le bras.

Il m'attendit dans la voiture pendant que je courais jusqu'à la porte et, la voie apparemment libre, je me glissai subrepticement dans le cabinet de travail.

Je sortis le livre de mon sac et dénouai le foulard dans lequel je l'avais enveloppé. Je tirai le carton d'archives de l'étagère lorsque j'entendis quelqu'un s'éclaircir la gorge. En me retournant, j'aperçus Arthur dans un recoin de la pièce, entouré d'un amas de volumes ouverts, son carnet et son stylo posés en équilibre sur ses genoux.

– Bonjour Kate, me lança-t-il.

– Oh, bonjour Arthur, repris-je.

Je glissai le manuscrit dans sa boîte, que je rangeai à sa place aussi vite que possible.

– Qu'est-ce que c'est ? me demanda-t-il.

Je m'imaginais qu'il ne remarquerait rien. Quelle idiote !

– Oh, c'est un livre que j'ai trouvé l'autre jour... expliquai-je d'un ton détaché, consciente d'être une comédienne exécrable.

Sentant que la culpabilité se lisait sur mon visage, je changeai brusquement d'humeur. En quoi cela le regardait-il, après tout ?

– ... il parle de loups-garous. Non, de vampires, plutôt... Enfin, tu sais ce que c'est. Nous autres mortels, nous sommes trop stupides pour faire la différence.

Il se leva et s'approcha.

– Kate, je regrette sincèrement de t'avoir humiliée devant les autres. Vraiment c'était....

Il hésita et parut sincère.

– ... irréfléchi de ma part. Je reste toutefois convaincu que certaines informations ne doivent pas tomber dans l'oreille des mortels. Comme... le contenu de nos conversations durant nos réunions. Ou les livres que renferme cette bibliothèque. Non que tu ne mérites pas de savoir. Mais tout ça pourrait te mettre en danger.

Révoltée, je levai la main pour l'arrêter.

– Sois gentil, Arthur, épargne-moi tes explications, je n'ai aucune envie de les entendre.

Je touchai le *signum* sous mon T-shirt, cherchant à me rappeler qu'au moins pour l'un d'entre eux – celui qui comptait le plus à mes yeux –, j'étais un membre du clan à part entière. Je perdis alors mon calme.

– Tu viens peut-être d'une époque où les mortels passaient pour des moins que rien, où l'on estimait que seuls les hommes étaient dignes d'être instruits et que les jeunes filles comme Violette avaient besoin de protecteurs. Mais nous sommes au vingt et unième siècle. Tu vois ça ? demandai-je en sortant le *signum* de mon col. Ça prouve que je suis des vôtres. Et ça ? ajoutai-je en posant l'index sur ma tempe. Ça veut dire que j'ai un cerveau et que je ne suis pas plus bête que toi. Et ça, conclus-je en lui tendant le majeur, ça signifie que tu peux aller te faire voir, espèce de pauvre snob arriéré.

Là-dessus, je tournai les talons et quittai la pièce. L'expression pétrifiée d'Arthur figurerait sans doute longtemps parmi mes plus grandes victoires.

Le vendredi après-midi, Vincent et moi trouvâmes la gare de Lyon en plein chaos. Le personnel était en grève et seul un train sur trois circulait. Vincent observa le tableau des départs.

– Annulé. Ne t'en fais pas, dit-il en me voyant déçue. Nous prendrons le prochain.

Consultant la liste des TGV maintenus, il égrena les destinations.

– Nice... Demain, arrivée à quatorze heures.

– Oh non ! gémis-je. Ça ne fait même pas vingt-quatre heures sur place... En admettant que nous trouvions un train pour rentrer.

J'observai le panneau des départs, puis Vincent.

– Et en voiture ?

– Plus de huit heures si on ne s'arrête pas et c'est sans compter les embouteillages. Pas vraiment réaliste.

Il réfléchit quelques instants, puis sortit son portable pour taper un message.

– J'ai une idée. On va prendre un taxi.

Une demi-heure plus tard, nous étions à l'aéroport du Bourget pour embarquer à bord d'un petit jet privé.

– Il appartient à Jean-Baptiste. On le réserve aux urgences, me criait Vincent par-dessus le bruit des réacteurs tandis que nous grimpions l'échelle.

– J'imagine, oui. Le vol doit coûter une véritable fortune, répondis-je en pénétrant dans la cabine, prévue pour huit passagers.

– À vrai dire, c'est surtout l'émission de CO_2 qui m'ennuie, avoua Vincent.

Normal, pour un être dont la mission consiste à sauver l'humanité, pensai-je en jetant autour de moi des regards éblouis, quoiqu'un peu coupables.

Une heure plus tard, l'avion atterrissait à Nice. Charlotte nous attendait dans le hall et elle se précipita pour nous serrer dans ses bras.

– Vous n'imaginez pas comme c'est bon de vous revoir ! Pour un peu, je serais rentrée à Paris rien que pour vous embrasser. Merci de m'économiser le voyage !

En détaillant mieux Vincent, elle étouffa un cri.

– Vincent ! Mais tu as une mine épouvantable ! s'exclama-t-elle en effleurant les cernes qui marquaient ses yeux.

Près de trois semaines s'étaient écoulées depuis son dernier sommeil. Il paraissait plus mal en point que le mois précédent et il lui restait huit jours à tenir. Son expérience, prétendait-il, s'avérait concluante, mais j'aurais préféré qu'il y mette fin sur-le-champ. Je devais revoir Gwenhaël la semaine suivante et si, comme je l'espérais, elle avait découvert quelque chose, Vincent pourrait cesser cette expérimentation malsaine.

– Regarde-toi ! lançai-je à Charlotte pour changer de sujet, tout en observant ses cheveux, qui lui arrivaient presque aux épaules. Je t'ai quittée il y a moins de deux mois. Comment tes cheveux ont-ils pu pousser aussi vite ?

Réalisant que je m'adressais à une revenante, j'éclatai de rire. Charlotte parut s'en amuser, puis reprit :

– Geneviève et moi n'avons pas fait que nous tourner les pouces ! C'est vrai, Vincent et toi parlez sans doute d'autre chose que d'entretien capillaire. Quand nous sauvons les gens, avec le transfert d'énergie, un passage hebdomadaire chez le coiffeur est obligatoire.

– Le tien ne finit pas par se poser des questions ?

– J'en ai quatre à Paris et j'alterne pour qu'ils ne se rendent compte de rien.

Encore un détail que je n'aurais jamais imaginé seule. Le monde des revenants cesserait-il un jour de m'étonner ?

Nous quittâmes le terminal. Dehors, la nuit tombait. Le froid était moins vif qu'à Paris. Le parfum de l'air marin flottait dans l'atmosphère.

Geneviève nous attendait dans une Mini rutilante. En nous apercevant, elle sortit de la voiture et se précipita pour me serrer dans ses bras.

– Je suis si contente de vous voir !

En s'avançant pour embrasser Vincent, elle frémit.

– Vincent, je dois être franche, tu ne sembles pas en grande forme. Allez, rentrons, conclut-elle.

Charlotte et moi nous installâmes à l'arrière tandis que Vincent se contorsionnait pour se glisser dans l'étroit habitacle. Ses genoux repliés touchaient presque sa poitrine. Nous suivîmes le bord de mer et sa promenade illuminée, le long des plages, avant d'emprunter la Corniche qui reliait Nice à Villefranche.

Une vingtaine de minutes plus tard, Geneviève s'engagea sur une allée de graviers qui menait à une maison perchée sur la colline et conçue entièrement en verre et en bois. Elle ressemblait davantage à un musée contemporain qu'à une villa.

– Nous y sommes, s'écria Charlotte tandis que nous nous extirpions de la voiture. Vous arrivez juste à temps pour dîner.

– Entrez, entrez ! nous pressa Geneviève.

Je me tournai vers Vincent qui guettait ma réaction.

– C'est fantastique, merci, murmurai-je en me hissant sur la pointe des pieds pour l'embrasser.

– Tout le plaisir est pour moi, répondit-il avec un clin d'œil.

C'était étrange de le voir en dehors de l'environnement familier de la capitale et j'eus le sentiment qu'il partageait mon impression.

La villa n'avait absolument rien de commun avec l'hôtel Grimod. L'architecture du vingtième siècle trouvait un écho dans le mobilier : tout était fait pour que le regard du visiteur se concentre sur la vue extérieure. Poussant la baie vitrée, je m'avançai sur une grande terrasse en bois, surélevée et donnant sur la mer. Nous dominions la Méditerranée. Les lumières de Villefranche scintillaient à nos pieds, illuminant son port et l'armada de yachts dans sa rade.

– Je n'arrive pas à croire que vous habitez là, dis-je à Charlotte, appuyée contre la rambarde. C'est une fenêtre ouverte sur l'un des plus beaux endroits de la Terre !

– Je sais ! s'enthousiasma-t-elle, les yeux rivés sur l'horizon. C'est un vrai petit paradis. Je n'ai pas le droit de me plaindre... C'est juste que les autres me manquent beaucoup.

– Nous allons te remonter un peu le moral, dis-je en la prenant par les épaules, réalisant brutalement à quel point son absence m'avait pesé.

Si j'appréciais beaucoup mes sorties avec Violette, nous n'avions pas la complicité que je partageais avec Charlotte. Avec Violette, la relation nécessitait des efforts. Avec Charlotte, tout semblait naturel.

Nous dînâmes dans la salle à manger, sous la verrière qui jouxtait la terrasse, installés de façon à ce que chacun puisse admirer la vue.

– Parle-moi de Charles, Vincent, demanda Charlotte dès que nous fûmes assis.

– Il va bien. À ce que j'ai compris, il avait fait la connaissance d'un Berlinois à l'une des réunions du clan et a décidé de lui rendre visite.

– Je me souviens de lui. Charles le trouvait fascinant. Du genre... punk. Cheveux bleus et collection de piercings.

Vincent arqua un sourcil.

– Ils ont tous plus ou moins le même look dans cette coloc'.

– Quoi ? Même Charles ? s'étrangla Charlotte.

– Ça lui va plutôt bien, s'esclaffa Vincent.

– Sérieusement ? Tu as pris une photo ?

– Eh bien, ma mission pour Jean-Baptiste ne m'a pas vraiment laissé le temps d'immortaliser sa chevelure.

– On se fiche de son look, interrompit Geneviève avec impatience. Donne-nous de ses nouvelles. Que fait-il à Berlin ? Quand revient-il ?

– Pour l'instant, je pense que c'est l'environnement idéal pour lui, expliqua Vincent, enthousiaste. Ce clan berlinois se compose exclusivement de jeunes revenants qui ont chacun éprouvé une période de doute, à un moment ou un autre, sur le sens de leur existence. Ils ont tous mal vécu leur destinée. C'est un peu comme un groupe de soutien. Ils se réunissent souvent pour en discuter. Et leur leader les motive énormément. Il parvient à leur faire comprendre que les revenants s'inscrivent dans le cycle logique et naturel de la vie. Que leur rôle d'ange gardien leur permet d'offrir une seconde chance aux mortels. Ils prennent leur tâche plus à cœur et les maraudes deviennent de véritables missions. Ils sont concentrés, passionnés. C'est assez surprenant à voir.

Tout en l'écoutant, Charlotte avait fermé les yeux, comme pour mieux l'imaginer. Lorsque Vincent se tut, elle lui adressa un sourire radieux.

– Je suis tellement soulagée. J'ai vécu des moments atroces quand il a disparu. Il ne s'est jamais vraiment remis de sa dépression après cette histoire avec Lucien et je craignais qu'il ne retombe dans ses errements : solliciter l'aide des numa afin d'en finir. Je pensais que cette fois il voulait s'éloigner, pour ne pas nous mettre en danger.

– Notre petit groupe parisien est peut-être trop étouffant pour lui, observa Geneviève. Il n'y trouvait pas l'espace suffisant pour se chercher, s'épanouir. Vivre en autarcie avec les mêmes personnes durant des décennies peut s'avérer pesant.

– Tu as raison, dit Charlotte. Il a besoin d'indépendance. Mais... tu penses qu'il reviendra ?

– Très franchement ? Je n'en sais rien, avoua Vincent.

Le silence retomba, puis je finis par demander :

– Et toi, Geneviève ? Comment vas-tu ?

– Je vis au jour le jour, répondit-elle, le regard plus triste. Charlotte n'a pas son pareil pour me changer les idées. Rester dans notre maison à Paris aurait été un enfer. Le changement de cadre me fait du bien, et nous sommes tout près de Nice, où une dizaine des nôtres sont établis depuis longtemps.

– Tu as fait quelques rencontres intéressantes dans ce groupe ? soufflai-je à Charlotte d'un air entendu.

Elle secoua la tête.

– Pour des relations amicales, oui. Mais personne en particulier. Mes... sentiments n'ont pas changé.

Elle jeta un regard en direction de Vincent, qui se détourna pour nous laisser un peu d'intimité. Nous continuâmes à papoter tard dans la soirée jusqu'à ce que je sente mes yeux se fermer.

– Désolée, mais je suis épuisée ! Je sais que vous resterez debout toute la nuit, mais moi, je vais avoir besoin d'un lit.

– Je vais te montrer ta chambre, m'annonça Charlotte.

– Je viendrai te border plus tard, me lança Vincent avec un clin d'œil.

Je suivis Charlotte jusqu'au bout du couloir. Je posai mon sac au pied d'un lit immense, face à une grande baie vitrée qui donnait sur le port.

– Jolie vue, non ?

– C'est splendide, Charlotte ! Merci beaucoup. Tu m'as vraiment manqué.

– Toi aussi, tu me manques. Toi et tous les autres.

L'air mélancolique, elle dirigea son regard vers la mer.

– Est-ce qu'il appelle, parfois ? demandai-je alors.

Charlotte poussa un long soupir.

– Ambrose ? Sans arrêt ! Mais ce n'est pas moi qu'il appelle.

– Quoi ? m'exclamai-je, avant de comprendre. Non ?!

– Si. Jusque-là, ça reste innocent. Geneviève croit qu'il essaie d'être gentil... Présent. Mais il s'est confié à moi. Il m'a expliqué qu'il l'aime depuis toujours. Ambrose s'imaginait qu'à la mort de Philippe, il aurait peut-être une chance de gagner son cœur. Il m'a demandé de ne pas lui en parler, évidemment. Il ne veut surtout pas la presser, car il a conscience qu'il lui faudra du temps pour faire son deuil. Il est si amoureux qu'il ne peut pas s'empêcher de prendre constamment des nouvelles.

– Oh, Charlotte, c'est affreux...

– Pour moi, oui. Mais pas nécessairement pour eux. Qui sait ? Geneviève finira peut-être par éprouver les mêmes sentiments.

Je la serrai dans mes bras pour la réconforter et la sentis fondre en larmes.

– Oh, Kate, j'aurais tellement voulu que ce soit moi.

– Je comprends, Charlotte. C'est ce que j'espérais. C'est vraiment injuste... Je trouve que vous iriez si bien ensemble.

– Moi aussi, dit-elle en s'essuyant les yeux. Mais je ne peux plus penser comme ça. Je les adore tous les deux et... s'ils parvenaient à trouver le bonheur ensemble, alors je ne m'interposerais pas.

Charlotte m'embrassa une dernière fois avant de s'éclipser. Je m'écroulai sur le lit sans prendre la peine de me déshabiller. Je songeai à la vie ou plutôt, dans le cas de Charlotte, à la mort, et à ses aléas. Je fermai les paupières et me laissai bercer par le bruit des vagues.

29

En m'éveillant, je trouvai Vincent à mes côtés, qui me regardait dormir.

– Bonjour mon ange, dit-il en jouant avec une mèche de mes cheveux.

Il se retourna, saisit quelque chose dans un bol sur la table de nuit et avant que j'aie pu réagir, l'enfourna dans ma bouche. Surprise, je mordis dans une chair sucrée.

– Qu'est-che que ch'est... ? tentai-je d'articuler, reconnaissant le goût de la fraise.

– Eh bien, pouffa Vincent, comme tu es obnubilée par ton haleine au réveil, j'ai pensé que j'aurais davantage de chance d'obtenir un baiser si je faisais diversion.

– Avec une haleine de fraise ?

– C'est ce que je préfère, murmura-t-il avec un sourire.

– Tu veux goûter ? demandai-je en m'approchant pour l'embrasser.

– Mmmh, pas mal, pas mal. Mais je crois que je préfère une Kate nature.

Je ris et l'enlaçai.

– C'est tellement fantastique de me réveiller avec toi.

– Ce n'est pas vraiment la première fois. Quand je suis en errance…

– Oui, mais je ne peux pas faire ça, objectai-je en effleurant une fois encore ses lèvres.

Il prit mon visage pour me rendre mon baiser, puis m'attira dans ses bras. Nos deux corps se mêlèrent jusqu'à ne plus savoir quel était le sien et quel était le mien.

Sa main glissa sous mon T-shirt et la sensation nouvelle de sa peau nue contre la mienne alluma un désir puissant qui sommeillait en moi. J'aurais voulu qu'il effleure le moindre millimètre de mon être. À son contact, j'avais l'impression de m'étirer, de m'allonger, comme si j'étais devenue trop petite pour me contenir tout entière. Mon corps semblait sur le point de s'embraser. Le murmure de Vincent me parut étrangement lointain.

– Kate… Est-ce que tu es vraiment prête ? Tu veux vraiment que ce soit maintenant ?

– Oui, répondis-je sans réfléchir avant d'ouvrir les yeux, soudain hésitante.

Vincent se redressa pour se débarrasser de son T-shirt et j'aperçus sa poitrine couverte de bleus, de marques violacées, plus larges et plus sombres que les cernes qui soulignaient ses paupières. Cette vision déclencha en moi une volonté plus grande encore de le protéger, mais elle me fit l'effet d'une gifle.

Nous n'avions pas été francs. Cette révélation m'apparut avec une clarté sidérante, comme si on avait prononcé la phrase à voix haute.

C'était vrai. Nous portions tous les deux un lourd secret, que nous refusions de partager. Et il semblait soudain hypocrite de vouloir partager le reste alors que nous n'étions pas honnêtes l'un envers l'autre. Je n'avais pas envie que les choses débutent ainsi entre nous, et lorsqu'il m'enlaça, je le freinai d'un geste.

– Vincent, arrête. Je... je ne suis pas encore prête.

Il me relâcha, figé durant un instant, puis approcha ses lèvres de mon oreille. Je frissonnai en sentant son souffle tiède caresser ma peau.

– Ça ne fait rien, murmura-t-il. Je t'ai attendue jusque-là. Je ne suis pas pressé. Nous avons tout le temps.

Nous demeurâmes quelques minutes immobiles et je savourai le contact de son corps blotti contre le mien. Enfin, quand il s'écarta assez pour me regarder dans les yeux, il parut inquiet.

– Kate, ne pleure pas.

– Je ne pleure pas, répondis-je alors même que je sentais mes yeux se remplir de larmes.

Ce n'était pas uniquement la frustration. Mon désir n'était pas seulement physique. Il ne s'inscrivait pas juste dans l'instant présent. Je le voulais, corps et âme. Je souhaitais que chaque moment passé ensemble soit rempli de vie, d'amour et du bonheur de s'être enfin trouvés.

Mais en regardant ce garçon allongé tout contre moi, j'avais l'impression que la peine et la mort me raillaient. Outre les marques sur sa poitrine, son visage si harmonieux était empreint d'une pâleur morbide, d'un épuisement évident. Je ne connaissais personne d'aussi fort, et pourtant, cette énergie s'était visiblement amoindrie.

Le voir s'étioler sous mes yeux semblait assombrir encore davantage nos perspectives d'avenir. Les choses n'étaient pas censées se passer ainsi. Nous avions trop longtemps évité cette discussion... mais le moment était venu de parler.

– Tu as fait quoi ? s'étrangla Vincent, horrifié.

Nous étions assis, face à face, au milieu du lit. Je saisis fermement ses mains dans les miennes. Dans le but de le calmer, peut-être, ou plutôt de trouver la force de tout lui dire.

– Vincent, tu m'écoutes, oui ou non ? Il existe un guérisseur. Une longue lignée de guérisseurs, liés depuis toujours aux revenants. Je suis certaine que Gaspard ignore leur existence. La vieille femme affirmait qu'aucun revenant ne les avait contactés depuis des siècles. C'est une nouvelle piste. Il se pourrait même qu'elle parvienne à nous aider.

– Kate, comment as-tu pu tenter une chose pareille sans m'en parler ? Tu as pris des risques énormes. C'est de mon univers qu'il s'agit ! Un monde où la mort est omniprésente.

– Elle l'est dans le mien aussi.

Il ne trouva rien à répondre. Profitant de son silence, je lui racontai toute l'histoire, en commençant par la découverte des deux manuscrits. Puis lui relatai mes recherches pour retrouver la boutique et le moment où j'avais aperçu le *signum* dans la vasque de la guérisseuse. Achevant mon récit, je remarquai son regard brillant. Ce n'était pas une simple lueur d'espoir, mais un véritable intérêt.

– Très bien, Kate, j'avoue que cela pourrait s'avérer prometteur. Mais j'aurais préféré que tu m'avertisses d'abord. Je panique rien qu'en t'imaginant t'aventurer seule chez des gens qui pourraient aussi bien être de vrais barjos. Tu réalises qu'il aurait pu t'arriver de sérieux ennuis ou... pire ? Et je n'aurais jamais su comment te retrouver !

– Jules était avec moi, répondis-je, tâchant de rassembler mon courage en fuite.

– JULES ? gronda Vincent, stupéfait. Jules t'a emmenée voir cette guérisseuse ?

– Eh bien... il ignorait où il me conduisait... et pourquoi... jusqu'à ce que nous ressortions de là.

Mon cœur se serra en reconnaissant son expression. Il se sentait trahi. Avec l'aide de son meilleur ami, j'avais comploté dans son dos.

– Vincent, arrête, repris-je. Je l'ai forcé. S'il y a quelqu'un à qui tu dois en vouloir, c'est moi. Si ça peut te rassurer, il était furieux et m'a avertie que si je ne t'en parlais pas, il s'en chargerait lui-même. Si j'y suis allée, ce n'était pas dans le but de te mentir, Vincent. C'était pour nous.

– Je fais déjà tout ce que je peux pour nous, répliqua-t-il, le regard brillant de colère.

– Quoi ? Qu'est-ce que tu fais exactement ? demandai-je en élevant la voix. À part t'affaiblir, ça ne change strictement rien.

– Tu ne comprends pas la façon dont c'est censé fonctionner, trancha-t-il en posant les mains sur ses tempes, excédé.

– Alors, explique-le-moi, repris-je en effleurant son genou.

Je soutins longuement son regard, jusqu'à ce qu'il cède avec un soupir.

– Très bien. Laisse-moi simplement le temps de réfléchir. Mais nous en parlerons ce soir, c'est promis.

30

La matinée s'écoula rapidement au gré de nos promenades, de la petite ville jusqu'à la plage déserte. Après le déjeuner, durant lequel Geneviève avait interdit toute conversation trop sérieuse ou déprimante, nous décidâmes de faire le tour du port.

– Joli bateau, s'exclama Charlotte en s'approchant d'un hors-bord bleu amarré entre deux yachts. On l'emprunte ?

Elle bondit par-dessus la rambarde et s'installa sur le siège du conducteur.

– Tout le monde à bord ! s'écria-t-elle avant d'éclater de rire en voyant ma tête. Je plaisante, Kate, il est à nous. Allez, viens, ajouta-t-elle en tapotant le siège près d'elle.

Deux heures durant, nous longeâmes inlassablement la côte, admirant les paysages qui se succédaient, de plages tranquilles en rochers escarpés.

– Je crois que je ne t'ai jamais vue aussi rayonnante, me dit Vincent en se penchant vers moi.

– C'est une sensation incroyable, avouai-je, on aurait presque l'impression de voler.

– J'ajoute à ma liste des choses à faire ensemble, répondit-il, l'air satisfait. Le hors-bord.

Après le dîner, Vincent me prit par la main pour m'entraîner à l'écart.

– Si vous voulez bien nous excuser, Kate et moi allons prendre un peu l'air, annonça-t-il à Geneviève et Charlotte.

Nous descendîmes le petit escalier de la terrasse, qui menait à une piscine couverte, puis franchîmes la clôture en direction d'un bosquet. Après un moment, j'aperçus une saillie rocheuse qui offrait une vue imprenable sur la rade.

– Je viens ici depuis que je connais Jean-Baptiste, dit Vincent en s'asseyant sur le rebord avant de me tendre la main pour m'aider à m'installer. C'est la résidence secondaire qu'il préfère. Il l'a fait bâtir dans les années trente, en s'inspirant de Le Corbusier. La villa est splendide, mais c'est ici, à cet endroit précis, que j'aime venir quand je suis en proie au doute.

Il passa son bras autour de mes épaules, et nous demeurâmes quelques instants silencieux, sur le rebord de cette falaise, à regarder les lueurs des bateaux scintiller sur la mer.

– Ferme les yeux et dis-moi ce que tu entends, proposa-t-il enfin.

– C'est un jeu ? demandai-je en souriant.

– Non. Une méditation.

Les paupières closes, je domptai ma respiration et laissai mes sens me guider.

– J'entends le ressac. Le vent dans les branches.

– Qu'est-ce que tu sens ?

– L'odeur des pins. Le sel.

Il prit ma main et la fit glisser sur le rocher. Je répondis sans attendre la question.

– La pierre, lisse, mais criblée d'alvéoles grosses comme le doigt.

En rouvrant les yeux, je humai l'air marin frais chargé de parfums... qui me changeait radicalement de la capitale.

La nature s'animait soudain tout autour de moi et même à travers moi. Mon pouls se calait sur le rythme des vagues et de la brise marine. Nos deux corps devenaient partie intégrante des éléments, sentinelles sans âge, qui nous entouraient. Malgré notre silence, je devinais que Vincent goûtait lui aussi cette enivrante sensation de paix.

– Toi, tu médites devant des tableaux, reprit-il. Moi, c'est dans la nature. Quand j'ai besoin de me rappeler que mon univers n'est pas un roman fantastique, que j'existe toujours en ce monde. Que mon immortalité n'est pas une ironie du sort. Cet endroit dégage la sensation de pureté la plus absolue que je connaisse. C'est ici que je suis parvenu à m'approcher du bonheur durant les années qui ont suivi ma mort. Mais aujourd'hui, j'ai trouvé encore mieux. Dès que j'ai besoin d'un peu de joie, je pense à toi. Tu es mon réconfort, Kate. Le fait de savoir que tu existes rend tout le reste évident.

Il se pencha et, écartant lentement mes cheveux, me donna un bref baiser avant de poursuivre.

– Je veux que ça marche entre nous, Kate. C'est pour ça que je me suis mis en quête d'une solution, n'importe laquelle, qui puisse simplifier le temps que nous aurons à passer ensemble. Même si, vue de l'extérieur, la situation ne paraît sans doute pas idéale, je crois avoir enfin trouvé.

Devant son enthousiasme, mon cœur fit un bond, en dépit de mes réserves. À sa manière prudente d'aborder le sujet, à son regard inquiet qui guettait ma réaction, je redoutais soudain que la nouvelle soit pire que je ne l'imaginais. *Nous y voilà*, songeai-je.

– En donnant nos vies pour les mortels, nous satisfaisons un besoin, dit-il en soutenant mon regard. Le fait de sauver les autres est le but même de notre existence.

J'acquiesçai, sentant l'angoisse monter.

– D'anciens textes appellent cette destinée la « voie de la lumière », poursuivit-il. C'est l'ordre naturel des choses. Comme une façon de faire table rase, qui nous laisse environ une année de répit avant que les pulsions ne reviennent. Mais il existe un autre moyen de satisfaire ce désir de mort, qu'on appelle la « voie des ténèbres ». C'est un palliatif de fortune, qui ne nous ramène pas à l'âge de notre première mort. Mais certains s'en sont servis pour résister... en cas d'absolue nécessité.

Je frissonnai. Quel que fût ce moyen, je ne voulais pas qu'il l'emploie.

– Tu te souviens du transfert d'énergie dont je t'ai parlé ?

– Oui.

– Eh bien, le principe de la voie des ténèbres est le même, mais inversé. Quand un revenant anéantit un numa, nous recevons cette même décharge temporaire d'énergie.

Déjà, une petite voix dans ma tête tirait une sonnette d'alarme, mais je m'obligeai à l'écouter jusqu'au bout.

– Ça paraît logique, d'ailleurs : si un revenant blesse un numa au cours d'un combat, il obtient alors la force nécessaire pour se mettre à l'abri. Tu as vu la résistance dont Arthur a fait preuve après s'être débarrassé du numa, dans la ruelle, l'autre soir. Malgré sa blessure sérieuse, il a pu se relever. Grâce à cette énergie et à celle de Georgia, il n'a pas souffert.

Je hochai la tête, prenant la mesure de ce que j'entendais. Si les lois qui gouvernaient la condition des revenants pouvaient de prime abord paraître étranges, chacune avait un but précis et logique.

– À court terme, c'est l'un des avantages d'éliminer un numa. Mais ce n'est pas tout : les pulsions morbides sont également atténuées. Quiconque suit la voie des ténèbres, en combattant des numa de façon régulière, voit ce besoin non seulement diminuer, mais s'estomper et disparaître entièrement. Ce sont les conclusions que Gaspard et Violette ont tirées de leurs lectures. Malheureusement, nous ne connaissons aucun revenant ayant récemment testé cette méthode.

– Pourquoi ? demandai-je d'une voix blanche. Parce que c'est dangereux ?

– Pas d'une façon directe, non.

– Alors, pourquoi ?

Vincent poussa un long soupir, réticent à poursuivre.

– Il y a quelque chose de dérangeant dans tout cela. L'homme est bon par nature. Lors d'un transfert d'énergie, c'est cette force positive qui nous est transmise. À l'inverse, les numa sont des êtres malfaisants et leur énergie l'est aussi. Quand nous les éliminons, tout ce que leur colère, leur frustration contient de négatif passe également en nous.

– Tu veux dire que... tu as absorbé cette... force néfaste des numa ? répétai-je, cherchant à dissimuler mon sentiment de dégoût.

Vincent avait raison. Je n'étais pas seulement opposée à l'idée. Elle me répugnait.

– Ne t'imagine surtout pas que leur nature peut me changer, s'empressa-t-il d'ajouter. Je ne cours pas le risque de devenir comme eux, ou de leur ressembler d'une quelconque façon... C'est simplement que les effets secondaires sont... déplaisants, ajouta-t-il en effleurant ses cernes violacés. Mais ça ne durera pas. Ça signifie simplement que mon corps devient plus résistant.

– Alors pourquoi es-tu encore plus mal en point que le mois dernier ? explosai-je. Si tu devenais vraiment plus endurant, est-ce que ta condition physique ne devrait pas s'améliorer au lieu d'empirer ?

– D'après les textes, ça marchera.

– Tu parles !

Je me relevai et Vincent m'imita.

– J'ai besoin de marcher un peu.

Je ne tenais plus en place. Ces révélations m'avaient brouillé l'esprit et je devais m'éclaircir les idées. J'étais submergée, terrifiée. Et je ne savais plus quoi penser.

– Descendons vers la plage, proposa Vincent en prenant ma main pour m'entraîner au bas de la colline.

Nous avancions sur le sable, à quelques centimètres des vagues. Les yeux rivés sur mes pieds, je ne pouvais plus regarder Vincent en face.

– Il est dans l'intérêt de tous que les numa soient éliminés, affirma-t-il finalement. Nous ne le faisons normalement pas dans le but de suivre la voie des ténèbres, mais parce que nous sommes programmés à protéger les mortels. C'est la raison même de notre existence.

J'avais si froid que je grelottais, mais je luttai pour que ma voix ne tremble pas.

– Même si le fait d'absorber cette... cette substance négative n'est pas dangereux, tu ne crains pas que tous les numa de Paris se lancent à tes trousses ?

– Je m'arrange pour cibler des individus isolés, en m'assurant qu'il n'y ait pas de témoins. Nous brûlons ensuite les corps, afin de ne laisser aucune trace. Jusque-là, les numa pensent qu'il s'agit de simples disparitions.

– Et ça dure depuis quand ? demandai-je.

Mon angoisse devenait visible. Je ne claquais plus seulement des dents, je tremblais de tous mes membres. Vincent s'en aperçut et s'arrêta pour m'attirer contre lui, mais il sentit ma résistance.

– Peu après le nouvel an. Six semaines à raison de quelques numa par semaine. J'ai l'aval de Jean-Baptiste et Gaspard, qui avaient de toute façon besoin de quelqu'un pour les surveiller.

– Est-ce que les autres sont au courant ?

– L'une des conditions était que je me livre à ces combats uniquement en maraude. Alors oui, Jules et Ambrose m'ont donné un coup de main, expliqua-t-il en me regardant dans les yeux.

– Et tu me l'as caché parce que tu craignais que je ne te considère plus de la même manière, repris-je en lui jetant un regard prudent.

Son silence, son air désarmé répondirent pour lui.

– Alors, c'est le cas ? demanda-t-il.

– Je veux que tu arrêtes, répliquai-je en éludant. Tout ça va trop loin.

– Kate, si ça marche, la solution est là. Je pourrais éviter la mort jusqu'à...

– Jusqu'à la mienne, achevai-je pour lui.

Il secoua la tête, comme pour chasser cette perspective de son esprit.

– Est-ce que la mort des numa n'est pas préférable aux miennes ?

– La question n'est pas là. Si les choses tournaient mal, tu risquerais de disparaître définitivement. S'ils te capturent, ils t'anéantiront. En admettant que les effets secondaires de ton « expérience » n'aient pas raison de toi avant. Enfin, regarde-toi, Vincent ! Il doit bien exister un autre moyen de nous en sortir.

– Non, il n'y en a pas d'autre, répliqua-t-il d'un ton tranchant.

– Et ma guérisseuse ? Tu n'as pas envisagé toutes les solutions. Pas question de te laisser prendre des risques sous prétexte de quelques années passées ensemble. Tu dois au moins me laisser explorer cette voie. Quelque chose de plus sûr. Et tu l'as dit toi-même : ma vie sera courte, un grain de sable à l'échelle des siècles, qui sait, des millénaires qu'il te reste à vivre. Je ne veux pas que tu les mettes en péril pour moi.

Face à face, nous étions figés, les poings serrés. Comme en écho à notre colère, le vent se leva, soulevant des embruns. Les gouttes glacées se substituaient aux larmes. Vincent m'entraîna à l'écart et me prit par les épaules.

– Sans toi, cette existence, comme tu l'appelles, n'est rien d'autre qu'une forme de survie. C'est ce qu'elle a toujours été pour moi. Avec toi, Kate, j'ai enfin l'impression de vivre. Je n'échangerais pas cette seconde avec toi, dit-il en effleurant mes lèvres, contre des siècles de solitude. Et si cette seconde pouvait s'étendre à quelques décennies, eh bien, la perte de l'immortalité serait un prix bien faible à payer.

– Je ne supporte pas l'idée que tu… absorbes cette énergie. Et je refuse d'imaginer ce qui se produirait si les numa te prenaient sur le fait, répondis-je, inflexible. Termine cette expérience insensée si tu y tiens, mais je trouverai un autre moyen. Et si cette guérisseuse ne peut rien pour nous, je chercherai ailleurs.

Vincent m'observa en penchant la tête.

– Si c'est vraiment ce que tu veux, alors nous chercherons ensemble. Et quand tu retourneras voir cette vieille femme, la semaine prochaine, je t'accompagnerai.

Immobiles durant quelques minutes, nous étions à la fois furieux et soulagés. Rien n'était résolu, mais au moins, nous étions libérés du poids de nos secrets. Pourquoi avais-je alors l'impression de m'éloigner de lui ?

Nous regagnâmes les hauteurs à la hâte, fuyant le vent cinglant du rivage pour le calme de la villa.

– Vincent ? demandai-je. Reste avec moi ce soir.

Je m'endormis, les doigts posés sur sa joue, et lorsque je me réveillai à deux reprises, je le trouvai à mes côtés, les yeux rivés au plafond.

Le lendemain matin, il n'était plus là. Je le retrouvai à la cuisine, à préparer le petit déjeuner. Charlotte et Geneviève étaient déjà installées avec une tasse de café et des croissants.

– Même pas un câlin ? murmurai-je en le prenant dans mes bras.

– Je ne suis peut-être pas humain, Kate, mais je ne suis pas surhumain, répondit-il avec un sourire. À moins que tu n'aies changé d'avis au cours des dernières vingt-quatre heures, j'ai cru plus sage de ne pas me trouver dans la même pièce à ton réveil.

Après un long et tendre baiser, il me demanda :

– Je suis pardonné ?

– Pour l'instant, répliquai-je d'un air entendu.

Il me tendit ma tasse de café et j'allai m'installer avec les autres. La journée se prolongea comme un rêve. Poussant jusqu'à la frontière italienne, nous explorâmes les collines de Ligurie où se succédaient les ruines d'anciens villages, avant de faire escale dans la petite ville médiévale de Dolceaqua. Geneviève y fit des provisions d'huile d'olive, et Charlotte, d'amaretti. Un déjeuner simple mais délicieux s'ensuivit dans un minuscule restaurant. Vincent parlait l'italien presque sans accent, et en l'écoutant, je fus soudain tentée par de longues vacances romaines avec lui. J'avais du mal à ne pas faire de projet. À me rappeler que nous n'étions pas un couple ordinaire, comme ceux qui nous entouraient.

Le week-end avait passé trop vite. De retour à la villa, il était déjà temps de repartir. Nous bouclâmes nos valises avant de les entasser dans la petite Mini.

– Je serais bien restée une semaine de plus, soupirai-je en disant au revoir à Charlotte et Geneviève, devant l'aéroport.

– Revenez dès que vous le pourrez, et aussi souvent que possible ! nous dit Charlotte.

– Ne t'en fais pas, plaisanta Vincent. Je crois que Kate n'aura pas besoin de se faire prier.

Avec un dernier signe, nous regagnâmes le tarmac où nous attendait notre avion, qui nous ramenait à la réalité.

31

Je passai la journée suivante sur un petit nuage. J'étais de retour à Paris, mais mon esprit vagabondait toujours sur les hauteurs de Villefranche. Les souvenirs du week-end refaisaient surface au hasard de la journée. Je tentais vainement de suivre mes cours, de faire mes devoirs et de poursuivre toute activité qui m'empêchait d'être là où je voulais me trouver : avec Vincent, de préférence entre ses bras.

Ce jour-là, Ambrose était mon garde du corps attitré. Lorsqu'il me raccompagna chez moi, j'étais ailleurs, à tel point qu'il dut m'avertir que mon téléphone sonnait. À l'autre bout du fil, mon grand-père parut curieusement tendu.

– Kate, crois-tu pouvoir passer à la galerie avant de rentrer à la maison ?

– Bien sûr, Papy. Que se passe-t-il ?

– J'ai besoin d'un coup de main. Je t'expliquerai.

Ambrose se gara face à la boutique et m'attendit dans la voiture. À l'intérieur, je trouvai mon grand-père en grande conversation avec deux policiers. Il fit de brèves présentations.

– Ma petite-fille, Kate.

Les deux hommes m'adressèrent un signe de tête et mon grand-père me prit à part.

– On a cambriolé la galerie cette nuit.

– Quoi ? m'exclamai-je.

– Ne t'en fais pas, ma chérie. Tout est assuré. C'est simplement... ennuyeux. C'est la première fois qu'une telle chose se produit.

– Qu'est-ce qu'on t'a volé ?

– Un peu de tout. Surtout de petits objets, faciles à emporter, mais aucune statue, heureusement.

Mon grand-père semblait avoir vieilli de dix ans. Il se massa le front, les yeux fermés.

– J'espérais que tu pourrais surveiller la boutique pendant que j'accompagne ces messieurs au commissariat. Ils ont terminé leur constatation sur place. Il ne reste que la paperasse.

– Bien sûr, acceptai-je.

Quelques instants plus tard, il quitta la boutique avec les policiers. J'avertis Ambrose qui préféra m'attendre.

Les vitrines éventrées avaient été entièrement dépouillées. J'essayais de me rappeler ce qu'elles contenaient. Des bijoux anciens, des figurines grecques, des échantillons de verrerie romaine. Autour de moi, c'était un véritable capharnaüm, comme s'ils avaient fouillé au hasard, sans savoir exactement ce qu'ils cherchaient, et s'étaient concentrés uniquement sur les objets les moins volumineux. Sans doute de petits malfrats plutôt que des voleurs spécialisés.

Soudain, un sentiment de panique m'étreignit. Je me précipitai dans le couloir et vis la porte de la remise fracturée. À l'intérieur, on avait renversé les cartons et éparpillé leur contenu sur le sol. J'écartai les livres, à la recherche de *L'Amour immortel.* Je répartis tout le contenu de l'armoire dans le couloir jusqu'à en avoir le cœur net. Le manuscrit avait disparu.

Je me remémorai le récit de Gwenhaël, qui m'avait expliqué comment les numa avaient retrouvé ce livre avant de s'en prendre à sa famille. Un incident fort regrettable, avait-elle dit.

Dans mon sac, je cherchai la carte que m'avait remise son fils. D'une main tremblante, je composai le numéro. Il répondit aussitôt.

– Bran, c'est Kate Mercier. Je suis venue voir votre mère la semaine dernière.

– Elle a disparu.

Les mots me parurent si lointains que je ne fus pas certaine d'avoir bien entendu.

– Pardon ?

– Elle a disparu. Ils sont venus ce matin... les ennemis.

– Mon Dieu, murmurai-je, le souffle coupé. Les numa l'ont enlevée ?

– Non. Nous avons pu nous cacher, mais après leur départ, elle est partie.

– Où est-elle allée ?

– Elle a trouvé refuge quelque part, mais ne m'a pas dit où. Tant que je ne sais rien, ils peuvent toujours essayer de me faire parler. Pour l'instant, je ne leur suis d'aucune utilité.

– Oh, Bran, je suis vraiment navrée...

– Tu n'y es pour rien, Kate. C'est le passage du temps qui est seul responsable. Les choses se produisent quand c'est nécessaire et, maintenant que l'heure du vainqueur approche, on aura besoin de nos services. Je suis là, Kate, et ma mère reviendra. Fais savoir à tes amis que nous répondrons présents quand ils réclameront notre aide.

– Bran, je ne comprends pas. Quel vainqueur ?

– C'est la raison pour laquelle les numa nous recherchent. Les textes parlent d'un voyant dans notre famille...

Soudain, une phrase particulièrement inintelligible du manuscrit me revint. Elle disait que de la famille du guérisseur « viendrait celui qui verrait le vainqueur ».

– Je ne comprends toujours...

– Les revenants le nomment le Champion. Et nous sommes les seuls capables de l'identifier.

Il me fallut quelques secondes pour réaliser, puis brusquement, tout devint douloureusement évident.

– Votre mère a le pouvoir de reconnaître le Champion, répétai-je. Et les numa venaient la chercher afin qu'elle les mène jusqu'à lui...

– Exact. Or, s'ils le retrouvent avant qu'il ait pu triompher, ils tenteront de s'emparer de son pouvoir.

– S'en emparer ? insistai-je, troublée.

– D'après les écrits, les facultés du Champion peuvent être acquises par la force. S'il est capturé, ceux qui l'anéantiront recevront son pouvoir. Comme tu peux l'imaginer, les conséquences seraient désastreuses.

– Et les numa veulent obliger votre mère à leur révéler son identité ?

– Exact. Mais ils se trompent. Ce n'est pas ma mère qui trouvera le Champion.

– Que voulez-vous dire ?

– Elle a connaissance des théories, qui prévoient où et quand il fera son apparition. Ainsi que quelques indices codés concernant son apparence. Mais quant à l'identification formelle, le don du Voyant, ma mère prétend qu'elle ne le possède pas.

– Ce sera donc vous ?

– Moi ou mes descendants.

– Vous avez des enfants ?

– Oui.

Je poussai un soupir, puis repris :

– Certains prétendent... que mon petit ami est le Champion.

Le silence retomba à l'autre bout de la ligne. Après quelques instants, Bran reprit la parole.

– Ma mère ne m'a pas encore transmis le don. Quand elle l'aura fait, je te recontacterai et tu m'amèneras ce garçon. Si je suis ce Voyant et qu'il est le Champion, nous serons fixés.

Je lui laissai mon numéro ainsi que celui de mes grands-parents. J'ignorais combien de temps s'écoulerait avant qu'il me recontacte. Peut-être bien plusieurs années...

32

Trois jours à peine s'étaient écoulés depuis notre week-end dans le Sud, mais ils s'étiraient comme des semaines. Vincent travaillait sans relâche auprès de Jean-Baptiste depuis notre retour. Quant à moi, entre les cours et une projection de *Casablanca* en compagnie de Violette, j'avais été très occupée.

J'attendais cet après-midi-là avec impatience, car Vincent devait me retrouver à la boutique de mon grand-père, que je surveillais pour le reste de la journée. Ce dernier avait tenté de m'en dissuader après le cambriolage. Mais je l'avais convaincu qu'il était peu probable que les voleurs reviennent sur les lieux du crime, encore moins en plein jour.

Ambrose m'y déposa après le lycée et n'accepta de me laisser seule qu'après s'être assuré que Vincent était en chemin. Il devait venir admirer le casque grec, nouvellement acquis par mon grand-père. L'intérêt de Vincent pour les armes anciennes n'était qu'un prétexte pour l'inviter à la galerie – bien inutile, toutefois, car ils s'appréciaient beaucoup.

En faisant le tour de la boutique, je remarquai que mon grand-père avait déjà réparé les ravages des cambrioleurs. Si les vitrines étaient déjà remplacées, il mettrait un certain temps à renouveler sa marchandise. Lorsque la sonnette retentit, je me précipitai vers le comptoir pour presser le bouton d'ouverture. Mais mon sourire radieux disparut quand je réalisai que ce n'était pas Vincent. Deux hommes, que je n'avais jamais vus, se trouvaient sur le seuil. Avant même qu'ils aient prononcé un mot, je compris qu'il s'agissait de numa.

Ils n'eurent pas besoin de me toucher. Leur air menaçant suffisait. Ils fondirent sur moi, traversant la boutique en un instant.

– Qu'est-ce que vous voulez ? gémis-je, la gorge nouée.

Je cherchai du regard une arme de fortune, mais rien n'était à ma portée. Il était inutile de fuir... ils m'auraient aussitôt rattrapée.

– Savoir ce qu'elle t'a raconté.

– Qui ? demandai-je, stupéfaite.

– Ne fais pas l'imbécile. La vieille guérisseuse. Que t'a-t-elle dit au sujet du Champion ?

– Elle... elle ne m'a pas parlé de...

– Nous savons que tu es allée la voir, affirma le premier. Son fils prétend qu'elle a disparu.

– Mais on garde l'œil sur leur repaire, ironisa l'autre, qui semblait trouver la situation comique.

Ma peur céda brutalement place à la colère.

– Ne vous avisez pas de leur faire du mal, grondai-je.

Ils me regardèrent, surpris par mon mouvement d'humeur, puis avec un petit rire glaçant, l'un d'eux s'avança et me saisit par le poignet.

– On veut savoir ce qu'elle t'a dit.

Au même instant, le cliquetis de la serrure retentit. Mon grand-père pénétra dans la boutique, laissant la porte ouverte derrière lui, un énorme carton dans les bras. Sans même nous voir, il traversa la pièce, déposa son paquet près de la vitrine des armes, ôta son chapeau et entreprit de se débarrasser de son manteau.

– Papy... appelai-je d'une voix plaintive.

Il leva les yeux et se figea.

– Lâchez ma petite-fille ! aboya-t-il en s'avançant vers nous.

– Ne bouge pas, grand-père, avertit celui qui me tenait, soudain plus fermement.

Il obtempéra, mais leur jeta un regard perçant.

– C'était vous sur la vidéo de surveillance, devina-t-il. Vous m'avez déjà cambriolé. Que voulez-vous encore ?

– Simplement que la gamine nous dise ce qu'on veut savoir, et on filera bien gentiment sans faire d'histoires.

– Non, répondit mon grand-père, inflexible. Partez immédiatement ou je serai contraint d'appeler la police.

Il sortit son portable de sa poche.

– Ça ne sera pas nécessaire, gronda une voix derrière lui.

Vincent franchit la porte restée ouverte, l'air menaçant. Le second numa se rua à l'autre bout de la pièce, mais Vincent l'en empêcha d'un violent coup de poing à la mâchoire. Il bascula et s'effondra sur le sol, sonné.

Celui qui me tenait me fit passer à sa droite, sa main serrée comme un étau sur mon bras.

– On échange juste deux mots avec ta copine. Pas besoin de t'en mêler.

– Lâche-la, siffla Vincent en baissant le ton.

Son regard angoissé s'attarda un bref instant sur moi.

– Laisse-les partir, tous les deux. Pour le reste, c'est avec moi que tu discuteras.

– Ah, mais ce n'est pas après toi qu'on en a, rétorqua le numa avec un petit sourire narquois. En tout cas, pas aujourd'hui.

– Qu'est-ce que tu lui veux ? aboya Vincent.

– En dehors du fait qu'elle ait éliminé notre chef, tu veux dire ? Mais le problème n'est pas là. Elle a des informations qui nous intéressent, reprit le numa en glissant ses doigts sur mon cou. Alors, je te conseille de rester où tu es pendant qu'elle répond à mes questions... ou ma main pourrait bien déraper.

La sensation répugnante de sa peau contre la mienne me souleva le cœur. Mue par le dégoût plus que par la peur, je me débattis et parvins à lui décocher un coup de pied dans la jambe. Il se contenta d'en rire et m'empoigna plus fermement, m'entraînant au fond de la galerie, loin de Vincent.

Le raclement métallique de l'épée tirée de son fourreau brisa le silence et mon agresseur se figea. Vincent leva sa lame, les yeux brillants de fureur.

Le numa l'observa, stupéfait. Ses doigts me pinçaient la peau.

– Tu n'oserais pas. Pas devant un mortel ! cracha-t-il avec un regard oblique à mon grand-père, dont l'expression médusée indiquait que, s'il n'avait pas compris le reste de l'échange, cette dernière phrase l'avait interpellé.

– Tu veux parier ? grinça Vincent qui s'avança dans la lumière.

Le numa fit un pas en arrière, m'attirant à lui.

– Pourquoi prendre le risque de s'exposer, toi autant que nous ?... balbutia-t-il, sidéré.

– À partir de maintenant, répliqua Vincent, tranchant comme sa lame, les règles ne tiennent plus. Tu viens, pour tous les tiens, de déclarer la guerre.

Mon agresseur parut jauger la situation puis me lâcha brusquement. Il contourna Vincent pour rejoindre son acolyte, qui se relevait. Avec un coup de pied, il le poussa vers la sortie. Il se retourna une dernière fois sur le seuil et me dévisagea.

– On se reverra, Kate Mercier.

Il suivit son compagnon et disparut dans la rue. Mon grand-père bondit pour refermer la porte et la verrouiller avant de tirer les épais rideaux.

– Que voulaient-ils ? chuchota Vincent d'un ton pressant tout en rengainant son épée sous son manteau.

– La... guérisseuse, murmurai-je, tétanisée.

J'avais cru bien faire et n'avais réussi qu'à mettre tout le monde en péril.

Jules avait raison. J'étais entrée dans leur monde sans en mesurer le danger.

Voyant mon expression, Vincent me tendit les bras, mais les paroles menaçantes de mon grand-père nous interrompirent.

– Ne touchez pas à ma petite-fille.

Lentement, d'un pas mesuré, il s'approcha de nous.

Le silence retomba dans l'obscurité de la galerie. Des volutes de poussière montaient entre les interstices des rideaux. Immobiles, nous nous observions telles les statues antiques qui nous entouraient. Mon grand-père arborait un visage que je ne lui connaissais pas, dépourvu de la moindre bienveillance. Il toisait froidement Vincent, comme un étranger.

– Qui êtes-vous ? lui demanda-t-il enfin, d'un ton glacial.

Vincent me jeta un bref regard. À la façon dont le considérait mon grand-père, je savais qu'aucune dérobade n'était possible. Entre l'épée et les révélations du numa, nous étions démasqués. Je lui adressai un imperceptible signe de tête.

– Un revenant, répondit Vincent en le regardant droit dans les yeux.

Papy ne cilla même pas.

– Et ces hommes qui ont attaqué Kate ?

– Des numa.

Le mot resta suspendu dans l'air avant que la réponse ne fuse.

– Dehors.

– Monsieur, je... murmura Vincent, tandis que j'implorais :

– Mais Papy...

– Dehors ! coupa ce dernier. Hors de chez moi, hors de ma vue, hors de la vie de ma petite-fille. Comment avez-vous osé lui faire courir un tel risque ? Comment osez-vous attirer ces monstres chez nous ? Sortez et ne vous avisez pas de remettre les pieds ici.

– Non ! m'écriai-je en m'accrochant aux bras de mon grand-père jusqu'à ce qu'il baisse enfin la tête vers moi. Papy, non. Vincent est...

De vains arguments me traversèrent l'esprit avant de s'évanouir aussitôt. « Vincent voulait me protéger », ou « C'est trop tard, les numa savent qui je suis »... Rien de ce que je pourrais dire ne parviendrait à le convaincre. Car sur le fond, il n'avait pas tort : si j'étais en danger, c'était à cause de Vincent.

– Je l'aime, déclarai-je, invoquant l'unique raison qui trouverait grâce à ses yeux.

Il se dégagea pour m'étreindre farouchement, comme s'il me retrouvait après des années de séparation. Après quelques instants, il me tint à bout de bras et reprit d'une voix tendre, mais déterminée :

– Kate, tu penses peut-être être amoureuse, mais il n'est pas humain.

– Papy, lui n'y est pour rien. Ce sont les autres, les sales types.

Il jeta un regard à Vincent, qui n'avait pas bougé.

– Je sais, mon cœur. J'ai entendu parler d'eux. Du moins, je les ai étudiés, au cours de mes recherches sur les mythologies dans l'art antique. Même si je n'étais pas convaincu de leur existence, conclut-il froidement.

Je me tournai vers Vincent. Ses yeux, toujours braqués sur nous, paraissaient vides.

– Kate, ton grand-père a raison. Je t'ai mise en danger.

– Arrêtez ! Tous les deux, ça suffit ! hurlai-je en tapant du pied.

Ils me regardèrent comme si je les avais giflés. Mais je n'avais pas l'intention d'en rester là.

– Papy, Vincent m'a sauvé la vie. C'est grâce à lui que j'ai échappé à cet éboulement au café, l'an dernier. S'il n'était pas intervenu, je ne serais plus là et cette dispute n'aurait pas lieu.

Mon grand-père desserra les poings, mais pas les dents. Sentant qu'il m'écoutait enfin, je poursuivis :

– Je t'en supplie... Tu veux me voir redevenir comme avant ? Dépressive ? À m'enfermer dans la solitude et le passé, avec les fantômes de mes parents pour seule compagnie ? Vincent ne m'a pas seulement sauvé la vie, il m'a aidée à y reprendre goût.

– Un exploit, pour quelqu'un qui est lui-même déjà mort, ironisa froidement mon grand-père.

Vincent demeurait immobile, impuissant, mais semblait me communiquer son soutien par son seul regard. *Il se moque des conséquences pour lui*, réalisai-je. *L'unique chose qui lui importe, c'est de savoir comment je vais me sortir de là.* Je me précipitai vers lui. Lentement, il referma ses bras sur moi.

– Vincent, déclara Papy. Vous êtes ici chez moi et je vous demande de partir immédiatement.

Vincent se libéra doucement de mon étreinte et, serrant ma main dans la sienne, il se retourna vers mon grand-père.

– Je souhaiterais simplement qu'avant de tirer une quelconque conclusion, vous en discutiez avec Kate. Je me soumettrai à votre décision commune.

Il prit mon visage entre ses mains et déposa un baiser furtif sur mes lèvres.

– Je t'appelle plus tard, murmura-t-il.

Puis, s'inclinant poliment, il tourna la clé dans la serrure et sortit dans la rue.

Mes larmes coulaient déjà lorsque mon grand-père m'attrapa par les épaules.

– Ma princesse, dit-il d'un air lugubre. Dans quoi t'es-tu embarquée ?

33

Papy m'ordonna de m'asseoir pendant qu'il fermait la boutique plus tôt que prévu. Sur le chemin de la maison, nous étions tous les deux tendus, redoutant de croiser des numa. J'aurais voulu lui faire remarquer que renvoyer Vincent avant qu'il ait pu nous escorter jusque chez nous n'était peut-être pas la plus lumineuse des idées, mais je préférai me taire.

En route, je reconnus Ambrose dans une cabine téléphonique, feignant d'être en grande conversation. Lorsqu'il m'adressa un clin d'œil au passage, je compris que Vincent ne nous avait pas laissés sans protection. En apercevant Gaspard, plongé dans un livre à la terrasse d'un café, mes impressions furent confirmées.

Une fois chez nous, mon grand-père et moi nous dirigeâmes aussitôt vers son bureau.

– Kate, déclara-t-il d'un air grave pendant que je prenais place sur un fauteuil. As-tu la moindre idée de qui est Vincent ?

– Je sais tout, Papy. Ou du moins, j'en sais beaucoup. Mais toi, comment as-tu entendu parler d'eux ? Tu ne vas pas me faire croire que quelques monographies ont suffi à te convaincre de leur existence ? Quand Vincent t'a tout avoué, tu n'as même pas bronché.

Avec un soupir, il s'approcha de sa bibliothèque pour en tirer le vieux bestiaire. Il le posa sur la table basse, devant nous, et le feuilleta jusqu'à trouver la bonne page.

– Ceci, ma chérie, est l'unique référence aux revenants que je possède dans toute ma collection. Je les ai vus mentionnés dans plusieurs textes, mais dès qu'un document ou un objet ayant un lien avec eux est mis en vente, il s'arrache aussitôt pour des sommes astronomiques. Ces collectionneurs constituent un réseau confidentiel, ils usent de prête-nom et paient en liquide. Nous autres antiquaires savons exactement comment les contacter, dans le cas où nous aurions un article susceptible de les intéresser.

« Aucun marchand ne parle jamais d'eux, pas même à ses confrères. Ces personnes nous ont fait comprendre que si l'on s'avisait de discuter de leurs affaires, elles cesseraient aussitôt toute transaction avec nous. La moindre trace écrite des revenants a donc disparu de la place publique pour venir grossir les collections privées. Naturellement, je me doutais qu'il y avait une raison à cette discrétion acharnée.

Je soutins le regard grave de mon grand-père et le laissai poursuivre.

– Ce monde grouille de phénomènes étranges, mystiques, dont peu de gens ont conscience. Ma profession exige de fureter dans les recoins les plus sombres de l'histoire, et j'ai le triste honneur d'en connaître quelques-uns. La plupart de mes confrères préfèrent garder la tête dans le sable et se persuader que les revenants sont des créatures de fiction. Mais je ne suis pas de leur avis ; je soupçonnais leur existence.

Et après la scène que nous venons de vivre, il semble que j'ai eu raison.

« Cependant, Kate, ces êtres devraient se tenir là où ils prennent vie : dans l'ombre. Pas en pleine lumière, pas dans les bras de ma petite-fille. Je ne peux pas te permettre de revoir Vincent. Tes parents auraient voulu que je veille sur toi, que je te préserve de ce genre de...

Voyant mon air outré, il hésita.

– ... de garçon, qui ne peut représenter qu'un danger pour toi. J'ai accepté ces responsabilités et j'entends les assumer.

– Mais Papy... soufflai-je, étranglée par les larmes.

– Tu as dix-sept ans et je suis encore ton tuteur légal. À ta majorité, tu pourras faire comme bon te semblera, même si j'espère que d'ici là, tu partageras mon point de vue.

Sa décision était sans appel. Pourtant, en me voyant pleurer, son regard parut s'attrister. Je me blottis contre lui et il me serra tendrement.

– Oh, ma Kate, murmura-t-il. Je n'aime pas te faire de la peine. Mais je préfère te savoir malheureuse que morte.

Enfermée dans ma chambre, je regardai fixement mon portable pendant une longue minute. Pour la première fois depuis près d'un an, j'éprouvai l'envie de composer le numéro d'une de mes amies de Brooklyn et d'entendre sa voix. Mais même si j'avais pu le faire, même si elle avait été suffisamment magnanime pour reprendre les choses là où je les avais laissées, comment lui raconter mes malheurs ?

Salut Claudia ! Alors, figure-toi que je sors avec un zombie et que mon grand-père m'interdit de le revoir sous prétexte que ses ennemis pourraient chercher à me tuer...

Elle penserait sans doute que le chagrin m'avait définitivement rendue folle.

Je secouai rageusement la tête et appelai Vincent. Il parlait d'une façon posée, mais je le devinai aussi ébranlé que moi.

– Verdict ?

– Papy ne veut rien savoir, annonçai-je d'une voix tremblante.

– Eh bien, ce n'est pas vraiment une surprise. C'est quelqu'un de sensé.

Le ton prudent se fit tout à coup plus doux, plus tendre.

– Kate... j'aimerais être avec toi. Est-ce que ça va ?

Je reniflai, luttant pour ravaler mes larmes.

– Ça va. Et évidemment, je comprends ce qu'il essaie de faire. Mais il a tort.

– Il n'a pas tort quand il dit que je représente un danger pour toi.

– Le danger existe de toute façon, Vincent. Il est trop tard pour l'écarter. À présent, c'est moi que les numa recherchent. En étant parfaitement logique, il semble plus dangereux de m'éloigner de toi maintenant. Et je ne veux pas m'éloigner de toi, conclus-je d'une voix brisée.

Pour la énième fois de la journée, je me remis à pleurer.

– Tout va s'arranger, Kate, me rassura-t-il.

– Je suis censée me plier aux décisions de mon grand-père, repris-je en attrapant un mouchoir, cherchant à me maîtriser. Mais dans ce cas précis, je ne peux pas lui obéir.

Vincent ne répondit pas. Brusquement, quelque chose me revint. Un souvenir récent, qui refit lentement surface. Ces révélations, la colère de Papy avaient éclipsé un détail important. Mais peu à peu, l'écho des paroles du numa résonna dans ma tête et je sentis mon estomac se nouer.

– Vincent, aujourd'hui à la galerie... Le numa a dit que j'étais responsable de la disparition de Lucien...

Je frissonnai, malgré la chaleur de la pièce.

– Comment est-il au courant ? Il n'y avait aucun témoin et seul le clan sait ce qui est arrivé.

– Je me demandais si tu l'avais entendu, répondit Vincent d'un air sombre. Je n'ai pas cessé d'en discuter avec les autres depuis mon retour.

– Est-il possible qu'un numa en errance ait accompagné Lucien ? Qu'il ait ensuite raconté aux autres ce qu'il avait vu ?

– Non. J'étais moi-même en errance ce jour-là, tu te rappelles ? J'aurais senti sa présence.

– Alors comment...

– Puisque les revenants sont les seuls à le savoir, l'information vient forcément de chez nous.

– Quoi ?

Stupéfaite, je me tus, attendant la suite de l'explication.

– J'en ai longuement parlé avec Ambrose et Gaspard. C'est l'unique possibilité. Quelque part dans Paris, un revenant est en contact avec les numa. Quelqu'un qui pourrait très bien jouer les agents doubles. Nous en sommes tous persuadés. Pas uniquement pour cette raison, d'ailleurs. À Berlin, j'ai compris que des informations filtraient.

– Mais dans quel but ?

– Je n'en ai pas la moindre idée.

– Et comment le numa avait-il connaissance de ma visite chez la guérisseuse ?

– Ils ont pu te suivre. Te surveiller.

– Mais Jules était avec moi. Il aurait remarqué leur présence !

Vincent acquiesça distraitement.

– Qui d'autre est au courant de ma découverte ? repris-je.

– Eh bien, j'en ai parlé aux autres à notre retour de Villefranche. Et je leur ai aussi appris la fuite de la guérisseuse. Je doute qu'ils aient eu le temps d'ébruiter l'anecdote. Nous sommes dans l'impasse, jusqu'à ce que tu aies des nouvelles de son fils.

Une idée commença alors à germer dans mon esprit. J'hésitai à lui faire part de mes suspicions, sachant pertinemment qu'elles semblaient insensées.

– Supposons qu'il s'agisse de quelqu'un du clan. Arthur nous a clairement donné son sentiment quant au fait d'impliquer les mortels dans les affaires des revenants. Et puis, quand il m'a trouvée dans la bibliothèque de J.-B., le jour où j'ai remis le livre en place, il m'a répété que certaines choses devaient rester confidentielles.

– Une seconde, Kate, s'offusqua Vincent. Si tu sous-entends que... Arthur n'apprécie peut-être pas qu'on te mette dans le secret, mais jamais il ne te ferait courir le moindre danger. Il est impossible qu'il t'ait trahie intentionnellement.

– Non, tu as raison, admis-je, même si sa réaction m'embarrassait davantage que mes soupçons.

Une autre théorie prit alors forme.

– Attends. Violette m'a révélé qu'Arthur avait gardé, au fil des siècles, quelques contacts avec les numa. Elle disait qu'à une certaine époque, numa et revenants n'étaient pas ennemis.

– Quoi ? s'exclama Vincent, incrédule.

J'étais déterminée à vider mon sac, que cela lui plaise ou non.

– D'ailleurs, j'ai aperçu Arthur à *La Palette*, il y a quelques jours, en grande conversation avec un type louche. Ç'aurait pu être l'un d'entre eux... Maintenant que j'y repense, j'en suis persuadée. Il dégageait cette impression étrange.

– Comment ça, « cette impression étrange » ?

– Tu sais bien... Ils ont tous cette aura bizarre, un genre de halo, comme si le contour de leur corps était grisé... Comme s'ils privaient l'atmosphère qui les entoure de sa couleur.

– Tu... tu peux reconnaître un numa ?

– Eh bien... oui. Tout le monde peut le faire, non ?

– Pas les mortels, non, répondit-il avant de s'interrompre un instant. Tu le sentais sur Lucien ?

– Je ne crois pas, avouai-je, cherchant à me le rappeler.

Je ne l'avais d'ailleurs croisé qu'à deux occasions : la première, nous nous trouvions dans un club sombre, la seconde, il menaçait ma sœur avec un couteau.

– C'est sans doute lié au fait que j'ai investi ton corps. Gaspard ne cesse de me demander si tu ressens des effets secondaires.

Agacée par ces digressions, je suivis le fil de mon idée.

– Donc, si Arthur savait que j'ai consulté la guérisseuse, il lui était possible de transmettre l'information aux numa.

– Kate... reprit Vincent d'un air sombre.

– Peut-être pas intentionnellement. Mais puisqu'il est en contact avec eux, il aurait pu y faire allusion, faire une confidence... à la mauvaise personne.

– Arrête, Kate. Tu deviens parano. Je comprends que tu sois terrifiée et que tu souhaites tirer ça au clair, mais je t'assure... tu te fourvoies complètement.

– Mais Vincent, tu as dit toi-même que seuls les revenants savaient qui a éliminé Lucien.

– Toute la communauté des revenants est au courant. Et ils sont nombreux. Pas seulement ceux qui vivent sous notre toit.

Je l'ignorai et poursuivis :

– Et parmi tous ces individus, seuls les pensionnaires de l'hôtel Grimod avaient eu vent de mon entrevue avec cette guérisseuse. Violette m'a confirmé qu'Arthur était en contact avec les numa. Qu'il ait cherché ou non à me mettre en danger, ça ne peut être que lui !

– « Cherché ou non » ? Kate, je t'arrête tout de suite. Aucun des nôtres ne nous trahirait, affirma Vincent. Je sais que tu en veux encore à Arthur de t'avoir humiliée. Très franchement, je suis moi-même toujours furieux. Mais quels que soient ses préjugés à l'encontre des mortels, il a bon fond et n'est pas idiot. Il n'aurait jamais fait d'« allusions » te concernant devant un numa, même s'il est en contact avec eux, ce dont je doute fortement.

Je lâchai un soupir. J'aurais aimé le croire. Mais je ne pouvais me défaire de mon pressentiment. Quelque chose clochait chez Arthur. Je ne lui faisais pas confiance. Même si je ne pouvais pas en dire davantage à Vincent.

– Ne t'en fais pas, Kate. Nous nous chargeons de tout. Jules sera en errance demain, et avec Jean-Baptiste, nous mènerons notre petite enquête auprès d'autres revenants de la capitale… afin de trouver l'origine de la fuite. Ambrose vous conduira au lycée, toi et Georgia.

Excellente idée, songeai-je, *à ce détail près que tu ne cherches pas du bon côté. La « fuite » vit sous votre propre toit.*

Malgré l'interdiction de mon grand-père, nous nous quittâmes sur la promesse de nous retrouver très vite. Pourtant en raccrochant, j'étais tout sauf rassurée. En dépit de mes récentes cachotteries, je n'aimais pas agir en catimini. En désobéissant à mon grand-père, j'avais l'impression de trahir sa confiance. Il nous avait recueillies, Georgia et moi, et faisait tout son possible pour nous rendre la vie plus facile. Et moi, je m'apprêtais à la lui compliquer.

34

En entendant Georgia rentrer, ce soir-là, je traversai le couloir et l'attendis dans sa chambre.

– Bonsoir, Brindille ! me lança-t-elle avec un large sourire, avant de s'apercevoir que quelque chose n'allait pas. Que s'est-il passé ?

– Papy sait tout.

– Tout quoi ?

– Que Vincent est un revenant et que les numa sont à mes trousses.

– Comment ça, les numa sont à tes trousses ?

Je lui racontai toute l'histoire. Ma rencontre avec la guérisseuse, le vol à la galerie, la disparition de la vieille femme et terminai par la confrontation entre Vincent et notre grand-père.

– Tu ne comptes quand même pas arrêter de le voir ? s'indigna ma sœur.

– Non, avouai-je. Mais je ne pourrai plus l'appeler devant les grands-parents et je devrai sans doute mentir pour sortir. Ce qui ne m'enchante pas. Mais il n'est pas question de céder.

Georgia réfléchit quelques instants.

– Alors, que vas-tu faire ? Tu ne pourras pas berner les grands-parents éternellement.

– J'ai un plan, expliquai-je en m'asseyant sur le rebord du lit. Il n'est pas terrible, mais...

– Raconte.

– Je pensais demander à Jean-Baptiste de parler à Papy.

– Hein ? Pourquoi ? s'étrangla Georgia.

– Parce que Vincent m'a appris qu'il faisait partie de ce groupe de collectionneurs très secret, qui se concentre sur tout ce qui est lié aux revenants. Papy l'écouterait peut-être. Peu de personnes extérieures connaissent leur existence. Jean-Baptiste doit savoir comment persuader les mortels de coopérer, ou de faire affaire avec lui.

– Faire affaire avec des gens, c'est une chose. Les convaincre de laisser leur petite-fille fréquenter leur fausse famille de zombies en est une autre, répliqua Georgia en se débarrassant de ses bottes et de ses collants pour s'installer confortablement sur le lit.

– Oui, balbutiai-je, découragée. Il y a peu de chances que ça marche. Mais je ne vois pas quoi faire d'autre ! Et puis, avec tout ce qui se passe en ce moment, ce n'est pas vraiment une priorité.

– Quelle est la priorité ? Et quel rôle puis-je jouer pour que ça fonctionne ? demanda Georgia, les yeux brillants d'enthousiasme.

Si ma sœur savait écouter, elle devenait plus douée encore pour passer à l'action.

– Voilà l'idée, Georgia. D'abord, je dois découvrir qui a parlé de moi aux numa. Si Vincent et les siens peuvent se charger d'eux, alors ils me laisseront tranquille. Les numa paraissaient se moquer du fait que j'ai fait disparaître Lucien et ils se doutent sûrement que je n'y suis pas parvenue seule. Ils ont employé le terme « ancien chef », ce qui signifie qu'ils en ont un nouveau. C'est du moins ce que tout le monde pense. Ils cherchaient à savoir ce que m'avait appris la guérisseuse. Donc, rien de personnel, ils ne comptent pas me pourchasser pour le restant de mes jours. Et puis, si Arthur est leur informateur...

Les yeux écarquillés, Georgia me regardait comme si j'étais devenue folle. Je lui fis signe de me laisser terminer.

– Si c'est bien lui, cela signifie que Vincent et tous les autres sont en danger. Mais quand j'ai fait part de mes soupçons à Vincent, il a refusé de m'écouter.

– C'est sans doute parce que tu as perdu les pédales. Car en dehors du fait qu'il soit délicieusement craquant...

– ... et qu'on puisse avoir confiance en tes goûts, rétorquai-je. Jusque-là, tu n'as fréquenté que des types normaux !

– Pas faux, admit Georgia. Mais cette fois, je suis certaine d'avoir raison. D'ailleurs, nous avons pris un café ensemble cet après-midi.

Avec un large sourire, elle fit mine de s'éventer rien qu'en y repensant.

– Quoi ? m'exclamai-je. Vous aviez rendez-vous ?

– Pas exactement, avoua-t-elle. Je l'ai rencontré par hasard, au Sainte-Lucie, et il m'a invitée à m'asseoir. Et puisque la mini-peste n'était pas là pour me gâcher le plaisir, j'ai accepté.

– Ça s'est passé après les cours ? insistai-je.

– Eh bien... oui, répondit-elle en me jetant un regard suspicieux.

– Exactement au moment où les numa ont débarqué dans la boutique de Papy ! Arthur devait sûrement les attendre !

– Dis donc, tu ne serais pas complètement parano ? Allô, Kate ? On redescend sur Terre ! Tu es déconnectée de la réalité. Arthur est certes un zombie, mais il est parfaitement normal et fort sympathique. Personnellement, je soupçonnerais davantage Violette.

– J'ai confiance en elle, objectai-je. Si Arthur est derrière tout ça, même inconsciemment, elle n'est certainement pas au courant. Autrement, elle m'en aurait parlé. Nous sommes devenues très proches, Georgia. Je sais que tu ne l'aimes pas, mais moi, je l'apprécie beaucoup.

Elle me tapota le bras comme si elle parlait à une demeurée.

– Je crois que le mot à retenir là-dedans, c'est « inconsciemment ». Si vraiment il fréquente des numa, il est possible qu'il ait laissé échapper quelque chose. Même si j'ai du mal à l'imaginer copinant avec les affreux jojos. Je pense sincèrement qu'il ne ferait pas de mal à une mouche. Je te l'accorde, c'est quelqu'un de très réservé, mais il est si prévenant que je commence à me demander s'il n'est pas trop gentil à mon goût. Il semblait vraiment navré de t'avoir vexée.

– Tu vois, il parle de moi. Et il feint sans doute d'avoir des remords pour mieux tromper son monde !

– Ça suffit, Kate. Tu es en train de prendre un aller simple pour l'asile !

– Je te prouverai que c'est lui.

– Très bien, je relève le défi. Je te démontrerai le contraire. D'autant que si tu as raison, je vais devoir annuler mon rendez-vous avec lui samedi soir.

– Georgia !

– Je plaisante, répliqua-t-elle avant d'ajouter, dans sa barbe : mais pas tant que ça !

Le lendemain matin, un pot de petites fleurs mauves tachées de pourpre trônait sur la console, dans l'entrée. Mon grand-père baissa son journal pour faire un signe de tête dans leur direction. Aurait-il été aussi indifférent si la carte avait été signée *Vincent* et non *Violette* ?

J'ai eu vent de tes mésaventures. Retrouvons-nous pour un café plus tard. Au Sainte-Lucie, après les cours ? Je t'embrasse - Violette.

Tirant mon dictionnaire du langage des fleurs, je les identifiai sans mal : des pélargoniums. « L'amitié sincère », lus-je avec un sourire tandis que Georgia s'approchait.

– Elles sont jolies, commenta-t-elle en se penchant pour humer leur parfum.

– C'est un cadeau de Violette, répliquai-je, guettant sa réaction.

Elle se redressa aussitôt.

– Hideuses, lâcha-t-elle avant de s'installer à la table, près de Papy.

– Est-ce que ça va ? se contenta de me demander mon grand-père avec un regard oblique à Georgia, redoutant d'en dire davantage en sa présence.

S'il s'imaginait que je n'avais pas tout raconté à ma sœur, c'est qu'il nous connaissait mal. Nos fréquentes disputes l'avaient peut-être induit en erreur.

En quittant l'immeuble, une demi-heure plus tard, nous trouvâmes Ambrose qui nous attendait au coin de la rue, près d'un 4 x 4 noir.

– Mesdemoiselles, nous lança-t-il de sa voix de Barry White.

Il étira ses bras immenses et fit craquer sa nuque d'un côté puis de l'autre.

– Par ici, je vous prie, reprit-il en nous ouvrant la portière arrière.

Je bondis sur la banquette.

– Et la charmante Georgia ?

– Tant de muscles, c'est presque trop, de bon matin, roucoula Georgia avec un clin d'œil avant de se glisser sur le siège passager.

Je levai les yeux au ciel. Si le flirt était un sujet d'étude, ces deux-là seraient passés professeurs émérites.

– Alors, que font-ils tous de beau, ce matin ? demandai-je tandis qu'Ambrose démarrait.

– Vincent et Jean-Baptiste sont partis s'entretenir avec les revenants qui occupent la maison de Geneviève. Tu sais, ils cherchent à comprendre qui a pu parler de tes prouesses aux méchants zombies. Ça fait quoi d'être l'ennemi numéro un des numa, Katie-Lou ?

– À vrai dire, c'est plutôt terrifiant. Quand je pense que je trouvais ces escortes complètement superflues...

– Ça signifie que, pour une fois, tu es contente de me voir ? lança-t-il en découvrant un sourire étincelant, qui contrastait avec sa peau sombre.

– Je suis toujours contente de te voir, Ambrose, plaisantai-je, consciente que Georgia l'aurait dit mieux que moi.

– Et votre délicieux Ivanhoé, comment va-t-il ? s'enquit innocemment ma sœur.

– Qui, Arthur ? s'esclaffa Ambrose. Violette et lui s'entraînent avec Gaspard, ce matin, avant de poursuivre leur enquête chez d'autres revenants. Jules est en errance. Nous partirons en maraude avant que je revienne vous chercher. Attendez-moi dans l'enceinte de l'école, d'accord ? Autant éviter les risques inutiles.

Une fois dans le hall du lycée, je vis Ambrose repartir.

– Bon, reprit Georgia en se tournant vers moi. Maintenant qu'on connaît l'emploi du temps d'Arthur, qu'est-ce qu'on fait ?

– C'est l'occasion ! Puisqu'il est à l'hôtel Grimod, nous pourrions surveiller l'entrée et le suivre quand il en sortira.

– Mais tu as entendu Ambrose ! La reine des pestes est censée l'accompagner.

– Eh bien, ça ne coûte rien de les observer durant une heure ou deux. C'est notre seule chance si nous voulons échapper à notre escorte...

– Ou aux numa, d'ailleurs. Tout le monde est persuadé que nous sommes au lycée. Autant partir tout de suite. Nous ignorons combien de temps Arthur et Violette joueront aux ninjas avec Gaspard.

Elle scruta le hall et jeta son dévolu sur un garçon costaud qui transportait une pile de livres.

– Eh, Paul ! Tu m'avais bien proposé de me prêter ton scooter ?

35

Blotties l'une contre l'autre, ma sœur et moi faisions le guet derrière un mur, à l'angle de la rue de Grenelle. Nos regards insistants vers la grille de l'hôtel Grimod allaient finir par sembler louches. Dans le froid glacial de février, je m'étais mise à grelotter.

– Quelle heure est-il ? demandai-je.

– Cinq minutes de plus que tout à l'heure, s'agaça Georgia. Onze heures cinq. Voilà plus d'une heure et demie qu'on poireaute. Combien de temps durent tes entraînements, d'habitude ?

– Une heure. Mais Arthur et Violette ont beaucoup plus d'endurance que moi et nous ignorons quand ils ont commencé.

Je réalisai un peu tard que notre plan était nettement plus stupide qu'il nous avait semblé dans le hall du lycée.

– Attends, siffla Georgia dans un murmure exagéré. La porte s'ouvre. Là... Arthur ! Il porte un casque, mais je suis certaine que c'est lui. Il avait le même blouson, hier, au café.

Je me penchai pour mieux voir, mais elle m'en empêcha.

– Chuuuut ! souffla-t-elle alors qu'il était de toute façon incapable de nous entendre. Il a grimpé sur sa moto et remonte lentement la rue... Non, il descend et se gare sur le trottoir. Bon sang, mais... on dirait qu'il se cache !

Les commentaires de Georgia frisaient l'hystérie.

– Comment ça, il se cache ? m'exclamai-je en la bousculant. Où est-il ?

– Au croisement, là. Derrière le dernier immeuble.

– Il nous a repérées ?

– Non ! Il n'a même pas regardé de notre côté en quittant la maison.

– Mais alors pourquoi... ?

– Attends, coupa Georgia.

Penchée par-dessus sa tête, je risquai un coup d'œil. Un taxi venait de s'arrêter devant la grille de l'hôtel. Celle-ci s'ouvrit et Violette sortit, lançant un regard méfiant autour d'elle avant de monter dans la voiture. Plaquées derrière le mur, nous observâmes une fois encore la scène. Le taxi repartit et prit à gauche, sur l'avenue.

En une seconde, ma sœur et moi enfilâmes nos casques avant de sauter sur le scooter de Paul. Arthur déboula devant nous en moto, suivant le taxi de Violette à bonne distance. Nous empruntâmes le même chemin, laissant quelques véhicules s'intercaler entre lui et nous.

Nous les poursuivîmes durant une vingtaine de minutes, slalomant entre les camions et les voitures, afin de ne pas nous faire repérer. Mais Arthur ne se retourna pas une seule fois. Il semblait se focaliser sur le taxi, usant d'une technique similaire pour rester discret. Nous roulions vers le nord de la ville, en direction de Montmartre. Les petites rues encombrées de la butte nous ralentirent.

– Ils se dirigent vers le Sacré-Cœur, criai-je en voyant se dessiner le monument au loin.

Un camion frigorifique nous camoufla, jusqu'à ce qu'il s'immobilise en plein milieu de la chaussée pour effectuer sa livraison. Nous aperçûmes alors Arthur, un peu plus loin, qui garait son engin au pied des escaliers de la rue Foyatier, l'un des endroits les plus touristiques de Paris.

– Dépêche-toi ! hurlai-je à Georgia.

Celle-ci parqua le scooter près de la moto d'Arthur et l'accrocha à un lampadaire. La rue grouillait de monde. Arthur ne nous aurait probablement pas remarquées, même s'il s'était retourné. Nous gravîmes laborieusement les marches. Arrivé au sommet, Arthur prit à droite et se mit à courir en direction de la basilique. Sous le soleil de midi, la pierre blanche de l'édifice réverbérait une lumière crue, presque aveuglante, qui rendit plus difficile notre progression entre les grappes de touristes massées autour du monument.

Arthur disparut dans la foule. En nous faufilant parmi les badauds, à l'angle du Sacré-Cœur, je voulus saisir le poignet de Georgia, mais ma main se referma sur un bras particulièrement velu. Un homme immense, arborant une casquette *Redneck Cowboys*, baissa les yeux et m'adressa un sourire amusé.

– Salut, toi, me lança-t-il avec un accent texan.

– Pardon, balbutiai-je, cherchant ma sœur du regard.

Je l'aperçus quelques mètres plus loin, au milieu d'un groupe qui suivait un guide armé d'un drapeau italien. Elle venait de réaliser que j'avais disparu et me cherchait des yeux. Happée par le mouvement, je la perdis une fois de plus.

Me frayant un passage au milieu des Américains, je suivis le chemin emprunté par Arthur et tournai là où il s'était engouffré.

Je fus brutalement plongée dans l'ombre d'une cour pavée, sur le côté de l'église. Il me fallut quelques secondes pour habituer ma vue à cet espace ombragé, dépourvu de touristes, aussi silencieux qu'une crypte.

La cour était assez large et l'un de ses abords donnait sur le vide. Des garde-fous couraient le long de cette portion, ponctués des statues de saints et d'anges. Les silhouettes voûtées projetaient des lignes étranges qui se mêlaient à la pénombre. L'endroit dégageait une atmosphère extrêmement dérangeante. Georgia avait disparu.

Je clignai des yeux, cherchant Arthur, et l'aperçus, dissimulé derrière une statue. Il observait plusieurs personnes, à peine visible dans l'ombre. Juste devant moi, un ange penché en avant brandissait une épée, aux prises avec un ennemi invisible. Prenant exemple sur Arthur, je m'y réfugiai et scrutai les inconnus par-dessus le glaive.

Une jeune fille en jean aboyait des ordres à deux géants à l'air menaçant. Avec un frisson, je reconnus les deux numa de la galerie.

Tout en gesticulant, elle tourna légèrement la tête. Je plaquai ma main contre ma bouche pour étouffer un cri.

– Non ! murmurai-je.

Violette ! Que faisait-elle ici ? Les numa ne la menaçaient pas. Ils paraissaient même suspendus à ses lèvres.

Je jetai un regard à Arthur, caché derrière sa statue, qui fixait discrètement la scène. Je n'y comprenais plus rien.

Et soudain, tout devint clair.

Tandis qu'enfin je réalisais, une terrible nausée me saisit. Cramponnée au piédestal, je priai pour ne pas vomir.

Un troisième homme sortit alors de l'ombre, derrière l'église. Celui que j'avais aperçu en compagnie d'Arthur, à *La Palette*. Je reconnus ses vêtements : un long manteau de fourrure, semblable à un costume de théâtre classique. J'étais certaine de l'avoir déjà vu. Oui : l'inconnu du Père-Lachaise, croisé le jour de l'enterrement de Philippe. J'avais donc eu raison d'avoir peur, car à présent, je percevais sans mal ce halo grisâtre : c'était un numa.

Il tomba à genoux devant la jeune revenante, inclina la tête et baisa sa main. Et alors que Violette effleurait son épaule, pour lui faire signe de se relever, quelqu'un se précipita vers eux. Brusquement perturbée par l'absence de clarté, la silhouette fit volte-face, éperdue :

– Kate ?

J'aurais voulu tendre les bras et l'arracher au danger. J'aurais voulu l'avertir sans attirer l'attention. Trop tard. Car Violette venait de se retourner et d'apercevoir ma sœur.

36

Dans un geste de fureur, Violette se rua sur Georgia.

D'abord figée, je n'arrivais pas à en croire mes yeux. Ce n'était pas Violette que j'aurais dû apercevoir en compagnie des numa. C'était Arthur, le traître !

Peu à peu, les pièces du puzzle se mirent en place : la fascination de Violette pour *L'Amour immortel* ; sa colère de ne pas l'avoir trouvé dans la bibliothèque. Peu après, les appartements saccagés par des numa qui ne cherchaient pas un papier, mais un livre !

Un autre élément faisait enfin sens. Le vol du manuscrit de mon grand-père, le jour précis où j'avais rangé celui de Gaspard sur le rayonnage. Il fallait réunir les deux exemplaires afin de résoudre l'énigme. On avait donc rassemblé les indices et envoyé les numa chez Gwenhaël ! Lorsqu'elle avait disparu, ils s'étaient retournés contre moi pour en apprendre davantage au sujet du Champion. La culpabilité de Violette me semblait maintenant évidente.

Mais pourquoi s'intéressait-elle à ce mythe ? Elle ne voyait pourtant dans cette légende qu'une superstition ridicule. Alors, pourquoi chercher les détails ?

À moins d'y croire... Elle avait proposé son aide à Jean-Baptiste et elle-même suggéré de s'installer sous le même toit que Vincent... Toutes ces questions sur notre couple, sur notre capacité à communiquer... Sur Vincent et ses multiples talents. Sur ses forces qui s'amenuisaient. Et brusquement, tout devint évident. Depuis le début, Violette cherchait le Champion.

Malgré ma peur, je sortis de ma cachette et me précipitai vers eux. Du coin de l'œil, j'aperçus Arthur bondir pour m'en empêcher. Je le pris de vitesse, ignorant toujours dans quel camp il se trouvait.

Mais avant que j'aie pu atteindre ma sœur, Violette l'avait violemment poussée contre le garde-fou.

– Que fais-tu ici ? hurla-t-elle.

Jetant un regard effrayé vers le vide, Georgia se redressa aussitôt.

– Et toi, Mata Hari, on peut savoir à quoi tu joues ?

Si sa véhémence pouvait passer pour de l'assurance, je compris qu'elle était terrifiée. Violette s'avança de nouveau, mais Georgia l'arrêta. Prenant appui sur la rambarde, elle lui envoya un coup de pied.

Violette bascula sous la violence du choc et je rejoignis ma sœur, me postant à ses côtés, les poings levés.

– Notre rendez-vous au café est annulé, lui lançai-je d'un ton glacial, rongée par un sentiment de trahison.

Résumant en un geste l'importance que j'avais à ses yeux, Violette haussa les épaules. J'aurais voulu me jeter sur elle, la secouer, exiger des explications. Mais je n'aurais pas fait le poids : même sans arme, Violette était redoutable.

Je perçus un mouvement derrière elle. Deux numa sortirent de l'ombre pour s'avancer vers nous. Arthur, resté à l'écart, s'interposa aussitôt.

– Ces mortelles sont à moi, s'époumona la minuscule revenante, sans même les regarder.

Les trois hommes s'immobilisèrent derrière elle.

– Violette, laisse-les partir ! cria Arthur.

– Voilà qui t'arrangerait bien, n'est-ce pas, Arthur ? répliqua-t-elle sans nous quitter des yeux. Qu'est-il advenu de mon vieux compagnon, qui convenait volontiers que ces parasites ne valaient pas le sang que nous versions pour eux ?

– C'était ton opinion, Vi. Pas la mienne.

– Je te connais bien, Arthur. Après un demi-millénaire de vie commune, nous ne faisons pratiquement plus qu'un, toi et moi. Pourquoi ne pas m'avoir rejointe quand je te l'ai demandé ? Un nouveau chemin s'offre à nous désormais.

– Jamais je n'imaginais que tu l'emprunterais, Vi. Trop longtemps, j'ai cédé à tes caprices. J'ai docilement fait part de tes réserves concernant la présence de Kate aux réunions. J'ai fermé les yeux, sachant pertinemment que tu gardais des contacts avec l'ennemi. Bon sang, j'ai même transmis un de tes messages à ce... ce Nicolas, ajouta-t-il en désignant d'un air répugné l'homme au grand manteau qui nous observait toujours. Tu te servais d'eux pour obtenir des informations, mais je ne te pensais pas capable de t'allier à leur cause, ou de t'incliner devant leur nouveau chef, cet Américain parvenu.

– Il n'y a pas d'Américain, Arthur, répliqua Violette avec un petit rire qui me fit froid dans le dos. Je l'ai inventé en prétendant être son émissaire, au cas où ils auraient hésité à m'obéir. J'ai joué les bardia influentes, les agents doubles. Mais voilà plus d'un an qu'ils sont à mes ordres. Si Lucien n'avait pas bâclé sa tâche et m'avait ramené la tête de Vincent comme je le lui avais demandé, il nous aurait épargné toute cette mascarade avec Jean-Baptiste. Les numa n'écoutent que moi désormais, et bientôt, nous renverserons les revenants !

– Que veux-tu dire ? s'exclama Arthur, incrédule. Quand ils nous ont attaqués, l'autre soir, tu t'es débarrassée de l'un d'eux et tu as laissé Vincent en éliminer deux autres.

– Quelques trublions qui refusaient d'accepter mon autorité et que j'étais ravie de supprimer, voilà tout. Cette incartade m'aura d'ailleurs été précieuse pour évaluer les capacités de Vincent. Tu connais mon goût de la stratégie, cher Arthur. Et à présent que tout est en ordre, prends ta place à mes côtés. Jure-moi allégeance et je pardonnerai tes hésitations.

– Jamais, s'emporta Arthur, semblant réveiller le preux chevalier qui sommeillait en lui.

Passant sa colère sur ma sœur, Violette lui décocha un violent coup de pied dans la tête.

Je me jetai sur elle, regrettant de n'avoir ni épée ni gourdin sous la main pour l'attaquer. Sans arme, j'étais incapable de lutter. Violette, en revanche, enchaînait avec maîtrise les prises d'arts martiaux. Je me baissai pour les esquiver, tâchant de me rappeler les conseils de Gaspard. Si je n'arrivais pas à l'atteindre, je parvenais du moins à l'éloigner de ma sœur. Georgia se redressait laborieusement avec un juron.

– Sauve-toi, Georgia, va-t'en.

– Pas question de te laisser seule ! rétorqua-t-elle.

Du coin de l'œil, je vis Violette prendre son élan pour se ruer vers nous. Arthur retenait déjà les numa et ne pouvait voler à notre secours. Ce combat était le nôtre et, en dépit de notre manque d'expérience, nous étions deux contre Violette.

Mes espoirs s'évanouirent lorsque je sentis son poing percuter mon épaule et me projeter en arrière. Un craquement sinistre retentit, suivi d'une douleur sourde. Profitant de l'avantage, elle toucha Georgia aux côtes. Ma sœur s'affaissa contre la rambarde, grimaçant, les mains pressées sur le côté.

– J'ai bien vu comment tu regardais Arthur. Tu t'imaginais pouvoir me voler mon compagnon ? siffla Violette.

– À ce que j'ai compris, il ne t'appartient pas vraiment, répliqua Georgia, qui parvint à esquisser un sourire narquois.

– Comment le sais-tu, stupide mortelle ? s'emporta Violette en se tournant vers Arthur.

Je saisis ma chance. De mon bras valide, je serrai le poing et visai sa tête. Je sentis mes phalanges s'écraser contre sa mâchoire. Elle poussa un cri de rage. J'étais seulement parvenue à lui faire perdre l'équilibre. Violette était plus forte et plus opiniâtre que je ne l'aurais cru.

Derrière elle, Arthur combattait toujours les deux numa, tandis que l'étrange Nicolas restait en retrait, scrutant la scène sans broncher. Jean-Baptiste l'avait décrit comme le bras droit de Lucien. S'il s'était soumis à l'autorité de Violette, il ne semblait pas décidé à se salir les mains pour la défendre.

Aucun d'eux n'était venu armé. Les numa s'attendaient à une simple entrevue avec Violette. Quant à Arthur, il s'était montré trop confiant.

– Alain, cria Violette. Couvre-moi et emmène la fille !

Avant que j'aie pu réagir, le plus petit des numa délaissa Arthur pour m'empoigner et me ceinturer. Mon épaule endolorie s'enflamma de plus belle. J'eus beau me débattre, il était bien trop fort pour moi.

Georgia était incapable d'affronter seule Violette. Et personne ne viendrait à notre secours, car personne ne savait où nous nous trouvions. En lui infligeant un nouveau coup à la tête, Violette assomma Georgia. Désemparée, je regardai ma sœur s'effondrer sur le sol. *Jamais je ne reverrai Vincent...* Je tentai une dernière fois de me libérer.

– Lâche-la ! lança une voix à l'autre bout de la cour.

Je parvins à me retourner. Vincent, le visage sombre, s'avançait à l'angle de l'édifice. Sans une hésitation, il s'approcha de la statue de l'archange et, saisissant son glaive à deux mains, il l'arracha juste sous le pommeau. Il abattit son arme de fortune sur mon ennemi, visant la tête. Le marbre se brisa.

À ma grande stupéfaction, le numa me lâcha. Je retombai, jambes fléchies, avant de bondir comme un chat.

– Kate ! cria Vincent en me lançant une épée dissimulée sous son manteau.

Elle arriva droit sur moi, comme au ralenti, et je la saisis au vol. Je sentis la poignée de cuir dans ma paume.

Je pris de la vitesse et, de toutes mes forces, chargeai l'autre numa avant de le toucher sous le menton. La lame trancha son cou de part en part et son corps décapité retomba lourdement sur le sol.

Hébétée, je regardai la tête rouler sur la pierre, laissant une traînée sanguinolente derrière elle. L'espace d'un instant, je me sentis défaillir, mais me ressaisis. Ce n'était pas le moment.

Je me retournai et brandis mon arme, sur mes gardes. Mais mon épaule douloureuse rendait la posture plus difficile. Plus loin, je vis Nicolas disparaître dans l'ombre de l'église et Arthur bondir sur les marches à sa poursuite.

Sur ma gauche, Vincent se dirigeait vers Violette, accroupie près de ma sœur, toujours inconsciente. Bien que plus petite que Georgia, Violette la souleva dans ses bras aussi facilement qu'elle aurait porté un enfant et entreprit de la faire passer par-dessus le garde-fou.

– Non ! hurlai-je en lâchant mon épée.

Je me ruai sur eux, avant de me figer. Violette aurait déjà pu la précipiter dans le vide. Alors, qu'attendait-elle ? Je la vis hésiter et, soudain, je compris.

– Violette, qu'est-ce que tu fais ? s'exclama Vincent, stupéfait.

Il n'avait toujours pas conscience de ce qui se jouait dans cette cour. Pas un instant, il ne l'avait soupçonnée. Aucun de nous n'aurait pu l'imaginer, d'ailleurs. Sauf Georgia, évidemment... Aussi immobile qu'une statue, Violette se tenait là, les yeux rivés sur le vide.

Derrière nous, le numa touché par Vincent remua. Malgré sa blessure à la tête, qui saignait abondamment, il parvint à se relever et à se diriger vers nous.

– Violette, criai-je, arrête-le !

Curieusement, elle m'obéit.

– Paul, arrête.

Le colosse stoppa son mouvement. Je m'approchai d'elle prudemment et cherchai à tirer parti de son hésitation.

– Tu n'as jamais tué de mortel jusqu'ici, c'est ça ?

– Non, répondit Violette, sans quitter le précipice des yeux.

Elle appuya Georgia contre la rambarde. Il lui suffisait de lâcher prise pour que ma sœur tombe. *Ne la lâche pas*, suppliai-je intérieurement. Déjà, Georgia était d'une pâleur morbide. Je ravalai mes larmes et demandai :

– Alors, pourquoi maintenant ?

– Tu connais la formule, n'est-ce pas, Vincent ? Un revenant qui donne la mort...

– ... devient numa, acheva Vincent à voix basse.

La panique me déconcentrait, mais je tâchai de réfléchir. Violette haïssait Georgia, comme tous les mortels, d'ailleurs. Qui avait donc de l'importance à ses yeux ? La réponse était évidente : elle et personne d'autre.

– Tu ne veux pas vraiment faire ça, Violette, lui dis-je. Même si tu les crois indignes d'être sauvés, une petite revanche contre les mortels ne vaut pas de se transformer en monstre.

Après une hésitation, elle reprit d'un ton aussi ferme que glacial :

– Il n'est pas question de vengeance. Je n'ai jamais demandé à devenir ce que je suis. On m'a imposé l'immortalité, alors même que je n'avais pas encore eu le temps de vivre. Je suis lasse de m'en remettre aux mortels pour continuer d'exister. Je ne veux plus vous sauver. Mon seul désir est d'être maîtresse de mon destin. Et quand mes numa et moi aurons vaincu les revenants, Paris m'appartiendra. Mon propre royaume... pour en disposer à ma guise.

– Ta survie dépendra toujours des mortels, Violette, intervint Vincent. Quoi que tu fasses, c'est un cercle vicieux. Tu auras simplement changé de camp. Au lieu de sauver, tu trahiras...

– Au point où j'en suis, cela me paraît bien plus supportable.

– Et d'où te vient cette idée de renverser les revenants ? Comment comptes-tu y arriver ? insista Vincent, incrédule.

– Grâce aux aptitudes du Champion, répliqua-t-elle, soutenant de son regard perçant celui de Vincent. Bien entendu, si tu m'avais acceptée à tes côtés, je n'aurais pas eu besoin de m'en emparer par la force. Partager ton pouvoir m'aurait suffi ; être associée à ton autorité sur les revenants lorsque tu aurais pris ta place à la tête du clan... Mais tu m'as clairement fait comprendre que tu ne viendrais pas à moi de ton plein gré. J'ai donc décidé de saisir ce pouvoir avec l'aide de mes numa.

– C'était donc ça que tu voulais, il y a trente-cinq ans ? s'exclama Vincent. Tu t'imaginais que j'étais ce Champion ?

– Eh bien oui, ce n'était pas pour tes beaux yeux, répliqua-t-elle.

– Tu ne peux pas être certaine que ce soit lui, Violette, objectai-je, sans quitter ma sœur du regard. La guérisseuse de Saint-Ouen n'était pas le véritable Voyant.

– Non, mais elle possédait toutes les informations qui m'étaient nécessaires, grinça-t-elle avec un sourire diabolique.

– Quoi ? Mais... elle s'est enfuie. Son fils me l'a assuré.

– Elle est revenue, poursuivit Violette. C'est du moins ce que mes hommes m'expliquaient avant que ta sœur ne nous interrompe.

– Gwenhaël, murmurai-je, terrifiée. Que lui as-tu fait ?

– Moi, personnellement ? Absolument rien. Mais mes numa... enfin, il semble qu'ils aient dû montrer un peu de persuasion pour la faire parler. Un accident est si vite arrivé...

– Tu l'as tuée, soufflai-je.

– Comme je te l'ai dit, je n'y suis pour rien. Mes hommes se sont quelque peu emballés. Je n'avais pas prévu les choses ainsi. Mais après ce qu'elle nous a appris, je suis ravie que tu nous aies rejoints, Vincent !

– Que t'a-t-elle raconté ? reprit-il, le regard perçant.

– Eh bien, que tu es le Champion.

– Elle ne peut pas le savoir. Elle ne m'a jamais vu.

Violette balaya le détail d'un haussement d'épaules.

– Ses révélations le confirment.

Soudain déstabilisée, elle appuya Georgia en équilibre contre le garde-fou. *Pourvu qu'elle ne la lâche pas...* Je redoutais le moindre de ses mouvements.

– Après la visite de Kate, la vieille femme a mené son enquête. Comme je le pensais, tout concorde : le lieu, l'époque. Oh, je sais, Kate, ajouta-t-elle avec un sourire, je t'ai affirmé le contraire. Mais tu es tellement crédule... c'était bien trop tentant.

– Et... ? reprit Vincent.

– Elle a appris à mes hommes que le Champion serait celui qui anéantirait le dernier numa à la tête de son clan, c'est-à-dire Lucien. Comme c'est toi, cher Vincent, qui l'as éliminé, il n'en a pas fallu davantage pour me convaincre. Toutes mes félicitations ! Tu es l'élu.

– C'est absurde ! s'écria-t-il avec un geste d'impuissance.

Ses cernes tranchaient de plus en plus sur la pâleur exsangue de sa peau. En reculant d'un pas, il chancela. Il était proche de sa phase de sommeil, mais au terme de ce nouveau mois d'expérience, il faisait peur à voir.

– Regarde-toi, lui lança Violette, répugnée. Tes acrobaties avec ce glaive de marbre t'ont rapidement épuisé, mais tu devrais déjà avoir disparu. Personne ne peut survivre à la voie des ténèbres plus de quelques semaines, excepté le Champion. L'énergie des numa aurait dû avoir raison de toi. Deux forces contradictoires livrent bataille à l'intérieur même de ton corps, celles du bien et du mal. Cet imbécile de Gaspard m'a crue lorsque je lui ai affirmé que tu n'en sortirais que plus endurant. Te voilà désormais assez faible pour que je puisse te vaincre seule. Tu n'ignores pas ce que dit la prophétie. Si j'anéantis le Champion, ses pouvoirs deviendront les miens.

– Tu es folle, soufflai-je.

Vincent pressa imperceptiblement mon bras et m'attira lentement derrière lui.

– Oh, tu connais cette légende mieux que personne, Violette. Mais moi, je sais aussi que si le Champion se rend à son adversaire, il lui transmet la totalité de ses capacités. Je te les offre en échange de la fille, Violette.

Violette hésita, desserra son étreinte sur Georgia.

Elle le laissa faire un pas vers elle. Il se trouvait à moins d'un mètre.

– Il est écrit que si le Champion se soumet volontairement, ses pouvoirs ne seront pas entachés par le meurtre, récita-t-elle, les yeux brillants de convoitise. Tu serais prêt à braver cela pour ces gamines ?

– Oui, répondit Vincent sans hésitation.

– Non, Vincent ! m'écriai-je. Qu'est-ce que tu racontes ?

Il refusait de me regarder.

– Tu as raison, Violette. Je suis suffisamment faible pour que tes hommes et toi m'emmeniez. Je n'opposerai pas de résistance. Lâche-la et le marché est conclu.

Violette le dévisageait, semblant peser le pour et le contre.

Et avant même que j'aie compris ce qui se passait, une silhouette se précipita sur sa gauche. Arthur avait profité de son hésitation pour lui arracher Georgia et l'éloigner.

– Oh, navré, murmura Vincent comme s'il consolait une enfant, mais l'offre ne tient plus.

Avec un cri de rage, Violette se jeta sur lui, le griffant au visage. J'observai, hypnotisée, les fines lignes rouges qui marquaient ses joues et ne vis pas venir le numa.

Le colosse se ruait sur moi, mais Vincent fit volte-face et le ceintura, l'entraînant avec une force inouïe contre le garde-fou. Je poussai un hurlement, en voyant la rambarde plier sous le choc. Vincent, aux prises avec son adversaire, bascula avec lui dans le vide.

Je crus que mon cœur allait lâcher. J'eus la sensation qu'on m'arrachait la poitrine, qu'on me privait de mon souffle. Hors d'haleine, je m'approchai du rebord pour jeter un regard en contrebas, priant pour qu'un miracle se soit produit. Que, comme dans les films, Vincent ait pu s'agripper à une branche, ou atterrir sur une corniche providentielle.

Mais je ne vivais pas dans un film. Lorsque je me penchai, ils avaient déjà percuté le sol et ne bougeaient plus.

– Non ! hurlai-je, tandis que l'homme au long manteau se précipitait vers eux, suivi par ses acolytes.

Violette, quant à elle, avait disparu.

– Arthur, reste avec Georgia, lui criai-je.

Dévalant les marches, j'eus à peine le temps d'apercevoir le numa bondir à l'arrière d'une camionnette qui les attendait. Il claqua les portières derrière lui et le véhicule démarra en trombe. Je me retournai, mais me figeai aussitôt. Il n'y avait plus rien à voir. Les corps avaient disparu.

37

Vincent était mort et les numa l'avaient emporté. Pétrifiée, je mesurais peu à peu l'horreur de la situation. En toute logique, il se réanimerait d'ici trois jours, mais les numa ne le permettraient pas.

Il leur suffisait de brûler son corps pour le faire disparaître à tout jamais. À moins que Violette n'eût prévu pire : attendre sa phase d'errance pour se débarrasser de lui. Son esprit vagabond flotterait alors dans les limbes pour l'éternité, sans espoir de retrouver une quelconque forme physique. Un sort bien plus cruel. Il me fallait agir.

Sortant de ma torpeur, je composai le numéro d'Ambrose.

– Katie-Lou ? Tu es toujours à Montmartre ? Vince vous a déjà rejoints ? demanda-t-il en décrochant.

– Comment sais-tu que...

– Jules est en errance. Il vous a vues attendre Arthur, alors il vous a suivies lui aussi. Puis il a prévenu Vincent avant de revenir me chercher. Est-ce que tout va bien ? Passe-moi Vincent, tu veux ?

– Ambrose, Vincent a disparu. Violette et ses numa… ils l'ont tué. Ils ont emporté son corps. Ils l'ont emmené, Ambrose ! hurlai-je comme une perdue, incapable de formuler une phrase cohérente.

– Quoi ? Violette ? s'écria-t-il. Où sont-ils allés ?

– Une camionnette blanche les attendait au pied du Sacré-Cœur. Ça ressemble à un véhicule de livraison.

– Depuis combien de temps ?

– Deux minutes, maximum.

– Arthur est encore avec toi ?

– Oui, il est avec Georgia. Elle est blessée.

Il ne lui fallut pas plus de quelques secondes pour établir un plan.

– Arthur décidera s'il faut conduire Georgia à l'hôpital. Si ce n'est pas le cas, rentrez tous les trois chez Jean-Baptiste. Je l'appelle immédiatement. Il avertira les autres revenants de Paris qui se mettront aussitôt à leur recherche. Tiens bon, Katie-Lou.

– Merci, Ambrose, soufflai-je d'une voix brisée, avant de raccrocher.

Je ne pouvais pas me permettre de m'écrouler maintenant. Si je commençais à pleurer, je serais incapable de m'arrêter. Ce n'était pas le moment de faiblir.

Levant les yeux vers les marches, j'aperçus Arthur qui s'approchait, soutenant Georgia qui reprenait peu à peu ses esprits. Elle pressait un mouchoir taché de sang contre ses lèvres. Je me précipitai vers eux.

– Je ne vois plus Vincent, me cria Arthur.

– Violette l'a emmené. J'ai prévenu Ambrose, Jean-Baptiste va déclencher l'alerte pour tenter de les retrouver.

Je parlais d'une voix blanche, tâchant de contenir mes émotions. *Encore quelques minutes, et tu pourras t'effon-*

drer, me dis-je, passant l'autre bras de Georgia sur mon épaule.

– Emmené qui, Brindille ? balbutia-t-elle, ayant manqué toute la scène.

Je ne me sentais pas capable de tout lui expliquer maintenant.

– Est-ce qu'elle ne devrait pas plutôt rester immobile ? demandai-je à Arthur.

– Elle est blessée, mais je crois qu'elle n'a rien de cassé. Plusieurs touristes nous ont aperçus et je pense qu'il vaudrait mieux filer d'ici avant que quelqu'un prévienne la police.

Au pied de l'escalier, nous traversâmes la rue pour prendre un taxi. En grimpant à l'arrière, je jetai un dernier regard au Sacré-Cœur. Deux agents s'avançaient en haut des marches, suivant les gestes des badauds qui nous désignaient. La voiture démarra et je fermai les yeux, soulagée. Il ne fallait surtout pas qu'on nous arrête, qu'on nous retarde.

C'est fini. L'idée me vint, terrifiante. *Non. Ne pense pas à cela maintenant. Reprends-toi, ou tu ne leur seras d'aucune utilité.*

Je serrai la main de Georgia tandis qu'elle posait la tête sur mon épaule.

– Est-ce que ça va ? lui demandai-je.

– J'ai mal. Cette garce m'a cassé une dent et j'ai du sang plein la bouche.

Je jetai un regard à Arthur.

– S'il est inutile de la conduire à l'hôpital, Ambrose suggérait de la ramener chez Jean-Baptiste.

– C'est bien là que nous allons, confirma Arthur.

– Euh… je ne crois pas, intervint Georgia. Je ne suis pas la bienvenue, vous vous rappelez ?

– Ce n'était pas une question, trancha Arthur. J'appellerai un médecin qui nous rejoindra sur place. Mieux vaut qu'on t'examine discrètement, sans alerter les urgences. Nous mettrons déjà une poche de glace sur ton visage.

Il posa la main sur son bras. Georgia se détendit immédiatement et s'enfonça sur le siège.

– Eh, je sais très bien ce que tu fais, avec ton... tranquillisant magique, dit-elle.

Un sourire se dessina sur les lèvres d'Arthur, le premier que je lui voyais depuis que Georgia l'avait traité de vieux croûton.

– Tu préfères que j'arrête ? demanda-t-il.

– Ah non, assura-t-elle. C'est fantastique. Mais ne va pas t'imaginer que je suis dupe.

Le regard d'Arthur se braqua sur moi, soudain grave.

– J'étais persuadée que c'était toi, déclarai-je d'une voix blanche.

– Je ne peux pas t'en vouloir.

Nous nous observâmes en silence, jusqu'à ce que je m'enfonce dans le siège en agrippant mon épaule blessée et ferme les yeux.

– Qu'est-ce qui ne va pas ? s'inquiéta Georgia.

– Oh, Gigi, soufflai-je, retrouvant le surnom que je lui donnais lorsque nous étions enfants. Quand tu as perdu connaissance, Vincent est arrivé. Arthur et lui... t'ont sauvée, mais les numa, ils l'ont tué. Et ils ont pris son corps...

Je ne pus me contenir plus longtemps et éclatai en sanglots. Elle écarta la main d'Arthur pour me serrer dans ses bras.

– Oh, ma Brindille... Oh, ma pauvre Katie.

Sa voix trembla et elle aussi fondit en larmes.

Le taxi sinuait dans les rues calmes de Paris, et ma sœur et moi pleurions, blotties l'une contre l'autre.

Le médecin nous attendait déjà chez Jean-Baptiste. Arthur aida Georgia à s'installer dans le salon, puis nous laissa, refermant la porte derrière lui. Le docteur posa de nombreuses questions à Georgia : que s'était-il passé ? Combien de temps était-elle restée inconsciente ? Il observa ses pupilles avec une lampe de poche avant de confirmer qu'elle n'avait rien de grave. Il lui conseilla simplement de consulter un dentiste et lui donna une compresse et des antalgiques.

L'examen révéla pour moi une fracture de la clavicule. Le médecin banda ma blessure et recommanda de la glace pour réduire l'inflammation.

– Vous devriez vous reposer, nous dit-il.

C'est ça, pensai-je, bien décidée à me lancer à la recherche de Vincent une fois que j'aurais ramené Georgia chez nous. Alors que je raccompagnais le médecin, Arthur reparut et lui tendit une enveloppe. Après une brève poignée de main, il referma la porte derrière lui.

Il se retourna vers moi et son visage perdit tout à coup son habituelle froideur. Il semblait presque humain, pour une fois, sans cette rigidité qui lui donnait des airs de statue de cire.

– Kate, déclara-t-il enfin, je suis profondément navré de tout ce qui est arrivé. J'aurais dû intervenir plus tôt. Mais Violette... avait déjà traversé de semblables épisodes étranges et je pensais pouvoir la ramener à la raison. Je ne me doutais pas une seule seconde de ses intentions.

– Tu savais qu'elle était en contact avec les numa ? Pourquoi n'as-tu rien fait ? Ton silence a mis tout le monde en danger, grondai-je, sentant la colère monter.

S'il avait réagi à temps, rien de tout cela ne serait arrivé.

– Personne n'ignorait que Violette conservait de vagues liens avec les numa. Et nous comptions là-dessus pour en savoir plus. Mais personne, pas même moi, ne soupçonnait une telle issue. Lorsqu'elle est entrée en contact avec ce Nicolas, je pensais qu'elle se servait de lui afin d'infiltrer le clan parisien des numa. De les manipuler, les séduire, d'une certaine manière, pour mieux frapper dans la fourmilière. Par le passé, elle a montré qu'elle aimait se jouer de ses ennemis avant de les achever. Mais quand Vincent m'a appris que les numa savaient pour Lucien, j'ai d'abord cru qu'elle avait, sans le vouloir, laissé échapper quelque information. Pas un instant je n'aurais imaginé qu'elle collaborait avec eux.

Je le dévisageai. Violette et lui vivaient ensemble depuis des siècles. Était-il possible qu'il ne se soit rendu compte de rien ? Son comportement à Montmartre et l'air torturé avec lequel il m'observait semblaient le prouver.

En levant les yeux, j'aperçus Jean-Baptiste, qui descendait lentement l'escalier à double volée. Le général de bataille, raide et volontaire, n'était plus qu'un vieillard voûté. Vincent était son favori. Son second. Celui qu'il considérait comme son fils. Il s'arrêta devant moi, puis fit une chose qui ne lui ressemblait absolument pas. Il me prit dans ses bras. Le geste lui était si peu familier que je dus me contenir pour ne pas grimacer lorsque son épaule heurta la mienne.

– Je suis désolé, se contenta-t-il de dire.

Ses paroles eurent raison de moi. Le grand stratège ne m'offrait pas de tactique élaborée sur la manière de récupérer Vincent. Ni de paroles de réconfort, pour quantifier nos chances. Avec ces quelques petits mots, anéantissant tout espoir, Jean-Baptiste avait renoncé.

38

Je raccompagnai Georgia chez nous, remerciant le ciel que mes grands-parents soient absents. Je l'aidai à s'allonger, notant que les médicaments, absorbés une demi-heure plus tôt, commençaient à faire effet. Elle s'assoupit avant même que j'aie quitté la pièce. Alors que je refermais la porte, elle m'appela d'une voix somnolente.

– Tu le retrouveras, Brindille. J'en suis certaine.

Lorsque je regagnai l'hôtel Grimod, les troupes étaient déjà sur le pied de guerre. Jean-Baptiste m'informa qu'Ambrose avait réuni une équipe chargée d'explorer les galeries souterraines de Montmartre. Puisque Violette rencontrait les numa au Sacré-Cœur et que plusieurs témoins avaient aperçu leur clan dans ce quartier, la cachette paraissait logique.

Jules, toujours en errance, accompagnait le groupe mené par Gaspard et suivait une seconde piste, au sud de Paris.

Arthur et Jean-Baptiste, installés dans la bibliothèque, paraissaient enfin imaginer une autre stratégie. Arthur l'abreuvait de détails concernant Violette et ses habitudes. Il lui avait déjà appris les plans de la jeune femme : capturer le Champion afin de renverser les revenants de Paris. Il n'avait entendu que la fin de la conversation entre Vincent et Violette, aussi comblai-je leurs lacunes. J'entrepris ensuite de leur raconter absolument tout ce que je savais. Je fis le récit de mon entrevue avec Gwenhaël et Bran. Je répétai les questions de Violette au sujet de Vincent et les informations, parfois volontairement erronées, qu'elle m'avait transmises concernant le Champion et les numa.

Jean-Baptiste prit quelques notes. Il me remercia, indiquant que j'étais libre de partir. Je me levai et les observai quelques instants, jusqu'à ce que le vieil homme me jette un regard surpris.

– Que puis-je faire d'autre ? demandai-je.

En un peu plus d'une heure, mon découragement s'était mu en une farouche détermination. Que faire et où aller si je quittais l'hôtel Grimod ?

– Rien pour le moment, déclara-t-il, l'air grave, sauf espérer que nos équipes découvriront de nouveaux éléments.

– Mais je dois faire quelque chose. J'ai besoin d'agir.

– Ma chère Kate, tu as rempli ton rôle. Tu as alerté Ambrose. Tu t'es occupée de ta sœur. Tu viens de me fournir des détails particulièrement précieux. À présent, il ne nous reste qu'à attendre.

Le ton était emphatique, mais ferme. Il se pencha sur son carnet. Je pris conscience que lui aussi, comme nous tous, s'était laissé abuser par Violette. Je sortis, les laissant digérer cette révélation.

J'eus des nouvelles environ deux heures plus tard. L'équipe de Gaspard avait capturé un numa et lui avait extorqué quelques informations : Violette et ses hommes avaient quitté

Paris en direction du sud, emmenant Vincent avec eux. Le groupe mené par Ambrose rentra sur ses entrefaites, après avoir saisi un stock d'armes important dans l'une des cachettes ennemies.

Je les attendais à l'extérieur de l'hôtel, appuyée sur le rebord de la fontaine.

– Que va-t-elle faire, à ton avis ? demandai-je à Ambrose lorsqu'il s'assit près de moi, sanglé des pieds à la tête dans son équipement de combat.

– Katie-Lou, en ce qui concerne Violette, je ne sais plus quoi penser.

– Si elle brûlait son corps aujourd'hui...

– Il disparaîtrait définitivement. Si elle attend qu'il soit en errance, demain ou après-demain, son esprit demeurera sur Terre. À moins qu'elle ne se manifeste à temps et que nous puissions la persuader de faire un échange. Nous devons compter là-dessus, petite sœur. Inutile de songer au pire.

Il se pencha pour m'embrasser tendrement sur la joue.

– De la part de Jules, reprit-il. Il te dit : Courage, Kate. Nous le retrouverons.

J'essuyai une larme et les remerciai. Ambrose se leva pour faire son rapport à Jean-Baptiste. Immobile, je regardai la lune monter dans un ciel curieusement rempli d'étoiles. Elles se faisaient pourtant discrètes à Paris, incapables de rivaliser avec les lumières de la ville. Ce soir, cependant, elles paraissaient scintiller, offrant un spectacle à couper le souffle aux mortels qui les observaient. Soudain, je me remémorai les mois qui avaient suivi la disparition de mes parents. À chaque coin de rue, la beauté du monde semblait railler mon désespoir. Comment la Terre pouvait-elle continuer de tourner ? Comment cette voûte céleste pouvait-elle se parer d'un tel éclat, alors que Vincent se retrouvait, sans défense, aux mains de ses ennemis ? Plus rien n'avait de sens.

Saisie du besoin de reprendre pied, j'envoyai un message à Georgia.

Ça va ?

Georgia : Médocs = bonheur. Raconté aux grds-parents qu'on m'avait agressée.

Moi : Non ?!

Georgia : J'ai dit que tu étais partie avec une amie après les cours et que nous n'étions pas ensemble.

Moi : Et ?

Georgia : Ils paniquent et veulent que tu rentres.

Moi : Impossible. Nous ne l'avons pas encore ramené.

J'avais ignoré deux appels en absence de ma grand-mère et savais qu'il me faudrait tôt ou tard m'expliquer, mais j'étais pour l'instant incapable d'inventer une excuse. Cette vie, où j'aurais pu me réfugier chez mes grands-parents pour retrouver l'amour et la chaleur d'un foyer, n'était plus la mienne. Vincent était la seule chose qui importait.

La nuit était froide et je frissonnai, mais résistai à la tentation de rentrer pour demander des nouvelles. On m'aurait sûrement avertie, non ? Une fois encore, la sensation d'être une étrangère, partout où j'allais, me gagna. Je partageais les secrets des revenants, m'entraînais avec eux et je portais leur symbole autour du cou. Je faisais partie de leur monde et ils faisaient partie du mien. Pourtant, je n'étais pas l'une d'entre eux.

L'adolescente blessée mais encore innocente que j'étais un an plus tôt avait disparu. J'étais allée trop loin. Aucun retour n'est possible, lorsqu'on quitte l'univers du réel et du tangible pour entrer dans celui où le mystique règne en maître.

Vincent était mon lien avec le monde des revenants, mais je ne pouvais me voiler la face : sans lui, je naviguais entre deux eaux, sans point d'ancrage, voguant à la dérive. Je préférai ne pas y penser. *Nous allons le retrouver*, me juraije.

39

Une atmosphère lugubre régnait sur l'hôtel Grimod. Gaspard avait interrogé son prisonnier, au sujet de Violette, mais elle avait fait preuve de prudence et gardé pour elle les détails de ses plans. Entre-temps, les revenants avaient capturé deux autres numa, qui savaient seulement que leur chef avait quitté Paris.

Je retrouvai Ambrose à l'armurerie, aiguisant une hache à l'aide d'une antique meule de pierre. Lui aussi semblait ronger son frein.

– Qu'est-ce que ça veut dire ? m'emportai-je. Que faut-il tenter maintenant ?

J'étais incapable d'accepter l'idée de nous... résigner.

– Nous n'avons aucune piste ni indice pouvant nous mener jusqu'à eux. J.-B., Gaspard, Arthur et quelques autres se concentrent sur un plan à long terme.

Il redressa la tête en faisant tourner la meule. Les étincelles volèrent comme pour souligner sa frustration.

– Pour l'instant, Katie-Lou, il n'y a rien à faire. Excepté attendre qu'ils se manifestent.

Je demeurai quelques instants avec lui, puis remontai. Des dizaines de revenants passaient de pièce en pièce. Des murmures couraient entre les portes, dans l'espoir d'un coup de fil qui ne retentirait peut-être jamais. Les heures s'écoulèrent sans nouvelles. Pourtant, tous se tenaient sur le qui-vive. Prêts.

Jeanne avait insisté pour rester. Elle errait comme une âme en peine, déposant des plateaux de nourriture dans chaque recoin et astiquant le moindre meuble.

– Veux-tu que je te prépare quelque chose, mon chou ? me demanda-t-elle en me serrant pour la énième fois dans ses bras depuis notre retour.

La première fois, j'avais éclaté en sanglots, mais les larmes s'étaient taries, laissant place à une étrange torpeur.

– Je n'ai pas faim, Jeanne.

– Je sais, dit-elle en me tapotant l'épaule. Mais je devais au moins essayer, puisque c'est tout ce que je peux faire pour toi, en ce moment.

Vers minuit, j'informai Ambrose que je sortais. J'étais incapable de supporter plus longtemps ces visages graves et ces messes basses.

– Je reviens. J'ai juste besoin de prendre l'air.

– Je t'accompagne.

– Ambrose, le raisonnai-je en secouant la tête, après la chasse que Gaspard et toi leur avez menée cet après-midi, tu crois vraiment que les numa s'attarderont dans Paris ?

– Non, mais certains mortels pourraient s'avérer tout aussi dangereux.

– Ça ira, répondis-je en tâchant de sourire. Mais si vous apprenez quelque chose...

– Je t'appelle, coupa-t-il. C'est juré.

– Merci Ambrose.

Je franchis la grille et me dirigeai vers la Seine. Quand j'atteignis les quais, mes bras et mes jambes semblèrent se mouvoir d'eux-mêmes. Mon épaule me lançait à chaque pas, mais je l'ignorai et me mis à courir pour échapper au chagrin et à l'angoisse. Et lorsque enfin je les laissai derrière moi, qu'une nouvelle vague de détermination et de déni balaya mes démons, je continuai ma course.

Je m'arrêtai, courbée en deux, à bout de souffle. Près de moi, la sombre silhouette du pont des Arts enjambait le fleuve. Sans réfléchir, je m'avançai, gravis les marches et poursuivis mon chemin sur les traverses en bois. Au milieu de la passerelle, je m'approchai du rebord et me penchai au-dessus des eaux noires qui filaient entre les arches. Un souffle de vent glacé emmêlait mes cheveux. Je les ramenai en arrière, humai la brise qui imprégnait l'atmosphère... et laissai le souvenir refaire surface.

C'était là que Vincent et moi avions échangé notre premier baiser, cinq mois plus tôt. Depuis, une vie semblait s'être écoulée. Ce jour-là, je lui avais dit que je n'étais pas certaine de vouloir le revoir. Que je refusais de me projeter au-delà de notre prochain rendez-vous. Il m'avait pourtant conduite jusqu'ici et m'avait embrassée. Maintenant, j'étais persuadée qu'il avait tout prévu. Sachant qu'il pouvait gagner mon cœur, il savait que j'ignorerais ma raison. Je ne pus réprimer un sourire nostalgique à l'évocation de ce moment.

Le reverrais-je ? La question fit remonter les larmes, mais je les contins. Je ne pouvais pas me permettre ce genre de réflexion. Cela signifierait que Violette l'avait anéanti et qu'il aurait disparu pour de bon. Je me penchai vers le fleuve.

– Je refuse d'y croire.

– À quoi ? s'enquit une voix derrière moi.

Je fis volte-face. L'homme au long manteau de fourrure se tenait à quelques mètres de moi. À présent, je savais qui il était, mais je n'avais pas peur. Ce fut plutôt un sentiment brûlant de haine qui m'envahit.

– Toi ! grinçai-je en me jetant sur lui, les poings levés.

Il laissa tomber quelque chose et, avec une extrême rapidité, saisit mes poignets avant que j'aie pu l'atteindre.

– Allons, allons, est-ce ainsi qu'on traite un messager ? demanda Nicolas, observant ce qu'il avait répandu à ses pieds.

Je baissai les yeux et je sentis mon cœur se briser.

– Non... murmurai-je.

Il lâcha mes bras et je me précipitai pour ramasser les lys blancs.

– Violette m'a demandé de t'en expliquer la signification, au cas où tu n'aurais pas ton dictionnaire sur toi.

– Les lys blancs sont réservés aux funérailles. Je n'ai besoin d'aucun livre pour le savoir.

J'aurais voulu l'étrangler, mais au lieu de ça, je broyai les fleurs entre mes mains, arrachai les corolles et les jetai dans la Seine.

– Qu'avez-vous fait de lui ?

– Notre guide intrépide l'a emmené dans son château et se débarrassera de son corps quand elle le jugera nécessaire. On m'a demandé de transmettre ce message.

– Et que t'a-t-on demandé d'autre ? lançai-je en fléchissant légèrement les genoux, poings serrés, comme Gaspard me l'avait appris.

– Adorable, commenta Nicolas. Comme si tu étais de taille à te mesurer à moi. J'ai néanmoins l'ordre strict de ne pas te toucher. Violette désire te garder en vie, la souffrance l'amuse davantage.

Enfin, je posai la question qui me rongeait depuis l'affrontement au Sacré-Cœur :

– Mais que lui ai-je fait ?

– Oh, je crois que ça n'a rien de personnel, s'esclaffa Nicolas. Elle voulait simplement la tête du Champion et tu lui as permis de s'assurer qu'il s'agissait bien de ton Vincent. Maintenant qu'elle le tient, elle n'a plus besoin de toi.

– Alors, pourquoi me faire souffrir ?

– Ah... sans doute parce que tu es mortelle. Elle ne vous apprécie pas beaucoup. Cinq siècles passés à sauver vos misérables existences pour préserver la sienne semblent l'avoir rendue amère.

Je secouai la tête. Ces siècles de dévotion à la cause humaine n'avaient pas affecté Arthur de la même manière. Comment une jeune fille pleine de vie avait-elle pu se métamorphoser en un monstre acariâtre ? C'était incompréhensible. Mais un détail m'intriguait encore.

– Pourquoi prendre la peine d'emporter si loin le corps de Vincent, puisqu'elle a prévu de toute façon de s'en débarrasser ?

– Eh bien, répliqua-t-il d'un air hautain, elle n'a pas cru nécessaire de me l'expliquer et je ne lui ai pas posé la question. Mais au cours de ses négociations avec Lucien, elle assurait détenir le secret d'un mystérieux transfert de pouvoir entre le Champion et celui qui en viendrait à bout. Voilà pourquoi nous l'avons accueillie à bras ouverts. À présent que ma mission est accomplie, je dois prendre congé. Je suis certain que tu es impatiente d'informer les autres. Oh, et surtout, dis-leur que toute tentative de sauvetage est inutile. Si Vincent n'a pas déjà quitté ce monde, ce sera fait avant qu'ils puissent le retrouver.

S'enveloppant de son manteau, il disparut dans la nuit.

Je réprimai le furieux désir de me lancer à sa poursuite : il avait raison, je n'étais pas de taille à l'affronter. Je me laissai glisser le long de la grille pour m'asseoir sur le pont. Appuyant ma tête contre mes genoux, je fermai les yeux. Au loin, un carillon ponctuait les douze coups. J'étais écartelée entre le vain espoir que Violette ait menti et la réalité de la situation. Entre la perspective de ne jamais revoir Vincent et la détermination de tout faire pour que cela n'arrive pas. Je savais que j'aurais dû appeler Ambrose et lui parler du message de Nicolas, mais le simple fait de sortir mon portable de ma poche me semblait au-dessus de mes forces.

Je sentis le *signum* contre ma peau et suivis le contour du pendentif. Mon regard fut attiré par une tache blanche qui flottait à la surface de l'eau. Les lys écrasés étaient emportés par le courant.

Et soudain, j'en fus certaine. Elle l'avait fait. Violette avait fait disparaître Vincent. Après plus de quatre-vingts ans d'existence sur cette Terre, son esprit l'avait quitté. Désormais, c'était bien plus que deux mondes qui nous séparaient. Cette révélation me fit l'effet d'une bombe.

Le sourire qui éclairait son visage chaque fois qu'il m'apercevait, sa main dans la mienne lorsque nous arpentions les rues de la ville, son regard juste avant un baiser... Tout cela appartenait désormais au passé. Et comme les fleurs en lambeaux, l'avenir que j'avais imaginé avec lui s'en allait à la dérive, vers l'oubli.

Je venais de le perdre.

Et alors que cette idée anéantissait mes derniers espoirs, je l'entendis.

Deux mots s'inscrivirent clairement dans mes pensées : *Mon ange*.

À suivre…

REMERCIEMENTS

Ce livre ne se trouverait pas entre vos mains, sur votre écran ou dans votre casque audio sans les personnes suivantes, à qui je souhaite exprimer ma profonde gratitude :

Mon fantastique agent Stacey Glick chez Dystel & Goderich, qui m'a tenu la main et prodigué ses conseils, m'offrant un équilibre plus que nécessaire : merci Stacey !

Mon éditrice, Tara Weikum, et son assistante, Melissa Miller, qui m'ont aidée à métamorphoser mes folles trouvailles en idées efficaces… Votre patience et votre perspicacité ont permis de rendre ce livre bien meilleur qu'il n'aurait pu l'être et je vous en suis éternellement reconnaissante.

Merci à Valerie Shea et Melinda Weigel, qui ont relu ce tome ainsi que le précédent, afin d'arrondir ses angles et de corriger ma ponctuation – ces vilaines virgules et terribles tirets.

Merci à mon panel de premiers lecteurs, d'une aide si précieuse : l'infatigable Claudia, ma chère Kimberly Kay, Olivia la littéraire et les fans de *Buffy*, Katia et Kylie Mac. Mon amie Josie Angelini m'a aussi prêté main-forte pour la lecture, mais surtout encouragée. Mes sincères remerciements à vous tous !

À Mark Ecob et Johanna Basford, qui ont réalisé les époustouflantes couvertures des deux premiers tomes. À mon agent publicitaire, Caroline Sun, qui a employé toute son énergie à la promotion des livres, avec l'équipe commerciale de Christina Colangelo et Megan Sugrue. Je suis impressionnée par l'enthousiasme que m'ont témoigné mes familles littéraires chez Little, Brown/Atom Books au Royaume-Uni, parmi lesquels les éditeurs Sam Smith, son assistante Kate Agar et l'agent publicitaire Rose Tremlett.

Certains de mes amis nous ont offert un toit, à moi et mon manuscrit, lorsque le besoin d'escapade se faisait sentir : Lisa à New York, Laila et Terry à Paris, Nicolas et Paul à Saintes, et Jean-Pierre et Christiane, tout près de chez nous.

Je n'aurais pas pu écrire sans le soutien de mes proches : celui de Laurent, mon ancre, sans qui je flotterais à la dérive, de mes enfants, Max et Lucia, de ma sœur, Gretchen, de ma Grammy adorée ; de Melissa, ma cousine pleine de ressources, du tendre et excentrique clan H. et de ma famille française : Jeannine, Jean-Pierre et Christiane, Alex et Romain.

Enfin, un dernier remerciement – et pas des moindres – à mes lecteurs. J'ai été stupéfaite de l'accueil réservé à mon premier roman : c'est le soutien le plus précieux qu'un auteur puisse espérer. Du fond du cœur, merci. Ce livre est pour vous.

Achevé d'imprimer en Italie par Canale
Dépôt légal : 1er trimestre 2013